숲교자의 나라

박도원 지음

③ 쌍.호.정.과.백.련.사.

예담

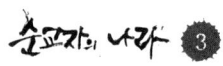

초판 1쇄 인쇄 2007년 4월 10일 초판 1쇄 발행 2007년 4월 20일

지은이 박도원 펴낸이 김태영

기획편집 1분사 _ 분사장 박선영 **책임편집** 정지연
1팀_양은하 이둘숙 도은주 2팀_오유미 가정실 김세희 3팀_최혜진 한수미 정지연
4팀_이효선 성화현 조지혜 디자인_김정숙 하은혜 차기윤

상무 신화섭 **COO** 신민식
콘텐츠사업 노진선미 이유정 김현영 이화진
홍보마케팅 분사 _ 부분사장 정덕식 **영업관리** 김은실 이재희
마케팅 권대관 송재광 박신용 김형준 **인터넷사업** 정은선 왕인정 김미애
홍보 김현종 임태순 허형식 **광고** 김정민 김혜선 이세윤 허윤경
본사 _ 본사장 하인숙 **경영혁신** 김도환 김성자 **재무** 고은미 봉소아 최준용
제작 이재승 송현주 **HR기획** 송진혁

펴낸곳 (주)위즈덤하우스 **출판등록** 2000년 5월 23일 제13-1071호
주소 서울시 마포구 도화동 22번지 창강빌딩 15층 **전화** 704-3861 **팩스** 704-3891
전자우편 yedam1@wisdomhouse.co.kr **홈페이지** www.wisdomhouse.co.kr
출력 엔터 **종이** 화인페이퍼 **인쇄** (주)미광원색사 **제본** 세원제책

값 9,500원 ISBN 978-89-5913-207-2 04810 978-89-5913-204-1(전4권)

* 잘못된 책은 바꿔드립니다.
* 이 책의 전부 또는 일부 내용을 재사용하려면
  사전에 저작권자와 (주)위즈덤하우스의 동의를 받아야 합니다.

•••이 도서의 국립중앙도서관 출판시도서목록(CIP)은 e-CIP홈페이지(http://www.nl.go.kr/ecip)에서
이용하실 수 있습니다. (CIP제어번호 : CIP2007000920)

3권 차례

주요 등장인물 | 7

한량목閑良目이란 사나이 | 11
쌍호정과 백련사 | 157
광풍이 휘몰아치고 | 239

전권 차례

제1부 신유박해

1권 임금이 죽다

임금이 죽다

빛은 동방으로

광풍이 불기 시작하고

2권 피로 쓴 백서

피로 쓴 백서

새 시대를 기다리며

제2부 기해박해

3권 쌍호정과 백련사

한량목閑良目이란 사나이

쌍호정과 백련사

광풍이 휘몰아치고

4권 꽃잎이 흩날리다

꽃잎이 흩날리다

천국과 지옥

제2부 기해박해 | 주요 등장인물

김갑녕_
한국 가톨릭사에서 '김 프란치스코'라는 이름으로만 남은 인물. 실제로는 행적이 전혀 알려지지 않은 그가 『순교자의 나라』에서 '김갑녕'이라는 매력적인 인물로 재탄생한다. 양반집 노비였던 갑녕은 정약종과의 인연으로 천주교에 입문하지만, 그가 맞닥뜨리게 되는 것은 완고한 조선 사회 속에서 천주교가 참혹하게 수난당하는 시대의 비극이다. 1801년의 신유박해와 1839년의 기해박해를 거치고도 끝까지 살아남은 갑녕의 눈을 통해 조선의 서학과 천주교는 참모습을 드러낸다.

한량목_
가공의 인물. 명문대가의 서자로 태어난 한량목은 적서 차별의 울분을 풀기 위해 장안의 무뢰배와 어울리면서 기생집을 전전한다. 그런 그가 첫눈에 김효임을 사랑하게 된다. 그러나 조선에서 독실한 천주교인인 김효임을 사랑하는 일은 쉽지 않다. 그는 순수한 사랑의 마음으로 김효임을 구하기 위해 끝까지 고군분투한다.

정하상_
정 바오로. 정하상은 신유박해 때 순교한 정약종의 아들로, 신유박해 이후 폐허가 된 조선 천주교를 재건하는 데 주춧돌이 된다. 이십 년에 걸친 오랜 세월 동안 지칠 줄 모르고 머나먼 중원의 북경을 수없이 왕복하여, 마침내 프랑스 신부들을 조선으로 모셔 오는 데 성공한다. 학식과 인격, 열성과 통솔력으로 조선 신자들을 이끌었던 그는 앵베르 주교 아래에서 신부가 되기 위한 신학 교육을 받다가 기해박해 때 순교한다.

박희순_
박 루치아. 박희순은 어린 왕을 대신하여 섭정했던 순원왕후의 지밀상궁으로 남부러울 것 없는 궁중 생활을 했지만, 천주교를 알고 나서 퇴궐하여 풍요와 사치 속에 허송세월한 지난날을 깊이 참회했다. 오랜 궁중 생활을 청산한 그녀는 집을 한 채 장만하여 천주교 집안의 딸들을 모아 교리를 가르친다. 조선 최초의 수녀원을 세워 초대 원장이 되길 간절히 꿈꾸던 그녀는 결국 기해박해 때 순교하고 만다.

김효임_
김 골롬바. 동정서원한 김효임은 박희순을 도와 천주교 집안의 딸들에게 교리와 예절, 수예 등을 가르친다. 『순교자의 나라』에서 아름다운 미모와 청초한 기품으로 한량목의 마음을 빼앗기도 한 그녀는 기해박해 때 포도청에 잡혀 들어가 나신으로 능욕당한다. 그러나 이에 굴하지 않고 형조판서에게 자신의 신앙을 당당히 밝히고 자신이 당한 능욕을 당차게 항의한다. 그녀는 끝내 참수되어 순교한다.

앵베르, 모방, 샤스탕_
프랑스인 신부. 조선에 최초로 들어온 서양인 신부들로 조선 신자들과 함께 순교의 길을 걷는다.

한량목(閑良目)이라는 사나이

1

때는 1839년 기해년己亥年, 제24대 헌종이 여덟 살의 어린 나이로 왕위에 오른 지 오 년째 되는 해였다.

그해 봄에도 겨우내 얼어 있던 한강이 풀리면서 사기그릇을 실으러 오는 장삿배들이 소내로 몰려들기 시작했다. 그리고 강원도 나뭇배들도 꼬리를 물고 강물을 따라 내려왔다. 봄이 되자 소내는 다시 활기가 넘쳤다. 포구에 정박한 배에서 일용 잡화를 하역하는 사람들, 발싸리로 엮은 무거운 사기 궤짝들을 배에 싣는 사람들, 화목火木을 운반하는 사람들로 시끌시끌하던 강변 일대가 차츰 조용해지며 뭇 시선이 강으로 쏠렸다. 강 저쪽에서 경안천을 건너오는 쌍거룻배에 커다란 호마胡馬 두 필이 실렸는데, 한 마리는 백설같이 흰 털에 검은 갈기로 덮인 가리온加里溫이요, 다른 한 마리는 타오르는 불

꽃처럼 털빛이 붉은 절따(截多)였다. 하얗고 붉은 털빛이 눈부신 두 마리 말이 늘씬한 풍채를 자랑하듯 거룻배를 타고 푸른 강물 위에 떠 있는 정경은 한 폭의 그림 같았다.

"허어! 처음 보는 준총(駿驄)들일세."

서당 훈장으로 보이는 갓 쓴 노인이 탄성을 질렀고, 다른 사람들도 여기저기서 수군거렸다.

"사옹원 제조 나리가 오시는가."

"벼슬아치가 아닌 것 같은데?"

"높은 양반이 아니고서야 저런 말을 누가 타겠어?"

"아무렴, 구종별배(驅從別陪)는 없어도 지체 높은 분이 틀림없네."

모두들 지대한 관심을 가지고 서서히 저어 오는 쌍거룻배를 지켜봤다.

여느 거룻배보다 갑절도 더 커서 노 젓는 사공이 서너 명이나 됐다. 호기심 많은 아이들과 구경 좋아하는 축들은 배가 닿을 도선목으로 몰려와서 벌써 진을 치고 기다렸다.

이윽고 사공들이 노를 던지더니 삿대로 바꾸어 잡았다. 거룻배가 강기슭에 닿자 젊은이 두 명이 말고삐를 끌며 배에서 내렸다. 붉은 털을 휘날리는 절따말을 끌고 먼저 하선하는 젊은이는 다부진 체구에 검은 얼굴빛, 고리눈과 주먹코, 일자(一字)로 꾹 다문 입하며 첫눈에도 무장다운 인상을 주었다. 반면에 검은 갈기를 휘날리는 백마를 끌고 뒤따라 내리는 젊은이는 이목구비가 수려한 귀공자였다. 모두들 눈을 둥그렇게 뜨고 말을 주고받았다.

"사내치고 정말 잘생겼구먼."

"저만한 인물은 생전 처음 보네."

"옥골선풍玉骨仙風이로고! 당나라 두목지杜牧之가 잘났다더니 조선에도 저런 젊은이가 있었나."

글줄이나 읽은 듯싶은 갓 쓴 노인의 입에서도 거듭 탄성이 흘러나왔다.

나이는 서른 남짓일까. 키가 훤칠하고 체격도 당당했다. 생김새와 옷차림을 보면 갑족甲族이라는 것을 알 수 있었으나 거드름 빼는 구석이 조금도 안 보이는 것으로 미루어 벼슬아치는 아닌 듯했다. 그가 모여든 사람들에게 웃음을 보내면서 사라지려는 참에 갑자기 청년 하나가 뛰어들었다.

"아이고, 한량목 나리. 안녕하십니까?"

청년은 허리를 꺾으면서 굽실하고 인사를 올렸다.

"자네가 누구더라."

"이곳에 사는 장이봉입니다. 지난해 고창鼓唱에 오셨을 때 소인이 뒷바라지 심부름을 해드렸습죠."

"옳지, 내가 이렇게 정신이 없구먼. 신세를 많이 지고도 못 알아보다니. 여보게, 미안하이."

"아닙니다요. 그런데 어떻게 갑자기 오셨습니까?"

"분원의 해장떡 생각이 나서 또 찾아왔네. 하하……."

한량목이라고 불린 그 사내는 쾌활하게 웃었다.

"잘 오셨습니다. 그럼 소인이 작년 그 해장떡 집으로 모십지요."

"고맙네."

청년은 우쭐해져서 앞장섰다. 두 젊은이가 말을 끌고 이 지방에서 건달 노릇 하는 장이봉을 따라가자 아이들이 우르르 뒤쫓아 갔다.

어른들은 또 수군댔다. 한양으로 행상을 다니는 도부꾼 두 명은 사뭇 탄복한 표정을 지었다.

"저 사람이 한량목이야? 소문은 귀가 닳도록 들었으나 오늘 처음 보는구먼."

"생각했던 것과는 영 딴판으로 생겼네그려. 무지막지한 사내인 줄만 알았더니 천하 미장부가 아닌가?"

그때 충청도에서 올라온 뱃사람 하나가 불쑥 물었다.

"한량목이 누구이기에 그래유?"

순간 도부꾼들이 서로 쳐다보고 피식 웃더니, 그중 키 작은 사내가 퉁명스레 되물었다.

"한량목이 누군지도 모르오?"

"그 사람을 모르니께 이렇게 묻는 것이 아니겠어유."

"촌놈이라 할 수 없군. 한양 장안에서는 강아지도 다 아는 이름인데."

"뭐 하는 사람인데유?"

"뭐 하는 사람이냐고? 허, 참……."

꽤나 사람을 얕잡아 보는 태도였다. 옆에 있던 키 큰 도부꾼이 대신 대답했다.

"한양에서 난다 긴다 하는 무뢰배가 전부 한량목의 수족이오."

"야아? 그럼 저 사람이 한양 무뢰배의 두목이란 말이유?"
"그렇다니까."
"어디로 봐도 무뢰한 같지 않던데……."
도부꾼들에게 질문했던 충청도 뱃사람이 머리를 갸웃하자, 다른 뱃사람 하나가 맞장구를 쳤다.
"내가 보기에도 무뢰배 무 자 근처에도 가지 않은 사람 같네그려."
그러자 키 작은 도부꾼이 발끈했다.
"이런 제기랄! 누구는 이마빡에다 무뢰배라고 써 붙이고 다니나."
도부꾼은 텃세하느라고 반말지거리였다. 팔뚝에 힘깨나 들어 보이는 뱃사람들도 아니꼬운 눈초리로 비아냥거렸다.
"샌님과 망나니는 첫눈에 구별되는 것이 아닌가벼."
"내 눈이 사팔뜨기는 아닌데 말이여. 분명히 대갓집 귀한 서방님처럼 보였지 무뢰한으로는 안 보였구먼."
"허어, 이 사람들……. 숭례문(남대문)에 가본 놈하고 안 가본 놈하고 싸우면 안 가본 놈이 이긴다더니 딱 그 짝일세그려."
키 작은 도부꾼은 멸시하는 표정으로 충청도 뱃사람들을 흡떠 봤다.
그때 뒷전에서 팔짱만 끼고 서 있던 엄장 큰 뱃사람이 한마디 던졌다.
"노형, 싸라기밥만 자셨소?"
"뭐야?"
"툭툭 던지는 언사마다 듣기 거북하외다."

"아니……?"

그제야 키 작은 도부꾼은 주춤하면서 새삼 뱃사람들을 둘러봤다. 모두 목자目子 곱지 않게 자기들을 노려보는 것을 깨닫고 찔끔하는 눈치더니 금세 허세로 나왔다.

"왜들 이래? 지금 시비를 거는 겐가?"

"본바닥 놈이라고 함부로 교만 떨지 말거라. 여차하면 밧줄로 얽어다가 용왕님 재물로 바치련다."

엄장 큰 뱃사람이 결기를 내며 앞으로 썩 나서자 키 작은 도부꾼은 엉겁결에 한 발 뒤로 물러났다. 그러나 곧 두 눈에 독기를 품으며 퍼르르 날뛰었다.

"무엇이 어째, 이놈아? 덩치만 크다고 내가 주눅이 들 성싶으냐? 뱃놈들이 드세다지만 분원 도부꾼도 팔도 저자를 무른 메주 밟듯 주름잡고 다녔다. 갯바닥 강아지가 산골 범 무서운 줄 모른다더니 어디 와서 큰소리를 치는 게야!"

도부꾼은 키가 작긴 하지만 옹골찬 몸집과 새매 눈이 보통내기는 넘어 보였다. 그렇다고 거친 파도 속에서 잔뼈가 굵어온 뱃사람의 기가 꺾일쏜가. 사태가 험악해지자 말을 구경하러 모였던 사람들이 어느새 그들을 둘러싼 채 흥미롭게 지켜보고 있었다. 자칫하다가는 패싸움이 벌어질 판국이었다.

그때 탕건 바람에 마고자 입은 쉰 줄의 객줏집 포주인浦主人이 구경꾼들을 헤치며 나타났다.

"좋은 날씨에 이 무슨 짓들이야. 그렇게 기운이 넘쳐나거든 저기

가서 사기 궤짝이나 배에 실어 올리게."

담뱃대를 내두르면서 포주인이 호통 치자, 도부꾼들은 꾸중 맞은 개처럼 고개를 떨어뜨리며 슬그머니 그 자리에서 물러났다. 물상객주物商客主는 도부꾼들에게 상전이나 다름없었다.

그 무렵 한량목과 동행인 석팔이라는 젊은이는 말 위에 앉아서 천천히 분원으로 올라가고 있었다. 수십 명의 아이들이 왁자지껄 떠들면서 그 뒤를 따라갔다. 앞에 보이는 여러 사기 가마에서 피어오르는 연기가 아지랑이처럼 봄 하늘 속으로 흩어지고, 한 마리 솔개가 멋지게 원을 그리며 하늘에 떠 있었다.

소내 포구에서 분원까지는 한 마장 거리였다. 그 어간에 술집, 여각, 가가假家 들이 줄지어 들어차고 행인들도 많아 어느 대처의 저잣거리 못지않았다. 길가에는 목판이나 함지박을 벌여놓은 아낙네들이 늘비하게 앉아서 호객 소리로 떠들썩했다. 떡 장수, 팥죽 장수, 묵 장수, 순대 장수 들이 뜨내기 뱃사람들과 외지 상인들에게 손짓하면서 다투어 불러댔다. 엿장수들은 커다란 가위를 절그렁거리며 엿단쇠 타령을 읊어대고, 한쪽에서는 찌그러진 갈삿갓을 눌러쓴 각설이패가 신명 나게 품바품바 장단을 치며 돌아갔다. 그러다가 갑자기 소내 쪽에서 올라오는 길목이 어수선해지자 저마다 고개를 빼며 그리로 눈길을 보냈다.

"비켜나시오! 앞에 비켜요!"

벽제辟除 사령처럼 큰소리를 질러대며 종종걸음으로 달려오는 사람은 장이봉이었다. 그 뒤로 커다란 호마의 잔등에 올라앉은 두 사내의 모습이 보이자 사람들의 눈이 휘둥그레졌다. 우선 난생처음 보는 훌륭한 말들에 놀라고, 다음에는 말 탄 두 젊은이의 위풍에 감탄하면서 입들이 저절로 벌어졌다. 재깔거리며 어지럽게 따라오는 아이들의 숫자는 점점 불어났다. 말들이 코앞에 들이닥치자 좌판을 벌이고 앉았던 아낙네들은 황급히 함지박을 끌어안으며 뒤로 물러나고, 대낮부터 술추렴하던 축들은 무슨 행차인가 하고 여기저기서 벌건 낯짝들을 내밀었다.

분원 마을 중심부에 이르자 장이봉은 지붕이 넓고 추녀가 두툼한 어느 주점으로 뛰어 들어갔다. 분원에서 해장떡 맛이 제일 좋다는 집이었다. 한량목과 석팔은 말에서 내려 근처 미루나무에 말고삐를 맸다. 삽시간에 아이들이 말들을 빙 둘러쌌다.

"가까이 가지 말거라. 말굽에 챈다."

한량목은 짐짓 엄포를 놓는 표정으로 아이들에게 이른 다음 주점으로 들어섰다.

"아이고, 나리. 어서 오시오."

키가 작고 통통한 중년의 주모가 떼구루루 튀어나오다가 한량목을 보자 반색했다. 넓은 술청에서 점심을 먹던 사람들이 일제히 얼굴을 쳐들고 바라봤다. 대부분 일터에서 내려온 사기장이들이었고, 일부는 타관바치 뱃사람들과 장사치들 같았다.

"그동안 이 집 해장떡 맛을 못 잊어 혼났어. 오늘은 아예 주모를 한양으로 데려가려고 왔네."

"호호……, 분원이 아니면 해장떡이 제 맛을 못 내는구먼요."

"그럼 주모 손끝에서 맛이 나오는 것이 아니라 분원의 물이 좋다는 것인가?"

"그런지도 모릅지요, 호호……. 어서 안으로 드시지요. 방을 치워놨나 모르겠네."

주모가 허둥대듯 안채로 들어가자 두 사내도 따라갔다. 술청에서 해장떡을 먹다 말고 넋 놓듯이 처다보던 사기장이들이 한량목을 화제로 삼았다.

"인물 한번 좋다. 당사기처럼 흙으로 빚은 얼굴 같구먼."

"무뢰배 두목치고는 너무 잘생겼어."

"콧대 높다는 장안의 일패(一牌) 기생들도 한량목이라면 사족을 못 쓴다더니 헛말이 아니로구먼."

"그런데 정승 집 아들이라는 말이 사실인가?"

얼굴에 숯검정이 묻은 부대장(大夫)이 묻자 옆에 있던 가리대장이 콧방귀를 뀌었다.

"괜한 소문이지. 아무려면 정승 집 자손이 무뢰한 노릇 하겠나."

그러자 한쪽 구석에서 해장떡을 먹던 한양 종로 사기전의 상인이 끼어들었다.

"헛소문이 아니라 사실이오. 지금 우의정으로 계신 이지연 대감이 한량목의 백부올시다. 부친은 호조판서로 앉았고요."

여러 사람이 놀라는 얼굴이었다.

"이 대감 집 자제면 한량목은 본이름이 아닌가 보오?"

"에끼, 이 사람. 그럼 한량목이 별명이지 본명인 줄 알았나? 부친이 이 대감이라고 하지 않는가."

다른 동료가 어수룩하게 질문한 사기장이에게 핀잔을 주었다.

"그럼 왜 하필 한량목이라는 별호가 붙었다지?"

"한양 장안에 우글거리는 한량들과 무뢰배의 두목이라는 말을 줄여가지고 한량목으로 부른다네. 그렇지요, 한양 양반?"

"맞는 말씀이오."

종로 상인이 빙그레 웃었다.

"정승 집 태생이 무엇을 못 해서 무뢰배 두목 노릇이나 한담? 벼슬길에 안 나가고……."

"그럴 만한 까닭이 있소."

종로 상인은 말문만 열어놓고 뜸을 들였다.

"까닭이라니?"

"한량목은 서자올시다."

"서출이야?"

모두들 의외라는 표정을 지었다.

"그러면 그렇지! 세도 있는 양반가에서 적출 소생이 막 풀려먹을 수 있겠나."

"양반집 서자는 더 서러운 법일세."

"알 만하이. 집안에서 괄시받으니 홧김에 무뢰배 판으로 뛰어들었겠지."

"그나저나 인물이 너무 아깝네그려."

저마다 한마디씩 하느라고 해장떡이 식는 줄도 몰랐다.

해장떡은 분원에만 있는 음식으로 이 고장 사람들이 즐겨 먹었다. 삶은 팥을 으깨어 주먹 안에 넣고 꼭꼭 뭉쳐서 어린애 손바닥만큼 잘라낸 찹쌀떡 양면에 고물 대신 박는다. 그것을 큰솥으로 밤새도록 끓인 쇠고기 곰국에 넣어 먹었다. 뜨겁고 진한 국물에서 찹쌀떡을 건져내어 씹으면 쫀득쫀득하게 입에 붙는 감칠맛도 일품이지만, 양념장과 팥고물이 풀어져서 걸쭉해진 국물 역시 다른 곳에서는 맛볼 수 없는 일미였다.

유약을 칠해서 말린 그릇들을 가마 속에 가득 채우고 불을 피우면 화부들은 몇 날 며칠 밤을 쉬지 않고 계속 불을 지피게 된다. 밤새도록 가마에 불을 때다가 뱃속이 출출해지는 새벽녘이면 번갈아 주점으로 내려가게 마련이다. 그들이 허기진 배를 채우자니 든든한 건더기도 먹어야 하고, 컬컬해진 목을 축이자니 잔술 몇 잔을 걸치면서 뜨끈한 국물도 마셔야 했다. 그래서 생긴 것이 해장떡이다. 도공들이 해장술과 곁들여 먹었기 때문에 해장떡이라는 이름이 붙었던 것이다.

한량목은 지난해 고창이 열릴 때 분원에 들른 이후로 일 년 만에 다시 왔다. 고창이란 이 고장에서 삼 년마다 한 번 봄이면 열리는 도당굿인데, 그 규모가 점점 커져서 경기 일원에서는 제일 큰 축제 행사가 됐다. 분원 소내의 고창이 시작된다고 하면 한양 장안의 한량과 장사치 들까지 몰려오기 때문에 날마다 수만 명이 들끓었고, 절정을 이룰 때는 십만 인파가 소내 벌을 메웠다. 이때는 양주 산대놀이와 송파 오광대놀이를 비롯하여 남사당, 걸립패, 화랑이까지 크고 작은 사당패 광대들이 모두 여기로 모여들어 놀이판을 벌였다. 황소 같은 장한(壯漢)들이 힘을 겨루는 씨름판에서 온종일 환성이 터지는가 하면, 활쏘기 대회가 있는 활터에서도 시위를 당기는 궁수들보다 내기 돈을 건 관중들이 더 열을 올리며 흥분했다. 한쪽에서는 날렵한 여인들이 그네를 타고 까마득히 창공을 차고 오를 때마다 사방에서 탄성이 일어났다. 곳곳에 야바위 노름판이요, 임시로 지어진 난가게가 수백 채였다. 먹고 마시고 구경하고 놀이를 즐기는 군중으로 소내 벌이 닷새 동안 들썩들썩했다.

지난해 모처럼 고창 구경을 왔던 한량목은 활력이 넘치는 축제 군중을 보고 크게 감동했다. 벼슬아치와 양반 들에게 항상 채고 눌려 지내면서 숨도 크게 못 쉬던 백성들이 한때나마 온갖 시름을 잊고 마음껏 즐거운 시간을 보내는 광경은 다른 세상에 와 있는 기분을 주었다. 그때부터 한량목은 분원이라는 곳에 친근감을 느꼈다. 도공들이 주류를 이루는 이곳은 양반이 발을 못 붙이는 이색적인 고장이었던 것이다.

안채에서 한량목과 석팔이 해장떡 그릇을 거의 비워갈 때 이곳 사기봉사(沙器奉事)라는 자가 천둥에 개 뛰어들듯 달려들었다.

"한량목 나리, 봉사 최낙성이옵니다."

그는 감히 방문을 못 열고 섬돌에 올라서서 냅다 소리를 질렀다. 한량목이 미닫이를 열고 내다봤다.

"아이고, 어인 일로 이 누추한 곳까지 왕림해 주셨습니까? 이리 오셨으면 시생에게 먼저 통기해 주셔얍지요. 홀대한다고 타박 맞을까 두렵습니다. 그건 그렇고, 두 대감은 옥체 강녕하시옵고 댁내 제절諸節이 고루 평안하시온지요."

사기봉사는 너스레를 떨면서 코끝이 마루에 닿도록 하정배下庭拜를 올렸다.

"거반 다 먹었으니 잠시 기다리시오."

한량목이 빙긋 웃으며 말한 뒤에 미닫이를 닫아버렸다.

사기봉사는 머쓱해져서 닭 쫓던 개 울 너머 보듯 방문만 쳐다볼 뿐이었다. 술청에 있던 사람들이 그 광경을 보고 서로 눈을 마주치며 어이없다는 표정을 지었다.

사기봉사라면 분원에서는 제왕과 같은 존재였다. 번조관燔造官이라고도 하는데, 품계는 종팔품에 지나지 않으나 사기그릇을 만들어 왕실에 바치는 책임자였기에 그 위세가 당당했던 것이다. 특히 한강 상류 지방의 수령들은 사기봉사의 비위를 거스르지 않으려고 전전긍긍하는 형편이었다. 걸핏하면 산을 벌채해서 땔나무를 보내라는 명령을 띄웠는데, 제 날짜에 제 분량을 분원까지 운반하지 못하면 큰 화를 입기가 일쑤였다. 대궐로 들어갈 그릇을 굽는 일이니 어느 누가 그 명령을 어길 수 있겠는가.

사옹원 도제조는 보통 시원임時原任 정승 중에서 맡았다. 그러나 하나의 명예직과 같은 것이어서 직첩만 도제조이지 일 년에 한 번도 분원에 오지 않는 일이 허다했다. 하지만 사기봉사가 뒷전으로 바치는 상납이 수월찮으므로 대개는 자기 측근 사람을 그 자리에 앉혔다. 그래서 사기봉사는 자신의 뒷줄을 믿고 더욱 권세를 부리는데, 자기가 밉게 본 현감이나 군수가 있으면 모함을 해서라도 내쫓았다. 강원도 어느 고을의 아무개 사또가 땔나무를 게을리 보내어 분원 업무에 막대한 지장을 초래한다는 장계狀啓를 올리면 그 사또는 목이 잘리거나 좌천됐다. 그러니 한강을 끼고 있는 고을 수령들은 영의정보다 사기봉사를 더 무서워할 수밖에 없었다. 못난 수령은 사기봉사에게 뇌물을 바치면서 갖은 아첨을 떨었다. 그럴수록 말단 관원에 지나지 않은 사기봉사는 한층 방자하고 교만해져서 인근 지방관들을 함부로 농락하며 재물까지 탈취하는 일이 잦았다. 심지어 자기 생일잔치를 외면했던 수령을 모함하여 벼슬길을 끊어놓은 일까지 있었다.

그뿐만 아니라 한강을 오르내리는 대동선大同船을 징발하여 부리는 사람도 분원의 사기봉사밖에 없었다. 각 고을에서 세곡으로 거둔 대동미를 운반하는 관선이라 콧대가 높았으나 사기봉사의 명령만은 거역하지 못했다. 당장 뱃길이 급하더라도 소내 포구에 배를 대라면 댔고, 사기 궤짝들을 실으라면 꼼짝 못하고 실었다. 모두가 대궐을 빙자한 횡포였다.

그렇듯 세도 당당한 사기봉사가 하늘같이 떠받드는 사람은 자신을 그 자리에 앉혀준 사옹원의 제조나 도제조였다. 사기봉사는 행여 그 자리에서 떨려날까 봐 정성껏 상납하면서 환심을 얻기에 급급한 지경이었다.

현직 사기봉사로 있는 최낙성이라는 자가 한량목이 분원에 왔다는 소식을 듣고 허겁지겁 쫓아온 것도 그런 까닭이었다. 한량목의 아버지 이기연도 호조판서 자리에 앉았으니, 몇 해 뒤에는 그 역시 사옹원 도제조가 될 수 있는 것이다.

아무리 그렇더라도 한양의 무뢰배 두목으로 알려진 한량목에게 서슬 퍼런 관원이 뜰에서 하정배를 올리는 꼴이라니. 게다가 문전 박대를 당하고 멀거니 서 있는 사기봉사 체통은 구겨진 휴지 조각만도 못했다. 술청에 있는 사람들은 수저를 놓고도 자리에서 일어날 생각을 하지 않고 곁눈질로 안채의 동정만 살피면서 다음에 벌어질 장면을 기다렸다.

이윽고 방문이 열리더니 두 사내가 밖으로 나왔다. 화들짝 놀란 사기봉사는 제집에 지주 어른을 모신 마름 녀석처럼 굽실거리며 물었다.

"어떻게…… 분원 음식이 입에 맞으셨는지요?"

"포식했소이다. 해장떡은 역시 일미로군."

"헤헤……, 이번에는 시생이 강으로 모십지요. 이곳에서 뱃놀이하며 낚아 올린 잉어회가 또한 천하 별미입니다요."

"아니요. 우리는 여주 고을로 가던 길에 중화참이라 쉬었소."

"예? 그럼 하룻밤도 안 주무시고 그냥 떠나시게요?"

"어차피 돌아오는 길에 들러야 하지 않겠소."

"그러시다면 만반으로 준비하고 기다리겠습니다. 내일은 꼭 달밤의 뱃놀이를 즐기시다가 푹 쉬어 가십시오."

바깥으로 나온 한량목은 석팔이 대기시켜 놓은 말 위에 훌쩍 올라탔다. 그는 사기봉사의 인사를 듣는 둥 마는 둥 하고 해장떡 집 주모에게만 몇 마디 농을 던진 뒤에 그곳을 떠났다.

2

온 누리가 봄빛으로 가득 찼다.

산기슭마다 막 봉오리를 터뜨리는 진달래들이 수줍은 시골 처녀들처럼 고개를 내미는 고요한 산골길을, 두 필의 말이 경쾌한 말굽 소리를 일으키며 천천히 달렸다.

한량목은 해장떡과 곁들인 잔술 몇 잔에 자못 취흥이 올랐다. 긴 겨울 동안 한양 장안의 기방에 파묻혀 지내다가 모처럼 시골로 멀리 나온 터라 심신이 묵은 먼지를 털어내듯 가뿐하고 상쾌하기 그지없었다. 매일 밤 기방에서 듣던 거문고 소리, 아양 떠는 기녀들의 웃음소리, 사내들의 허세 부리는 소리, 주정뱅이들의 고함 소리만 듣다가 넓은 산촌에서 봄의 소리들을 들으니 감미롭고 산뜻했다.

"석팔이!"

한량목이 앞에 가는 동행인을 큰소리로 불렀다. 석팔이 말고삐를 당기면서 뒤돌아봤다.

"저 앞에 보이는 것이 무슨 짐승인가?"

한량목이 손으로 가리키는 전방에 어떤 짐승의 모습이 보였다. 양지쪽 잔디밭에 짐승 한 마리가 웅크리고 있고, 그 곁에서 새끼가 움직이는 광경이 눈에 들어왔다.

"짐승이 아니라 사람이오."

석팔이 무뚝뚝하게 대답했다.

"사람이라고?"

가까이 다가가니 그것들은 정말 사람이었다. 젊은 아낙이 젖먹이를 끼고 앉아서 옷섶을 들추며 이를 잡아주고 있었다. 그 옆에서 뒹굴며 놀던 대여섯 살짜리 사내아이가 말굽 소리를 듣고 벌떡 일어나서 쳐다봤다.

한량목은 그들 앞에 말을 세웠다. 어른이나 아이나 거지 행색을 하고 있었다. 새끼줄로 얽어맨 누더기 이불 보퉁이에 쪽박이 두어 개 매달려 있었다. 아낙은 두 눈이 퀭하게 들어간 병색 짙은 얼굴로 그를 지켜봤다. 젖먹이는 빈 껍질만 남은 어미의 젖꼭지를 문 채 잠이 든 것 같았다.

잠시 측은한 눈으로 바라보던 한량목이 말에서 내렸다. 그는 도포 자락을 젖히며 허리춤에 찬 녹피 염낭에서 은전 두 닢을 꺼내 들고 앞으로 갔다. 아이는 두려워하며 제 어미의 목덜미를 잔뜩 끌어안았으나 아낙은 눈빛만 날카로울 뿐 아무 반응이 없었다. 한량목은 그들 앞에 돈을 던지고 돌아섰다. 그가 다시 말에 오르자 저만큼 앞서서 기다리던 석팔이 입을 열었다.

"앞으로 저런 유민들을 얼마든지 볼 터인데, 그러다가는 돈을 바리로 싣고 다녀도 모자랄 게요."

"보릿고개가 아직 멀었는데 벌써 유민이 떠돌다니……."

"이 나라 호조戶曹는 있으나마나지요. 부황 난 백성들과는 아무 관계 없는 곳이니까."

석팔이 내뱉는 말에 한량목은 씁쓸하게 웃었다. 이번에 호조판서로 옮겨 앉은 그의 아버지를 빗대어 한 말이기 때문이다.

"어디 호조뿐인가. 조정에 구더기처럼 득실거리는 벼슬아치 중에서 백성들의 살림을 걱정하는 자는 눈 씻고 봐도 찾아내기 어려운 세상일세."

"지방으로 내려갈수록 탐관오리들의 발호가 더욱 심합니다. 수령 방백들은 포흠逋欠질이나 일삼고, 아전들은 백성을 등쳐 먹기에만 눈이 벌겋고……. 게다가 시루떡에 콩 박히듯 고을마다 도사리고 있는 양반들의 등쌀에 시달려서 백성들의 탄식과 신음 소리가 천지간에 가득 찼소."

"새삼스럽게 누구를 원망하겠는가. 썩을 대로 썩은 나라인 것을."

"썩은 나무는 베어내야지요."

"뭐라고?"

"나라의 뿌리는 백성입니다. 둥치가 썩으면 뿌리까지 죽게 만들고, 뿌리가 죽으면 그 나무는 아주 없어집니다. 그러니 뿌리마저 시

들어 죽기 전에 썩은 둥치를 베어내야 하지 않겠소?"

한량목은 못마땅한 시선으로 석팔을 쏘아봤다.

"쓸데없는 소리……. 어서 가세."

한량목은 화내듯 말 옆구리를 차면서 먼저 앞으로 휑하니 내달렸다.

그들이 괘내미 고개와 쇠미 고개를 차례로 넘고 십 리쯤 더 달렸을 때 다시 높은 고갯길이 앞을 가로막았다. 여주, 광주, 양근 세 고을의 접경 지역에 우뚝 서 있는 앵자산 북쪽 주어 고개였다. 험하지는 않아도 긴 고갯마루를 향해 올라갈수록 말들은 힘들어서 콧김을 푹푹 내뿜었다.

"이놈들이 겨우내 편하더니 다리 힘이 빠졌구나."

그들은 고갯마루가 얼마 안 남았을 때 말에서 내려 고삐를 잡고 천천히 걸어 올라갔다.

고갯마루에 우람한 고목나무 한 그루가 섰는데 성황당이었다. 돌무더기가 수북하게 쌓이고 울긋불긋한 헝겊 조각들이 나뭇가지에 어지럽게 걸려 있었다. 한량목이 등허리에 꽂았던 두 뼘짜리 담뱃대를 뽑아 들고 나뭇둥걸에 걸터앉는 참인데, 석팔이 그의 곁으로 다가와서 옆구리를 꾹 찔렀다.

"형님, 저기를 보시오."

얼굴을 돌린 한량목은 뜻밖의 광경에 눈이 휘둥그레졌다.

"아니……?"

고개 너머 오십 보쯤 떨어진 지점에서 두 사내가 여인 두 명을 붙잡고 겁탈하려 하고 있었다.

 석팔이 먼저 잽싸게 말에 올라탔다. 한량목도 급하게 뒤따랐다. 두 필 말이 곤두박질치듯 고갯길을 내달렸다. 사내놈들이 서로 끌어안고 있는 두 여인을 떼어놓으려고 북새를 떨다가 느닷없이 들이닥치는 말굽 소리에 놀라서 뒤로 물러섰다. 순식간에 말들이 그들의 코앞에 다다랐다. 도부꾼 차림으로 패랭이를 쓴 두 놈이 한량목을 보는 순간 당황하여 어쩔 바를 몰랐다.

 "한, 한량목……."
 "나리가 어쩐 일이십니까?"
 말 위에 앉은 한량목이 여인들을 힐끗 쳐다보고 나서 사내들에게 시선을 돌렸다.
 "네놈들은 좌포청 포졸이 아니냐?"
 "맞습니다. 좌포청에 있는 김덕삼이오. 헤헤……, 소인이 한량목 나리에게 술까지 얻어먹은 일이 있습지요."
 얼굴 넓적한 사내가 넉살 좋게 맞받으면서 쑥스러운 웃음을 지어 보였다.
 여인들은 돌아선 채로 흐트러진 머리와 옷매무새를 고치고 있었다. 흰 소복을 입은 젊은 부인과 귀밑머리 처녀였다.
 "이놈들, 포졸 신분으로 여인을 겁탈하다니!"
 한량목의 굵은 목소리가 산골짜기에 쩌렁쩌렁 울렸다. 넓죽이 포졸이 펄쩍 뛰었다.
 "아닙니다요. 그런 말씀은 아예 하지도 마시오. 우리가 겁탈을 하다니요."

"뭐야, 이놈! 내 눈으로 직접 봤는데도 잡아떼느냐?"

두 눈을 부릅뜬 한량목의 호통 소리에 이번에는 오목눈이 사내가 정색하고 나섰다.

"오해하신 겁니다. 사정이 있구면요."

"부녀자 겁탈에 사정이 있다고?"

"우리 이야기를 들어보시면 아시게 됩니다."

"도대체 무슨 일로 이곳 산골까지 나왔느냐?"

"천주학꾼을 잡으려고 기찰譏察 나왔구면요."

"뭐? 천주학쟁이?"

한량목이 뜻밖이라는 표정을 지었다.

"요 근처 어느 절간에서 천주학꾼이 모인다는 것을 알고 어제부터 여기서 길목을 지키던 중입지요."

"아니, 그럼 저 여인들이 천주학쟁이라는 말이냐?"

한량목이 놀란 눈으로 두 여인을 쳐다봤다. 그들은 등을 돌린 채 가슴을 진정하고 있었다.

"아무래도 수상합니다. 천주학쟁이 같구면요."

"그렇다면 포도청으로 끌고 갈 일이지 산중에서 무슨 짓을 하는 게냐?"

"절대로 겁탈하려는 것이 아닙니다. 제 말씀을 들어보십시오."

"터진 입을 가졌으니 말해 봐라, 이놈들아."

"천주학을 믿는 것들은 옷 속에 십자가라는 이상한 부적을 차고 다닌답니다. 이런 산골에 한양 여인들이 나타난 것이 하도 수상쩍어서 숨긴 부적을 내놓으라고 엄포를 놨으나, 저들이 말을 안 듣기에 강제로 몸 뒤짐을 하려던 참에……."

"그렇습니다요. 마침 그 북새통에 한량목 나리가 오셨지요."

오목눈이의 말에 넓죽이도 거들고 나섰다.

그때였다. 그들을 외면하고 섰던 젊은 여인이 몸을 돌이키고는 한량목을 올려다봤다.

"아닙니다. 이 사람들은 거짓말하고 있어요."

"무엇이 어째? 우리가 거짓말을 한다고?"

넓죽이가 두 눈을 부라리며 윽박질렀다.

"닥치고 있거라, 이놈!"

한량목의 일갈에 찔끔한 넓죽이는 자라목처럼 움츠렸다.

"어찌 된 일인지 경위를 말해 보시오."

여인의 뛰어난 미모에 속으로 놀란 한량목이 부드럽게 말했다.

"저와 동생은 어머니 제삿날을 맞아 절에 불공을 드리러 가던 길이었지요. 이곳을 지키고 있던 저들은 행인이 드문 산길인 것을 알고는 처음부터 우리를 희롱했습니다. 천주학쟁이 같다는 둥 과부가 아니냐는 둥 하더니, 천주학쟁이 잡는 것을 빙자하여 저고리까지 벗어 보이라고 협박했습니다."

두 포졸은 여인의 입을 막지 못하여 안절부절못했다.

"나리, 세상에 이런 횡포가 어디 있습니까? 포도청에서 범인 잡는 것은 당연하지만 대낮에 노상에서 아녀자의 옷까지 벗기다니요.

그래도 괜찮다는 것이 나라 법에 있는지요?"

여인의 두 눈은 분노로 활활 타올랐다.

"관가는 백성을 잘 다스리고 보살피라고 있는 줄 압니다. 그런데 도둑을 잡는 포도청 사람들이 직분을 악용하여 산적보다 더 심한 행패를 부리니, 이런 무법천지라면 우리같이 연약한 백성들은 누구를 믿고 살아야 합니까?"

한량목은 내심 움찔했다. 고관대작의 아들인 자기 신분을 알고 퍼붓는 원성처럼 들려서 그는 낯이 화끈거렸다.

"이 여자의 말은 사실과 틀립니다요. 처음부터 수상쩍게 보였습니다."

"천주학쟁이가 아니라면 떳떳하게 나왔어야 할 것이 아니냐."

두 포졸은 한량목에게 변명하면서도 사나운 눈초리로 여인을 위협하는 것을 잊지 않았다.

"어떻게 해야 떳떳하게 보이는 것인지 알려주시오. 산중에서 막무가내로 길 막는 남정네를 만났는데 어찌 두렵지 않겠습니까. 포도청 포장 앞이라면 옷을 벗겠다는데도 왜 내 말은 들은 척도 안 하고 무조건 옷만 벗기려 했소?"

야무지게 쏘아붙이는 여인의 항변에 포졸들은 말문이 막히고 말았다. 그때까지 뒤에서 잠자코 지켜만 보던 석팔이 말에서 풀쩍 뛰어내리더니 별안간 말채찍을 휘둘러 포졸들을 닥치는 대로 후려갈겼다.

"아이고머니!"

"아구구……."

고요하던 산중에 갑자기 비명 소리가 낭자하게 퍼졌다. 바람을 끊는 채찍 소리가 일 적마다 포졸들은 넘어지고 엎어지며 네 발로 기었다. 오목눈이는 잽싸게 달아났으나 넓죽이는 난무하는 가죽 채찍 밑에서 땅바닥을 데굴데굴 굴렀다.

"하하하……."

한량목의 높은 웃음소리가 계곡에 메아리쳤다.

"됐다, 됐어. 그만 하게."

석팔이 나자빠진 넓죽이의 목을 발로 짓누르자 한량목이 달려들어 그를 밀어젖혔다.

"이러다가 사람 죽이겠네."

그사이 넓죽이도 벌벌 기면서 허둥지둥 달아났다. 한량목이 여인을 돌아보며 싱긋 웃었다.

"하마터면 오늘 큰 봉욕을 당하실 뻔했소그려."

여인은 침착한 자세로 잘생긴 사내를 올려다보다가 아미를 숙였다.

"하늘이 도와 두 분을 이 자리에 보내주셨습니다."

동생인 처녀가 길옆 덤불에 떨어져 있는 보따리를 주워 들었다. 하나는 대여섯 되들이 쌀가루이고, 다른 하나는 삼색 실과 밀초 등이 담긴 보퉁이였다.

"집이 어디인데 여기까지 불공을 드리러 왔소?"

한 번 보면 뭇 여인들의 가슴을 설레게 하는 한량목의 부드러운 표정 앞에서 여인도 당황한 듯 시선을 피했다.

"홍인문(동대문) 밖에 삽니다."

"홍인문 밖 어디 말이오?"

"용머리……."

"용머리에 산다고요? 그럼 탑골승방과 청룡사가 근처에 있지 않소?"

"어머니가 어릴 적부터 다니시던 절에 모시고 싶었습니다."

"흠! 효성이 지극한 마음씨로구먼."

한량목이 가볍게 머리를 끄덕이면서 미소를 지었다.

나이는 스물대여섯. 깨끗한 살결만 봐도 대처의 여인이 분명했다. 갸름한 바탕에 서늘한 눈매와 오뚝한 콧날하며 시중에서도 보기 드문 미인이었다. 승새 고운 무명 소복이 여인을 더욱 청초하고 우아한 품위로 돋보이게 했다. 하인도 없이 두 자매만 이런 산길을 걷는 것으로 보아 행세하는 반가 출신이 아닌 것은 분명한데, 그렇다고 여항(閭巷)의 평범한 아낙 같지도 않았다. 말과 몸가짐이 규범 있는 집안의 여인 같았고, 꼭 다문 입술과 차가운 시선에는 함부로 범접하기 어려운 기품이 서려 있었다. 여자들을 노리개로 여기는 한량목조차 그녀 앞에서는 말투가 정중해졌다.

"절이 이 근처 어디에 있습니까?"

여인은 대답 대신 산 아래쪽으로 눈길을 던졌다. 저 아래 고갯길이 끝나는 지점에서 멀지 않은 곳에 초가집 십여 호가 옹기종기 모여 있는 마을이 보였다.

"저 동네에 가서 알아봐야 합니다."

한량목이 의아한 표정을 지었다.

"아니, 그럼…… 절이 있는 곳도 모르고 왔다는 말이오?"

"어머니는 4월 초파일과 백중날에만 여기 절에 오셨습니다. 어렸을 때 두세 번 따라온 일이 있으나 절로 올라가는 길은 기억나지 않습니다."

"절 이름이 어떻게 됩니까?"

"주어사라고 합니다."

"주어사라?"

말고삐를 잡고 섰던 석팔이 퉁명스럽게 소리쳤다.

"형님, 어서 갑시다. 언제까지 그러고 있을 작정이오?"

"이 사람아, 우리만 훌쩍 떠나자는 말인가?"

"그럼 어쩔 셈이오? 이러다가 해거름이 되겠소."

한량목이 장난기 섞인 목소리로 중얼거렸다.

"남녀가 유별하니 말을 함께 타고 가자고도 못 하겠고……."

순간 여인은 빨갛게 달아오른 얼굴로 성급하게 말했다.

"두 분은 어서 가십시오. 우리도 떠나겠습니다."

"아까 그 포졸 놈들이 이쪽을 지켜보고 있을 터인데, 다시 뒤쫓아 와서 앙갚음이라도 하려들면 어찌시겠소?"

그 말에 두 자매가 흠칫 놀라면서 당혹한 표정으로 바뀌었다.

"하하……, 염려 말고 함께 걸읍시다. 우리가 절까지 바래다주겠소."

한량목이 호기롭게 말하고는 말고삐를 끌며 앞장서서 고개를 내려가기 시작했다.

주어 고개 동쪽은 계곡이 길었다. 고개 오른편에는 앵자봉이 우뚝 서 있어 완만한 경사를 이루면서 숲이 우거졌고, 왼편에는 맑은 물이 흐르는 계곡을 따라 가파른 산들이 병풍처럼 길게 이어져서 풍치가 매우 아름다웠다.

계곡 중간쯤에 초가집 십여 채로 이루어진 작은 마을은 제법 논두렁도 보이고 밭도 많이 일구어져 있는 것이 궁색한 화전민 촌과는 달랐다. 사람들은 이 마을과 일대의 계곡을 통틀어 주어走魚라고 불렀다.

고갯길을 내려온 일행이 마을 초입까지 활 한 바탕 거리에 이르렀을 때 두 자매는 문득 걸음을 멈추었다. 한량목이 말을 세워둔 채 그들이 서 있는 곳으로 걸어왔다.

"왜 그러시오?"

여인이 시선을 떨구면서 입을 열었다.

"저희는 여기서 쉬었다 가겠습니다. 두 분은 말을 타고 어서 떠나십시오. 저희 때문에 나리의 시간을 지체케 하여 송구한 마음뿐입니다."

"아니요. 우리도 발등에 불 떨어지는 급한 행보가 아니외다. 절까지 동행해 줄 것이니 함께 가시지요."

석팔도 뚜벅뚜벅 걸어서 이쪽으로 다가왔다.

"새벽부터 먼 길을 걸은 터라 더는 움직이기 어렵습니다."

여인이 퍽 피곤한 듯한 표정을 지었다.

"절이 어디에 있는지 모른다고 하지 않았소?"

"여기서 쉬었다가 동네 사람 하나를 길잡이로 세워 천천히 올라갈 생각입니다."

한량목이 약간 당황한 기색이었다. 다리가 아파서 쉬겠다는데 부득부득 걸으라고 재촉할 수도 없는 노릇일뿐더러 이제 절까지 동행할 명분도 없어진 마당에, 자꾸 여인들을 따라가겠다는 것도 낯간지러운 일이었다.

"그 참에 우리도 절 구경이나 할까 했더니······."

그러자 곁에 섰던 석팔이 무 잘라 먹듯 말했다.

"갈 길을 놔두고 절 구경이라니 무슨 당치 않은 말씀이오?"

한량목이 열없게 웃으면서 우물쭈물하다가 어쩔 수 없이 작별의 말을 꺼냈다.

"그럼 불공 잘 드리고 가시오. 돌아가실 때는 절간의 중이라도 데리고 분원까지 동행함이 안전하리다."

순간 여인의 영롱한 눈동자가 한량목의 시선과 부딪쳤다가 황급히 외면했다. 이내 여인은 겸손하게 허리를 굽혔다.

"오늘 저희 자매를 구해 주신 두 분의 은혜에 거듭 감사드립니다."

한량목은 여인의 반듯한 이마와 윤기 나는 검은 머리카락을 굽어보면서 아쉬운 표정을 지었다.

"부처님의 말씀대로라면 오늘 일은 보통 인연이 아닌 것 같은데, 이대로 헤어지게 되어 섭섭합니다. 어쩌면 한양으로 돌아가는 길에 또 만나게 될지도 모르지요."

한량목은 진담 같기도 하고 농담 같기도 한 말을 던졌다. 하지만 여인의 얼굴이 싸늘하게 바뀌는 바람에 더는 말을 붙여볼 수가 없었다.

"잘 다녀가십시오."

석팔이 인사하고 먼저 말 있는 곳으로 돌아갔다. 한량목도 자기 말로 갔다. 그는 안장을 손질한 후 한 발을 등자에 걸친 채 다시 돌아다 봤다. 여인은 또 머리를 다소곳이 숙여 보였다. 한량목은 한숨을 내쉰 후 말 등에 올라타자마자 박차를 힘껏 찼다. 주인의 갑작스러운 행동에 놀란 말이 '어흐흥' 소리를 지르면서 앞으로 힘차게 내닫기 시작했다.

말 두 필이 요란한 말굽 소리를 일으키며 계곡 길을 달려가자 산비탈에서 밭갈이하던 농부들이 휘둥그런 눈으로 바라봤다.

3

 한량목과 석팔이 길게 뻗은 주어 계곡이 끝나는 지점까지 왔을 때 주막거리가 나타났다. 품실이라는 마을이었다.
 품실은 이 산골 지방에서 교통의 요충지였다. 남쪽은 광주, 북쪽은 양근으로 가는 길목이고 동쪽으로도 여주로 들어가는 소로가 뚫렸다. 서쪽에는 주어 고개 너머 분원으로 가는 길이 있었다. 한바탕 달려온 두 필 말이 품실로 들어가는 길목에서 멈춰 서더니 거친 콧김을 내뿜으며 헐떡거렸다.
 "형님, 고려 시대 서희 장군을 아시오?"
 뚱딴지같은 석팔의 질문에 한량목이 멀뚱히 쳐다봤다.
 "세 치 혀로 거란의 팔십만 대군을 물리쳤다는 장군을 모르시오?"
 "내가 그런 사람을 알 턱이 있는가."

한량목의 대답이 퉁명스러웠다.

"저 앞에 보이는 산을 상두산이라고 합니다. 산줄기가 뻗어 내린 아래쪽으로 커다란 상석과 망부석이 보이시오? 바로 서 장군의 묘소입니다."

한량목은 시큰둥한 얼굴로 석팔의 이야기를 듣는 둥 마는 둥 했다.

"상두산 뒤쪽으로 멀리 높은 산이 있지요? 우리가 가는 상호리 금점이 그 너머에 있소."

"저기 가서 목이나 축이고 가세."

한량목이 화난 사람처럼 말 옆구리를 차며 주막거리를 향해 달렸다. 석팔이 피식 웃었다. 절에 간다는 소복 여인과 헤어지고 나서 심통이 난 것이리라.

그들은 장대 끝에 용수가 매달린 첫머리 주막 앞에서 말을 내렸으나 건너편 주막이 더 깨끗해 보였으므로 말을 끌고 그쪽으로 갔다. 한량목은 고삐를 석팔에게 내던지고 먼저 주막으로 들어갔다.

주막 안에서 닭 삶는 냄새가 물씬 풍겼다. 한낮이라 술꾼들이 없는 텅 빈 술청 구석에서 허리가 꾸부정한 늙은 중노미 혼자 아궁이에 불을 때고 있었다. 방에서는 키들거리는 여자 웃음소리가 새어 나왔다. 중노미는 귀가 어두운지 인기척이 나도 그냥 불만 땠다.

"할아범, 귓구멍이 막혔소?"

한량목이 꽥 소리치자 그제야 중노미가 얼굴을 돌리더니 엉거주춤 몸을 일으켰다. 술청으로 난 안방 문이 약간 열리면서 젊은 주모가 빠끔 내다봤다.

"과객이 들었으면 발딱 뛰어나올 일이지 뭐 하는 짓인가?"

한량목의 호통 소리에 주모가 방문을 얼른 닫더니 사내와 몇 마디 속삭이는 듯싶었다. 이어서 방을 급히 나오며 짚신짝을 아무렇게나 꿰신고 돌아서던 주모가 그 자리에 멈칫하고 서버렸다.

"아니 왜 그러고 쳐다보는가?"

한량목이 핀잔을 놓자 주모는 그제야 제정신으로 돌아온 사람처럼 생긋 웃어 보였다.

"술장사 십 년에 남정네를 보고 얼이 빠지기는 오늘이 처음입니다."

"목마르네. 어서 술이나 내놓게."

"나리는 어쩌면 이리도 잘나셨소? 춘향이 남편 이 도령을 뺨치게 생겼구면요."

술청으로 들어오는 석팔을 보더니 주모가 다시 탄복했다.

"어머나! 이 도령 따라온 방자인 줄 알았더니 당당한 장부시네."

"수다는 그만 떨고 어서 술이나 가져오라니까."

한량목이 소리치면서 목로(木壚) 앞에 가로놓인 통나무 걸상에 걸터앉자 주모가 물었다.

"이대로 밖에서 잡수시게요?"

"그럼 냄새 나는 봉놋방으로 들란 말인가? 안방은 선객이 먼저 와서 차지한 것 같은데."

그때 방 안에서 사내의 목소리가 불쑥 튀어나왔다.

"주모! 그 손님들을 이 방으로 모셔 들이게."

"엉? 저건 누구야?"

한량목이 의아하여 쳐다보자 주모가 우물쭈물했다.

"저분도 한양에서 오셨다는……."

"뭘 하고 있는가. 냉큼 이 방으로 모시래도!"

방 안의 사내가 더욱 커다란 목소리로 재촉했다. 한량목이 성큼 가서 방문을 열어젖혔다. 망건 바람의 사내가 술상 앞에 앉아서 혼자 술잔을 기울이고 있었다.

"아니, 당신은 손 포교가 아니오?"

그제야 사내는 돌아앉으면서 너털웃음을 터뜨렸다.

"하하하……."

한량목은 방으로 들어가더니 도포 자락을 젖히면서 털썩 주저앉았다. 석팔도 방으로 들어서면서 손 포교에게 꾸벅 인사했다.

"무슨 바람이 불어서 한량목이 이 산골까지 행차하셨누?"

"당신이야말로 웬일이야?"

"포도청 밥 먹는 놈이 어디는 못 갈까."

"하기야 미친개와 포교는 싸다니는 것이 일이지."

"에끼, 하필이면 미친개에다 비하다니."

두 사람은 허물없이 농을 주고받았다. 나이는 손 포교가 한량목보다 여섯 살 위였으나 둘은 오래전부터 친교를 맺어온 특별한 사이였다. 한쪽은 포도청에서 손꼽히는 민완 포교였고, 다른 한쪽은 장안의 무뢰배를 거느리는 터라, 두 사람은 사건이 생길 때마다 자주 접촉하면서 불가분의 관계로 친숙해졌다.

"술상을 새로 봐 옵지요."

주모가 방으로 들어와서 개다리소반을 내어 나가자 손 포교가 말했다.
　"이보게, 한양에서 입이 가장 높으신 양반이라네. 안주를 특별히 가져오게."
　방문 밖에 서서 주모가 대답했다.
　"이런 시골에 좋은 안줏감이 있어야지요."
　"고기는 식상한 분이니 산채류가 좋겠지. 이 집 더덕구이가 별미더구먼."
　"더덕이라면 얼마든지 대접할 수 있습니다."
　주모가 사내들 앞에서 이골이 난 허리 짓으로 추파를 던지며 방문을 닫았다. 제법 해반주그레한 얼굴과 푸짐한 엉덩이가 산골 농투성이들깨나 후려냈을 법하다.
　"천주학쟁이 잡는다고 나와서는 산나물 냄새 나는 주모만 낚고 있었구먼그래."
　한량목이 무심한 척 던지는 말에 손 포교가 펄쩍 뛰었다.
　"으응? 천주학꾼 잡으러 온 것을 어떻게 알지?"
　"포도청 돌아가는 형편을 내 손바닥 보듯 하는 것을 몰라 묻는가."
　손 포교는 사뭇 얼떨떨한 표정이었다.
　"여기로 오다가 우리 아이들을 만났구먼?"
　"우리 아이들이라니? 그럼 부하들도 같이 와 있는 겐가?"
　한량목이 시치미를 뚝 떼면서 반문하자 손 포교는 기가 찬 모양이었다.

"정말 귀신 곡할 노릇이로구먼. 이번 일은 포도청 내에서도 아무도 모르는데 어디서 새어 나갔지?"

"내가 그 일을 좀 알고 있기로서니 왜 이렇게 쩔쩔매는가?"

"포장도 모르는 일을 한량목이 알고 있으니 어리둥절할 밖에……."

"천주학쟁이를 잡는데 그토록 비밀로 하는 까닭이 뭐야?"

"나중에 알게 되겠지."

손 포교는 더 이상 거론하기 싫은 듯 입을 다물었다.

"젠장, 천주학쟁이들이 역적모의하는 것도 아닐 텐데 또 무슨 사단을 일으키려는 속셈인고."

한량목도 더 캐묻지 않고 혼자 투덜대면서 담뱃대와 쌈지를 꺼내 들었다. 노르스름한 장절초를 짧은 양칠간죽 대롱에 눌러 담는 한량목의 모습을 쳐다보면서 손 포교는 속으로 망설였다. 장안의 한량들과 무뢰배 위에 군림하면서 포도청 군관들도 떡 주무르듯 하는 이 사내에게 사실의 일부나마 밝혀두는 것이 유리할 성싶었다. 한량목에게 미움을 사거나 불신의 낙인이 찍혀버리면 어느 포교도 제 구실을 못 한다는 것쯤은 누구보다 잘 알고 있는 손 포교였다.

무릇 범죄 수사에서 수완을 발휘하는 유능한 포교일수록 사방에 넓은 정보망을 퍼놓고 있는 법이다. 거리를 떠돌아다니는 거지들의 집합소, 깍정이들이 횡행하는 청계천의 조산(造山), 무뢰배가 활개 치는 색주가 골목들은 전부 범죄의 온상이고 범인들의 은신처이기 때문에 그 세계의 인간들이야말로 가장 쓸모 있는 정보 제공자가 됐다. 그들을 장악하고 있는 것이 각 구역의 무뢰배 두목들이었다. 한양에는 무뢰배가 활거하는 구역이 나뉘어 있었다. 홍인문을 근거지로 하는 쇠돌치 패, 시구문과 왕십리가 무대인 대갈장군 패, 종로의 온삼이 패, 숭례문 밖 칠패七牌에서 용산까지 주름잡는 득수네 패, 삼개와 서강 두 나루터를 쥐고 있는 바우네 패가 한양에서 가장 이름난 무뢰배 집단들이었다. 그런 명칭들은 대개 우두머리의 이름이나 별명을 땄다.

무뢰배는 각종 물화物貨의 출입이 많은 성문과 나루터를 본거지로 삼았다. 그들은 자기 구역 안에서 갖가지 행패를 부리며 남을 뜯어먹고 살았는데, 한량목이 등장하면서부터 무뢰배 사회는 바뀌기 시작했다. 약한 백성들의 재물을 탈취하거나 벌어먹는 일을 훼방하는 버릇이 없어졌다. 한량목은 각 구역의 무뢰배 두목들을 휘하에 거느렸다. 무뢰배 두목들 중에서도 홍인문의 쇠돌치, 종로의 온삼이, 용산의 득수는 장안에 널리 알려진 거물급인데 때로는 목숨까지 내걸면서 위험한 일도 끝내 해치웠다. 그 대신 한량목은 그들의 뒷배를 봐주었다. 그들의 부하가 잘못해서 포도청에 잡혀가면 한량목은 어떤 수단을 써서라도 꺼내 왔다.

포도청에 협조하는 것도 한량목의 역할이었다. 포도청에서 눈에 불똥이 튀도록 찾는 범인을 못 잡고 있을 때는 그 구역의 무뢰배에게 가끔 협조를 요청하곤 했는데, 그들이 발 벗고 나서기만 하면 열 명 중에 일고여덟은 잡아 바쳤다. 조산 깍정이라면 거칠고 잔인한 무법자들이어서 사람들은 그들 말만 들어도 진저리를 쳤다. 그들의 본거지는 오간수五間水 다리 근처 조산에 있는 움집이었다. 전과자가

득실거리는 이곳은 포도청도 함부로 못 다루고 골치를 썩이는 데지만, 꿩 잡는 것이 매라고 홍인문의 쇠돌치가 나타나면 모두들 설설 기며 머리를 조아렸다. 한량목은 쇠돌치에게 명령하고, 쇠돌치는 그들의 꼭지딴에게 엄포를 놓아서 움막 속에 숨어 있는 살인범을 잡아낸 일이 여러 차례 있었다.

전에는 무뢰배 간에 구역 다툼이 생기면 때로는 칼부림까지 벌였으나 한량목이 엄격하게 질서를 잡아놓았다. 거칠고 겁 없는 무법자들을 거느린 무뢰배 두목들을 휘어잡는 사람은 아무도 없었다. 포도대장이 아무리 서슬 퍼런 권좌에 앉아 있어도 독버섯 같은 그 집단들을 뿌리 뽑지는 못했다. 단지 한량목만 그 일을 해냈다. 그들은 한량목의 말에만 승복했던 것이다. 그러다 보니 한량목은 무뢰배 사회의 중심인물이자 모든 무뢰배가 우상처럼 받드는 존재가 되어버렸다.

술상이 들어왔다. 안주는 더덕구이와 아까 중노미가 삶던 백숙이었다. 주모는 추파를 샐샐 흘리면서 술을 쳤다.

"우리끼리 할 말이 있으니 자네는 나가 있게."

손 포교의 눈치에 주모가 실쭉해서 나가 버리자 한량목이 무관심한 척 말했다.

"무슨 말을 하려고 예쁜 주모까지 내쫓는 게야?"

"자, 우선 한 잔씩 들고 이야기하세."

잠시 어색했던 분위기를 얼버무리듯 손 포교가 먼저 잔을 들었다. 술이 두어 순배 돌고 나서야 그는 정색하며 입을 열었다.

"요즘 천주학에 관해 이상한 풍문을 못 들었는가?"

"이상한 풍문이라니?"

"타국 놈들이 몰래 조선으로 잠입해서 천주학을 전파하고 다닌다는데……."

"어디서 한 번 들은 소리 같기도 하고……."

한량목은 흥미 없다는 말투였다.

"그게 예사 놈들이 아니라는구먼. 생김새가 우리네 조선 사람들과는 딴판이라는 게야."

"어떻게 생겼기에요?"

옆에서 석팔이 관심을 보였다.

"눈알이 파랗고 머리카락은 노랗고 코가 한 뼘이나 된다네."

"뭐야? 눈알은 파랗고 머리카락은 노랗고 코가 한 뼘이나 된다?"

한량목이 눈을 치뜨며 반문했다.

"우리 조선 사람이나 청국인과는 종자부터가 근본적으로 다르다는 게야."

"에이, 여보게. 그게 사람이야, 도깨비 상판이지."

"사실이라니까 그러네."

"어느 나라에서 왔습니까?"

석팔은 더욱 호기심이 이는 모양이었다.

"바다 건너 수만 리 밖에는 서양이라는 딴 세상이 있다는구먼. 천주학의 종주국도 그곳에 있다는 게야. 내가 일전에 천주학꾼 몇 놈을 은밀히 붙잡아다가 닦달했더니만, 그놈들도 조선에 들어와 있는 서양인들을 직접 만나본 일이 있다고 불었다네."

"그럼 한 명이 아니란 말이오?"

"지금 조선에 숨어 있는 서양인이 세 놈이라네."

"세 명이나?"

이번에는 한량목도 사뭇 놀라는 눈치였다.

"그래, 그놈들을 잡으려고 이쪽으로 나온 게야?"

한량목의 물음에 손 포교가 머리를 끄덕였다.

"요 근처 주어사라는 절간으로 그중 한 놈이 온다는 정보를 얻었지."

"뭐라고? 지금 주어사라고 했는가?"

"왜 그러는가? 그 절을 아는가?"

"여기로 오는 도중에 그 절로 불공을 드리러 간다는 두 여인을 만났다네. 한양에서 내려온 자매였어."

"그 여자들도 십중팔구는 천주학 신도일 게야."

한량목과 석팔의 시선이 마주쳤다. 그때 방문 밖에서 인기척이 났다.

"강차돌이 돌아왔습니다."

"들어오너라."

손 포교가 반갑게 소리쳤다.

지게문을 벌컥 열고 차돌멩이처럼 야무지게 생긴 청년이 들어서더니 한량목에게 인사를 했다.

"안녕하십니까. 산에서 두 분이 말을 타고 오는 것을 봤습니다."

"수고가 많구먼."

"그래, 어떻게 됐느냐?"

손 포교가 궁금한 듯 물었다.

"쥐가 독 안으로 들어갔습니다."

"뭐야?"

손 포교의 얼굴이 바싹 긴장됐다.

"한낮에는 마흔 살이 넘어 보이는 남자 셋이 절에 올라갔는데, 조금 전에는 젊은이 서너 명이 방갓을 눌러쓴 상제喪制를 앞뒤에서 호위하듯 하면서 또 산을 올랐습니다. 손 포교님 말씀처럼 상제는 보통 사람보다 키가 커 보였습니다."

"옳거니! 바로 그자가 틀림없다."

무릎을 탁 치는 손 포교의 얼굴이 환해졌다.

"절은 누가 지키고 있느냐?"

"황 포교와 진 포졸이 감시하러 올라갔습니다."

"이제 오랏줄만 가지고 올라가면 되겠구나. 차돌이 너는 이 길로 곧장 나가서 주어 고개를 지키는 오목눈이와 넓죽이를 데리고 절 뒷산으로 오르거라. 거기서 절에 이르는 지름길이 있다니까. 나도 곧 출동하겠다."

"알겠습니다."

강 포졸은 지체하지 않고 주막을 뛰어나갔다. 손 포교도 일어나더니 횃대에 걸어둔 중치막을 내려서 입기 시작했다.

"손 포교, 그 상제가 아까 말했던 서양인이란 말인가?"

"틀림없어."

"어떻게 확신하지?"

"서양 놈들은 생김새가 조선 사람과 딴판이라 얼굴을 버젓이 내놓고 다닐 수는 없을 게야. 그래서 길목을 지키는 부하들에게도 얼굴을 가렸거나 변장한 놈이 있는지 잘 살피라고 일렀는데, 내 예측이 들어맞았어. 방갓을 쓴 상제보다 더 훌륭한 위장술이 어디 있겠는가."

"흠!"

"그리고 내가 조사한 것을 종합해 보면 그놈들은 우리 조선 사람보다 키가 큰 것이 확실하고."

"손 포교는 귀신도 묶어 온다더니 역시 명포교야!"

"한량목에게 칭찬을 들었으니 오늘 일진은 잘 풀릴 것 같구먼. 하하하……."

"손 포교, 우리도 함께 가세."

갓을 내려 쓰려던 손 포교가 난처한 표정을 지었다.

"우리가 방해될 것 같은가?"

"이번 일은 조정이 발칵 뒤집히는 시끄러운 사건이 될 텐데, 한량목이 낀다는 것이 영 꺼림칙하니 그렇지. 우의정 대감의 입장으로 보거나……."

"듣기 싫네. 백부와 나를 결부하지 말게. 서로 소 닭 보듯 지내는 사이라는 것을 몰라서 그러는 게야."

손 포교가 씩 웃었다.

"별수 없지. 한량목이 꺼낸 말을 묵살했다가는 다 된 밥에 재 뿌리려들 테니…….”

"우리도 도깨비 상판 같다는 서양인을 직접 보고 싶네."

"좋아, 동행하세. 듬직한 몰이꾼이 둘이나 더 늘면 나도 안심이야."

"속으로는 불안했던 모양이구먼."

"수만 리 밖에서 남의 나라로 잠복해 들어올 때는 예사 놈들이 아니라고 봐야지. 남다른 배포와 특수한 재간이 없고서야 아무나 할 일인가."

"하긴 그렇겠구먼."

한량목도 수긍했다.

주막을 나온 세 사내는 품실 마을을 벗어나서 곧 주어 골짜기로 올라가기 시작했다.

4

　주어사는 앵자산 중턱 우거진 숲속에 파묻혀 있었다.
　오늘따라 못 보던 젊은이 서너 명이 경내를 서성거리거나 다리쉼하는 모습이 보였지만, 사방에서 우짖는 산새 소리가 들려올 뿐 절간은 언제나처럼 조용했다. 밥을 짓는 시자승과 사미승이 공양간을 들락날락했으나 말소리는 한마디도 들리지 않았다. 그러나 요사채 안쪽에 있는 깊숙한 선방禪房에서는 여든 고령의 주지와 젊은 서양인 신부가 대좌하고 있었다. 그 곁에는 한양에서 내려온 정하상, 유진길, 조신철 세 사람이 배석했다. 그들은 당대 조선 천주교회의 지도자들이었다.
　"스님, 우리가 여기에 온 것은 옛날이야기를 듣고자 함입니다. 조선에서 맨 처음 천주교를 믿었던 분들이 교회를 설립하기 전에, 이 절에 모여서 교리 연구회를 가졌다는 말을 들었습니다. 스님이 그 때의 일들을 기억하여 들려주신다면 우리에겐 매우 귀중한 역사 자료가 될 것입니다."

신부의 조선말은 정확했다. 발음이 어설프긴 했지만 한마디도 어긋나지 않고 또렷했다. 가부좌를 틀고 앉아 한 손으로 단주를 천천히 굴리는 노승의 얼굴에 엷은 미소가 어렸다. 몸은 장작개비처럼 말랐으나 두 눈의 안광이 형형하게 빛나서 사람의 폐부를 찌르는 듯했다.

"조선말이 유창하구려. 입국한 지 몇 해나 됐소?"

"조선에 와서 올해 네 번째 봄을 맞았습니다."

"흠!"

노승이 감탄하는 눈으로 턱을 주억거렸다.

"지나간 삼 년 세월이 길기도 한 것 같고 짧게도 여겨집니다."

"이국땅에 와서 고초가 많았겠소. 더구나 은신하면서 지내야 했을 테니……."

"우리 신부님이 고생하신 것은 필설로 다 못 하지요. 입에 맞지 않는 음식부터 불편한 잠자리까지 그야말로 고행의 연속이십니다."

옆에서 정하상이 대답하자 신부는 머리를 가로저으며 말했다.

"아니요. 고생이라고 여기지 않습니다. 하느님께서 나를 조선으로 보내주셨기에 항상 기쁜 마음으로 일합니다."

노승은 거듭 감탄하는 표정으로 괴상하게 생긴 이국인의 얼굴을 응시하면서 혼잣말로 중얼거렸다.

"일체유심조一切唯心造라…….."

신부가 무슨 뜻이냐는 듯 유진길을 쳐다봤다. 그는 서양인 성직자로는 최초로 조선에 들어온 모방 신부였다. 조선 이름은 나백다록羅伯多祿이었다.

"대사님은 이 절에서 평생을 지내오셨다고 들었습니다. 몇 해나 되셨는지요?"

유진길이 물었다. 쉰이 가까워 보이는 동탕한 얼굴에 과묵한 인상을 주는 선비였다.

"여기가 내 고향이고 내 뼈를 묻을 곳이지요. 어느 할 일 없던 중놈 하나가 길거리를 헤매는 어린 나를 주워다 이 절간에 버린 후, 칠십 년이 넘도록 한 번도 절 밖으로 나가서 지내본 적이 없소."

"칠십 년이 넘었다고요?"

모방 신부가 놀라면서 외경에 찬 시선으로 노승을 바라봤다.

"이 절에 모여 서양 학문과 천주교 교리를 연구하셨던 분들에 관해 이야기해 주십시오."

유진길의 부탁에 노승은 옛 기억을 더듬듯 생각에 잠기면서 중얼거렸다.

"너무 오랜 옛일이라……."

"머릿속에 떠오르시는 대로 말씀해 주십시오."

"산 너머 있는 천진암에 가보셨소?"

"그곳에도 들를 예정입니다. 우리 신부님은 선교사도 없을 때 스스로 조선의 천주교회를 세웠던 초창기 신자들에 대한 관심이 많으십니다. 그분들의 행적과 발자취를 면밀히 조사하려는 의도로 오늘 여기에 오신 것입니다."

노승은 천천히 머리를 끄덕이더니 입을 열었다.

"여기서 십오 리쯤 떨어진 감산에 대감말이라는 동네가 있소. 그곳에 살았던 권철신이라는 고명한 학자가 우리 절에서 여러 날 묵으며 공부하다가 하산하곤 했지요. 그리고 산 너머 천진암에서는 마재의 정씨 집안 삼 형제를 중심으로 젊은 선비들이 모여 학문을 닦았소. 그러던 어느 해 겨울, 모두들 우리 절에 모여 색다른 강학회를 가졌소. 열흘 동안 침식을 함께하면서 아침부터 밤늦도록 그분들이 토론할 때, 소승은 처음으로 서양이니 천주학이니 하는 말들을 듣게 됐소. 아마…… 그해가 기해년己亥年이었던 것 같구먼. 금년에 또 기해년을 맞았으니 꼭 육십 년 전의 일이외다."

"그 강학회에 참석하셨던 분들의 면모를 일일이 기억하고 계십니까?"

"권철신 선생의 아우 권일신만 삼십 대 장년이고 나머지는 새파란 청년 선비들이었소. 정씨 집안의 약전, 약종, 약용 삼 형제를 비롯하여 이벽, 이승훈, 권상학, 권상문, 이총억 같은 분들이 생각나오. 그중 정약용과 이총억은 내 나이 또래의 소년이었소. 가장 인상에 남는 사람은 이벽이란 분이오. 키가 크고 기골이 장대한 위풍도 훌륭했지만……."

그때였다. 별안간 방문이 벌컥 열리면서 김순성이 뛰어들었다.

"큰일 났습니다. 포졸들이 근처에 와 있다고 합니다."

"무엇……?"

방에 있던 사람들이 크게 놀랐다.

"효임 아가씨, 방에 들어가서 직접 말씀드리시오."

모든 시선이 방문 밖으로 쏠릴 때 소복의 여인이 상기된 얼굴로 들어왔다.

"오, 골롬바!"

뜻밖의 출현에 모방 신부의 두 눈이 둥그레졌다.

"어찌 된 일인가? 포졸이라니."

정하상이 잔뜩 긴장하여 다그쳤다. 김효임은 무릎 꿇고 앉자마자 포졸들을 만나 곤욕을 치렀던 일과 한량목에게 구조된 경위를 간략히 이야기했다.

"그리고 절로 올라오는 길을 몰라서 산 밑에 사는 농부 한 명의 안내를 받아 절 아래까지 함께 왔어요. 그 사람도 어제부터 낯모르는 남자들이 동네 근처에 나타났다가 사라지곤 했다고 말했습니다. 오늘 아침나절에도 두 명이 앵자산으로 오르는 것을 멀리서 봤답니다."

방에 있는 사람들은 서로 시선을 마주쳤다. 모두 두려움에 휩싸인 얼굴들이었다.

"포졸들이 신부님에 대해서는 아무 말이 없었는가?"

"네."

"그러나 신부님이 여기에 오시는 것을 그자들이 알고 있었던 것이 아닐까?"

"그렇소. 한양 포청에서 여기까지 나온 것을 보면 신부님을 노린다고 봐야지요."

유진길과 정하상이 하는 말을 듣던 모방 신부의 눈빛도 날카로워졌다.

"도대체 우리가 여기 온 것을 포도청에서는 어떻게 냄새 맡았을까요?"

"지금 그런 문제를 따지고 있을 때가 아닐세. 빨리 신부님부터 피신시킬 방도를 강구해야지."

"효임 아가씨의 말을 종합해 보면 우리는 감시망 속에 있는 것이 분명합니다. 여기서 어떻게 빠져나가느냐, 그 탈출 방법부터 찾아내야 하지 않겠습니까?"

김순성이 말을 마치자 모두의 이목이 정하상에게 집중됐다.

"바오로, 무슨 계책이 없소? 우리는 잡히더라도 신부님은 안전하게 모셔야 할 텐데……."

유진길은 아예 간청하는 얼굴이었다. 정하상은 지그시 두 눈을 감았다. 당긴 활시위처럼 팽팽하게 긴장된 시간이 흘렀다.

이윽고 두 눈을 번쩍 뜬 정하상이 노승을 쳐다봤다.

"스님, 우리 신부님이 숨으실 만한 장소가 있겠습니까?"

살가죽만 덮인 바싹 마른 노승이 천천히 고개를 끄덕였다.

그 무렵 주막을 떠난 세 사내는 주어 마을 근처까지 당도했다. 앞장서서 걷는 손 포교의 걸음걸이가 의기양양했다. 일당백의 무술 실력을 지녔다는 석팔까지 동행하게 되어 손 포교는 마음이 든든했다. 하기야 천주교인 잡는 일이 겁날 것은 없었다. 그들이 잡힐 때

저항하지 않는다는 것을 잘 알기 때문이다. 도망은 칠지언정 난폭하게 저항하는 자가 있다는 말은 못 들어봤다. 그렇지만 이번에는 서양인 괴수가 있으므로 얼마나 대항할지 예측할 수 없는 일이었다. 먼 타국에서 끌어들인 저희 괴수를 순순히 내줄 리는 만무하지 않은가.

 이번에 손 포교를 따라온 부하는 전부 여섯 명이었다. 신임 포교가 한 명이고, 나머지 다섯 명은 좌포도청에서 내로라하는 포졸들로 하나같이 날쌔고 눈치 빠른 자들이었다. 산적 떼와 부딪쳐도 두려울 것이 없는 터에 한량목과 석팔까지 가세했으니 손 포교의 어깨가 저절로 부풀어 올랐다.

 그들은 주어 마을 못 미쳐서 왼편으로 방향을 꺾어 산으로 오르는 소로로 접어들었다. 마을에서 삽살개 한 마리가 그들을 향해 계속 짖어댔다. 시냇물을 끼고 몇 구비 산모롱이를 돌며 밋밋한 고샅길을 오르고 있을 때 길목을 지키던 포졸 한 명이 불쑥 튀어나왔다.

 "위에는 황 포교가 올라갔느냐?"

 "예, 진 포졸과 함께 절을 감시한다고 갔습니다."

 "길을 알면 앞서거라."

 백 포졸이라는 자가 부지런히 앞으로 나갔다. 산모롱이를 도는 길이 끝나자 시야가 탁 트이며 널따란 분지가 이마 위로 올려다보였다. 이 마을 사람들이 부둣골이라고 부르는 곳이었다. 뒤로 삼면은 앵자산의 울창한 숲이 둘러싸고 있어서 그 지형이 마치 삼태기 같았다.

 가팔라지기 시작하는 길을 저만큼 앞서 올라가던 백 포졸이 갑자기 몸을 납작 엎드렸다. 그러고는 살며시 머리를 들어 앞을 살폈다. 손 포교가 허리를 굽히며 뛰어 올라갔다. 백 포졸 곁에서 그와 같이 앞을 바라보던 손 포교는 당황했다. 바로 눈앞에 한 무리의 사내들이 하산하고 있었는데, 그중에는 커다란 방갓을 눌러쓴 상제의 모습도 보였던 것이다. 활 한 바탕이 못 되는 거리였다. 한량목과 석팔도 쫓아와서 손 포교 옆에 붙었다.

"예상 밖이군. 벌써 내려올 줄이야."

"저들을 따라오는 포졸이 없지 않은가?"

"염려 말게. 내 수하들이 뒤밟고 있을 테니까."

손 포교는 자신 있게 말하면서 석팔을 돌아다봤다.

"다른 놈들은 개의치 말고 상제만은 꼭 붙잡아 주게. 분명 서양 놈이 위장한 것일 테니……."

상제 일행은 거침없이 산길을 내려왔다. 그 일행 중에는 갑녕도 끼어 있었다. 언제나 그는 맨 뒷자리를 차지했다. 어느덧 그의 나이도 쉰여덟이었다. 아직도 힘쓸 나이였지만 그는 늘 뒷전에 서서 정하상을 앞장세우는 역할을 자청했다.

집에서도 점포 일은 갑녕이 맡아 운영했다. 정하상은 명색만 주인이었지, 점포에는 나와 본 일이 거의 없었다. 그는 방에서 글만 읽었다. 보통 글이 아니라 라틴어를 공부하는 중이었다. 라틴어를 완전히 익힐 때쯤 그는 주교에게 신품성사神品聖事를 받게 될 것이었다. 그런 막중한 책임을 지고 있는 정하상이 어찌 하루라도 소홀하게 보낼 수 있으랴. 멀리 마카오에 가 있는 소년들이 신품성사를 받고 귀국할 때까지는, 그 공백 기간에 자체 양성한 신부를 배출할 수밖에 없었던 것이다. 그러기에 정하상은 밤을 낮 삼고 라틴어 공부에 매진해 왔다.

앵자산은 육칠십 년 전 천주교가 조선에 들어오기 전에 뜻있는 젊은 선비들이 모여서 서양 학문인 서학, 특히 천주교를 연구했던 곳이다. 그래서 모방 신부의 제의로 오늘 이곳에 모이게 됐던 것이다. 겨울 내내 바깥출입은 전혀 하지 않은 채 방에서 어려운 라틴어를 익히기에만 열중했던 정하상은 모처럼 산천 바람을 쐴 기회를 맞아 가벼운 마음으로 발걸음을 했다. 그런데 어이없게도 포졸들에게 쫓기게 될 줄은 예상치 못했다. 모방 신부가 잡혀서는 안 될 일이었다. 그 때문에 정하상이 대신 신부처럼 변장했다.

그들은 가슴을 졸이면서도 겉으로는 태연하게 산을 내려왔다. 눈앞에 포졸들이 포진해 있었지만 아무런 내색 않고 거침없이 산길을 내려가는 중이었다. 그들이 적당한 거리까지 접근했을 때 손 포교가 먼저 옷을 털며 일어섰다.

대여섯 걸음 사이를 두고 일행은 우뚝 멈추었다. 맨 앞에 오던 김순성이 썩 나서면서 두 눈을 부라렸다.

"무슨 일이오? 상주喪主의 길을 막다니……."

"어디 사시는 분들인데 이런 산골까지 오셨소?"

손 포교는 여유 있는 태도로 능글거렸다.

"당신들은 무엇 하는 사람들이기에 남의 길을 막고 서서 무례하게 구는 것이오?"

김순성도 만만찮게 맞받았다.

"우리는 포도청에서 나왔소이다."

"포도청……?"

모두들 뜻밖이라는 표정을 지었다. 그때 유진길이 앞으로 나섰다.

"우리는 상주의 친척들이오. 소상小喪을 치르고 나서 고인의 뜻에 따라 부처님에게 시주하고 돌아가는 길이외다. 포도청에서 무슨 일로 깊은 산간까지 나왔소?"

손 포교는 대답 대신 일행의 뒤쪽으로 시선을 던졌다. 몸을 숨기고 뒤따라오던 황 포교와 진 포졸이 길로 나서서 급하게 달려왔다. 상제 일행은 앞뒤로 포위된 것을 깨닫고 약간 겁먹는 표정들이었다. 상제만은 그때까지도 포선布扇으로 얼굴을 가린 채 뒷전에 묵묵히 서 있었다.

두 부하가 지척에 이르자 손 포교는 드디어 행동을 개시했다.

"백 포졸!"

손 포교가 옆에 서 있는 부하에게 눈짓하자, 백 포졸은 지체 없이 상제 앞으로 다가가더니 다짜고짜 얼굴을 가리던 포선을 낚아채면서 방갓을 훌렁 벗겨버렸다. 그 순간 여러 입에서 동시에 외마디 소리가 나왔다.

"앗?"

손 포교는 자기 눈을 의심했다. 상제는 분명 조선 사람이 아닌가. 그는 바로 정하상이었던 것이다.

"이런 고얀 놈들이 있나!"

유진길이 벽력같이 소리를 질렀다.

"네 이놈들, 감히 상주에게 행패를 놓다니!"

눈을 부릅뜨며 호통 치는 유진길 앞에서 그들은 어처구니가 없어 서로 쳐다볼 뿐이었다. 유진길이 거듭 다그쳤다.

"바른대로 대거라. 어떤 불한당 놈들인데 포도청 이름을 팔고 다니느냐?"

손 포교는 너무 낭패해서 변명할 경황조차 없었다.

"하하, 대단히 실례했소이다. 상주에게 무례한 짓을 한 것은 실수일 뿐 고의가 아니었소."

한량목이 대신 나서면서 사과했다.

"실수라고? 세상에 이런 실수도 있단 말인가?"

유진길은 조금도 늦추지 않고 윽박질렀다.

"손 포교, 사죄하오. 이게 무슨 맹랑한 짓이냐 말이야."

한량목이 힐난하는 소리를 듣고 손 포교가 창백해진 얼굴로 허리를 굽혔다.

"본의가 아니었으니 접어주시오. 범인을 색출하려다가 그만 과오를 저지르고 말았습니다."

"자네가 포교는 틀림없는가?"

노골적으로 멸시하는 유진길의 태도에 손 포교는 비위가 상했으나 고삐 잡힌 꼴이니 어쩔 수 없었다.

"한양에 가시면 좌포청에 손계창이라는 포도군관이 있나 없나 알아보십시오."

"한양까지 갈 것이 무에 있나. 당장 통부通符를 내보이게."

손 포교는 도리 없이 허리띠에다 녹피 끈으로 묶은 통부를 끌러 내밀었다. 한 뼘 정도의 작은 통나무에 소속과 성명이 분명하게 적혀 있었다. 유진길이 통부를 돌려주면서 다소 누그러진 말투로 물었다.

"어떤 범죄자를 찾기에 한양에서 예까지 나왔는가?"

손 포교는 슬쩍 대답을 돌렸다.

"살인범을 쫓고 있습니다."

"살인범?"

"집안 간의 원한 관계로 방화까지 하고 도망쳤습니다."

"그래……?"

순간적으로 의아해하던 유진길이 얼른 정색하면서 충고했다.

"앞으로는 조심히 행동하게. 범인 나포가 중요하긴 하지만, 그렇다고 다른 백성들에게 조금이나마 누를 끼쳐서야 되겠는가."

"명심하겠습니다."

"그럼 수고들 하시게."

"저어……."

"뭔가?"

몸을 돌이키려던 유진길이 다시 쳐다봤다.

"선비님을 어디서 많이 뵌 것 같습니다만……."

유진길의 가슴이 철렁 내려앉았다. 그들에게 신분을 밝히기가 꺼림칙했지만 이 마당에 우물쭈물할 수는 없었다.

"사역원에 와본 일이 있는가?"

"예?"

"당상 역관 유진길이라는 사람일세."

순간 손 포교의 안색이 다시 한 번 굳으면서 허리를 굽실했다.

"몰라뵈어 죄송합니다. 저희의 무례함을 용서하십시오."

"고생하고 다니는 사람들에게 내가 너무 과한 소리를 했던 것 같네."

"아니올시다. 소인의 탓이지요."

"그럼 범인을 꼭 잡으시게."

"안녕히 가십시오."

유진길을 선두로 상제 일행은 유유히 산을 내려가기 시작했다. 한량목이 장난기 섞인 목소리로 그들의 뒤에다 대고 외쳤다.

"상주 양반, 조심하시오. 사람이 없는 데서는 포선을 치우지 그러시오. 낙상하겠습니다."

상제 일행 중 김순성만 뒤돌아보며 싱긋 웃어 보였다.

손 포교는 바윗돌에 가서 털썩 주저앉았다. 그 표정이 낙태한 고양이 상이었다.

"대낮의 부엉이처럼 손 포교도 헛걸음하고 다닐 때가 있구먼그래."

한량목이 빈정댔다.

"포교 노릇 십 년에 오늘 같은 망신살은 처음일세."

손 포교는 곰방대를 꺼내 들었다. 어지간히 분통이 터지는지 살 담배를 재우는 그의 손이 부들부들 떨렸다.

"이 사람들아, 산속에 왔으면 노루나 사냥하지 상제는 왜 쫓아다니는 게야?"

한량목이 거듭 빈정거리자 황 포교와 포졸들이 창피한 듯 외면했다.

"가만있자……."

진 포졸이 눈을 깜박이며 생각하는 듯하더니 후다닥 산 아래로 뛰기 시작했다. 산모퉁이를 막 돌아가는 상제 일행의 꼬리가 보였다.

"왜 저래? 아직도 실성기가 덜 가셨나."

한량목이 이죽거리는 말에 모두들 영문을 몰라 멀뚱히 쳐다봤다.

그때 강 포졸이 오목눈이와 넓죽이를 데리고 위쪽에서 헐레벌떡 내려왔다.

"어떻게 됐소?"

가쁜 숨을 씨근거리면서 강 포졸이 묻자 백 포졸이 씁쓸한 얼굴로 대답했다.

"상제는 조선 사람이야."

"뭐라고요?"

강 포졸은 믿기지 않는다는 듯 여러 사람을 둘러봤다. 오목눈이와 넓죽이는 잔뜩 주눅 든 꼴로 슬금슬금 접근해 왔다. 넓죽이의 낯짝에는 석팔이 휘두른 말채찍 자국이 벌겋게 남아 있었다.

"얼굴이 왜 그런가?"

백 포졸이 묻자 넓죽이는 능청을 떨었다.

"말 말라고. 절 뒷산까지 와서 보니까 그놈들이 산을 내려가는 모습이 보이잖아. 그래서 급한 김에 산비탈을 그냥 뛰어내리느라고 물푸레나무에 수없이 얻어맞았네."

거짓말치고는 일품이었다. 오목눈이와 넓죽이의 시선과 마주치자 한량목은 빙긋 웃으며 손 포교를 곁눈질하고 나서 가볍게 머리를 저어 보였다. 그제야 그들의 불안스러웠던 얼굴이 확 풀어졌다. 그들은 주어 고개에서 두 자매에게 저질렀던 일을 손 포교에게 고자질했을까 봐 가슴을 졸이고 있었던 것이다. 과묵한 석팔은 처음부터 그들을 쓴 오이 보듯 했다.

진 포졸이 터덜터덜 올라왔다.

"그 사람들은 왜 쫓아갔던 거야?"

백 포졸의 물음에 그는 쑥스럽게 웃어 보였다.

"절에 올라간 사람들은 모두 일곱 명이었는데 지금 내려온 사람들은 여섯 명이잖아. 그래서 한 사람은 어디 있느냐고 물어봤지."

"참, 그렇구먼. 뭐라던가?"

"산 너머 퇴촌이 처갓집이라 여기까지 온 김에 다녀간다면서 한 명은 지름길로 산을 넘어갔다는구먼."

"절에는 지금 아무도 없다는 말이지?"

"불공을 드리러 온 여자가 둘 있을 것이라는군. 우리도 그 여자들이 올라가는 것을 보지 않았는가."

한량목은 두 귀가 번쩍 뜨이는 표정이었으나 아무 말도 하지 않았다.

"손 포교님, 뭔가 이상하지 않습니까? 산을 넘어간다는 말이…….”

잠시 생각해 보던 손 포교가 돌에다 곰방대를 털고 나서 일어섰다.

"이번 일은 김샜다. 한양으로 돌아가자."

한량목이 석팔을 돌아봤다.

"엎어진 김에 쉬어 가더라고, 우리는 절밥이나 얻어먹고 가세."

"절에는 뭐 하러 가려오?"

"잔말 말고 따라오게."

석팔의 말을 무시한 한량목은 먼저 산을 오르기 시작했다.

석팔은 잔뜩 화난 얼굴로 그냥 서 있었다. 손 포교와 포졸들도 전부 하산한 터였다.

'젠장맞을……, 오늘로 손을 끊어버리고 말까.'

석팔은 불쑥 그런 생각이 들었다.

무뢰배 사회에서 형님 아우는 흔해 빠진 의리 관계이지만, 한량목과 진짜 결의형제를 맺은 사람은 석팔 한 명뿐이라고 주위에서 인정할 만큼 두 사람은 남다른 사이였다. 석팔은 무뢰배가 아니었다. 그는 무뢰배와 어울리는 한량목을 이해하면서도 무뢰배 두목 소리를 듣는 처신은 못마땅하게 여겼다. 오늘도 그들이 구출해 준 여인까지 건드릴 속셈으로 절에 올라가는 한량목의 무분별한 엽색 행각에 새삼 환멸을 느꼈다. 그는 자신이 집념하는 금점$_{金店}$ 일에는 관심도 없으면서 여자에게만 정신을 쏟는 배신행위에 한량목과 아주 결별하고 싶은 충동을 느꼈던 것이다.

5

울창한 산 중턱에서 목탁 소리가 들려왔다. 삼면이 숲으로 둘러싸인 부둣골에서 바라보면 서쪽으로 앵자봉이 단아하게 솟아 있는데, 목탁 소리는 서북간 골짜기에서 흘러나왔다. 한량목은 그 소리에 홀린 사람처럼 자꾸만 골짜기로 들어갔다. 산을 올라갈수록 골짜기는 좁아지면서 겨우 한 사람이 지나다닐 수 있을 법한 오솔길이 우거진 숲속으로 뚫려 있었다.

절은 골짜기 기슭에 매달린 새 둥지처럼 옹색한 터전에 자리 잡았다. 절 마당이라는 것이 중 이마빡보다 좁았으나 건물들은 그런대로 구색을 갖추었다. 약간 높은 돈대에 극락보전極樂寶殿이라는 현판을 건 법당이 앉았고, 그 옆으로 칠성각과 작은 종각도 보였다. 절터 전반을 차지한 요사寮舍가 어울리지 않게 넓은 것으로 미루어, 옛날에는 많은 사람들이 이 절에 묵었음을 짐작하게 해주었다. 그러나 벗겨진 단청이나 퇴락한 건물들의 모습에서, 지금은 우바새優婆塞와 우바니優婆尼의 발길이 끊겨 이 절을 찾는 신도가 많지 않다는 것이 잘 나타났다.

절에 올라온 한량목이 사방을 두리번거렸지만 아무도 보이지 않았다. 법당에서 흘러나오는 목탁 소리와 늙은 중의 염불 소리가 들리지 않는다면 빈 절로 여길 만큼 적막한 곳이었다. 그는 곧장 법당으로 향했다. 돌계단을 올라가니 법당 문밖 섬돌에 여자의 초신 두 켤레가 나란히 놓여 있었다. 한량목은 발소리를 죽이고 법당에 접근하여 열려 있는 문으로 살그머니 들여다봤다.

—아!

부처님을 향해 경건히 합장하고 있는 여인의 모습을 본 순간 한량목은 가슴이 울렁거렸다. 가사 장삼을 걸친 노승이 정좌한 자세로 천천히 목탁을 두드리며 염불하고, 뒤쪽으로 조금 처져서 동생과 함께 하얀 두 손을 포개어 합장한 채 명상에 잠겨 있는 여인이 보였다. 여인이 소복을 입어 더욱 청초해 보일까. 그렇듯 우아하고 고요한 여인의 자태를 한량목은 일찍이 본 일이 없었다. 뒷전에서 비껴보는 여인의 옆모습이 참으로 아름답다. 이마부터 오뚝한 코, 도톰한 입술, 갸름한 턱에 이르는 얼굴선이 또렷하고 모양 예쁜 귓바퀴 앞으로 몇 가닥 흘러내린 살쩍이 깨끗한 살결을 더욱 돋보이게 했다. 두 손을 살포시 합장하고 있는 여인의 아담한 어깨가 훔쳐보는 사내의 마음을 흔들어놓았다. 한량목은 여인에게 넋을 빼앗기고 있었다. 자신의 호흡 소리가 들릴 정도로 가슴이 마구 뛰었다. 신장 탱화神將幀畫의 금강역사들이 험상궂은 인상으로 주먹질을 하고 있어 가뜩이나 어둠침침한 법당 안이 조금은 으스스한데, 거기에 소복의 여인이 앉아 있으니 마치 황홀한 선궁仙宮을 들여다보는 느낌이었다. 한량목은 아리따운 여인에게 도취되어 움직일 줄을 몰랐다.

시간이 얼마나 지났을까. 한량목은 뒤에서 들리는 말소리에 퍼뜩 놀라며 돌아다봤다. 어느새 절로 올라온 석팔이 마당에 서서 젊은 중과 이야기하고 있었다. 한량목은 돌계단을 천천히 내려갔다. 머리통도, 얼굴도 둥그런 시자승이 합장하면서 허리를 깊숙이 굽혀 인사했다. 스물서너 살 된, 순직해 보이는 인상이었다.

"이 절에서 하룻밤 묵어도 괜찮겠는가?"

양반이 중을 대하는 태깔로 한량목이 물었다.

"부처님을 모신 사찰은 모든 사람이 찾는 곳입니다. 관세음보살."

시자승은 다시 가볍게 합장해 보였다. 석팔은 여전히 못마땅한 얼굴을 하고 대중방으로 들어가는 마루에 가서 걸터앉았다.

"절에 오면 중이 되고 싶다더니……. 조용해서 좋구먼."

눈앞에 펼쳐진 멀고 가까운 풍경을 바라보면서 한량목이 혼잣말로 중얼거릴 때, 시자승은 겉으로 엷은 미소를 지었으나 속으로는 경계심을 품고 눈치 살피기에 바빴다. 그는 두 사내를 기찰포교로 알고 있었다.

"한양에서 오셨습니까?"

"그렇다네. 봄바람 따라 시골 나늘이를 나왔다가 우연찮게 이 절까지 이르게 됐네."

그 말도 시자승은 거짓말로 여겼다. 절에서 멀지 않은 동굴 속에는 서양인 신부가 숨어 있었다. 그 동굴의 입구는 무성한 가시덤불로 덮여 있으므로 귀신이 아닌 바에야 외지인들은 도저히 찾아내지 못할 곳이었다. 그래도 여전히 불안한 마음이 가시지 않은 시자승은 겉으로나마 태연하려고 애썼다. 서양인을 피신시키는 일은 그의 책임이었다.

요사채 뒤에서 사미승이 나타났다. 손에는 산나물 뜯은 바구니를 들었다. 한량목을 본 사미승은 얼른 바구니를 땅에 내려놓더니 합장해 보였다. 계집아이처럼 깜찍한 소년이었다.

"저녁 공양을 서둘러야겠다."

시자승의 말에 사미승은 나물바구니를 들고 물 있는 곳으로 갔다. 바위틈에서 졸졸 흘러나오는 물이 고인 옹달샘 앞에 나물바구니를 내려놓으면서 사미승은 힐끗 뒤돌아봤다. 역시 겁먹은 표정이었다. 한량목은 멀리 동녘 하늘 아래 굽이굽이 뻗어 나간 산줄기를 바라보고 있었다.

"객실로 들어가서 편히 쉬시지요."

시자승이 그렇게 말하자 마루에 벌렁 누워 있던 석팔이 상체를 일으켰다. 객실 방문은 시자승이 열어주었다. 미투리를 벗고 방 안으로 들어간 석팔은 아무 말 없이 방문을 닫았다. 두 사람은 틀림없이 동행인 듯한데 처음부터 서로 한마디 대화도 나누지 않는 것이 시자승을 더욱 불안하게 만들었다.

한량목은 방금 석팔이 있던 마루로 가서 걸터앉았다. 법당에서는 목탁 소리 대신 염불과 더불어 이따금 요령 흔드는 소리가 들렸다. 해골바가지같이 바싹 마른 중의 늙은 몸뚱이 어디에서 저런 기운이 나오는가 싶을 정도로 염불 소리는 줄기차게 이어졌다. 한량목은 하품을 하면서 불공이 끝나기만 기다렸다. 시자승과 사미승은 공양간을 들락날락하며 밥을 짓는 모양이었다.

어느새 염불이 멎었다. 가사 장삼을 걸친 노승이 법당에서 나오는 것을 보고 깊은 사념에 빠져 있던 한량목은 번쩍 제정신으로 돌아왔다. 노승을 뒤따라 나오던 김효임과 김효순 두 자매는 한량목을 발견한 순간 당황하는 것도 같고 반색하는 것도 같았다. 우선 포도청 사람이 아닌 것이 반가웠고, 한편으로는 가던 길을 되돌려서 여기까지 찾아온 사내의 속셈이 수상쩍었다.

"관세음보살."

노승이 합장으로 인사하자 이번에는 한량목도 같이 합장해 보이면서 허리를 굽혔다.

"안녕하십니까, 스님."

"누지陋地까지 찾아주셔서 고맙습니다."

"이곳에 와보니 나도 속세를 멀리하고 싶어집니다그려."

"중 팔자를 타고난 사람이나 절간에 살지요. 잘나신 선비님에겐 당치 않은 곳입니다."

노승도 농담으로 받으면서 한량목의 얼굴을 뚫어지게 봤다. 한량목은 '선비님'이라는 말에 기분이 괜찮은 듯 빙긋 웃으면서 저만큼

거리를 두고 섰는 자매 쪽으로 시선을 돌렸다. 수줍음이 많은 김효순은 제 언니 뒤로 살짝 몸을 가렸고, 김효임만 보일 듯 말 듯한 미소를 띤 채 조용히 고개를 숙였다. 김효임이 쌀쌀하게 대하지 않는 것만도 반가워서 한량목은 그녀 앞으로 다가가며 변명했다.

"부인과 헤어지고 주막에 목을 축이러 들어갔다가 잘 아는 포교를 만나지 않았겠소. 타국에서 숨어 들어온 천주학 괴수를 이 절에서 잡을 계획이라는 말을 듣고 그냥 떠날 수가 없었소이다. 무지막지한 포도청 놈들이 두 분에게 또 어떤 행패를 부릴까 걱정스러워 따라오게 된 것이오."

"저희를 그토록 염려해 주시니 고마운 말씀을 어떻게 드려야 할지……."

"이것이 다 인연이 아니겠소. 하하……."

한량목은 넉살 좋게 웃었다.

"그런데 포도청 사람들이 안 오고 어찌……."

"그놈들이 헛다리를 짚었지요. 아까 이 절에 다녀간 상제를 서양인이 변장한 것으로 잘못 알고 덤볐다가 망신만 톡톡히 당하고 하산해 버렸소."

순간 김효임이 안도의 숨을 내쉬는 것을 한량목은 눈치 채지 못했다.

"봄나들이 나온 길이라 바쁜 행보도 아니고 하여 절 아래까지 온 김에 올라왔소. 두 자매 분의 안위도 궁금하고……."

김효임은 객실 토방에 벗어놓은 석팔의 미투리를 바라봤다.

"내 아우는 피곤한지 절에 오자마자 방으로 들어가서 눕는구려. 어차피 우리도 여기서 하룻밤 묵어가야 할 것 같소."

그 말에 김효임은 당황하는 빛을 감추지 못했다. 행실 나쁜 사내들이 아니라는 것은 익히 알았으나, 그들이 절에서 묵는다면 동굴에 은신해 있는 모방 신부는 밤새도록 그곳에서 보내야 하지 않겠는가. 밤이면 산짐승도 걱정스럽지만 기온이 뚝 떨어져 무척 추울 텐데 신부가 한데서 어떻게 밤샘할까. 김효임이 말했다.

"저희도 몹시 피로하여 이만 들어가 쉬겠습니다."

요사채 뒤편으로 사라지는 자매를 멀뚱히 바라보고 섰던 한량목이 허전한 표정으로 턱을 쓰다듬었다. 법당에서 훔쳐본, 명상에 잠긴 여인의 모습도 아름다웠으나, 다시금 마주한 용모 또한 뜯어볼수록 일색이었다. 특히 많은 생각을 담고 있는 듯 그윽하면서도 서늘한 두 눈이 한량목의 심장을 여지없이 파헤쳐 놓았다. 일찍이 어떤 여자에게서도 발견할 수 없었던 고매한 기품을 풍기는 눈이었다. 한량목이 매일 밤 만나는 기생들이나 길에서 흔히 보는 여염집 부인들의 속된 눈과는 근본적으로 격이 달랐다.

"뉘 집의 며느리일까? 장안에 저런 여인이 있을 줄이야……."

한량목은 새삼 여인의 집안이 궁금했다. 여인의 친정은 어디이며 시댁은 뉘 집인지 기필코 알아내리라고 그는 마음먹었다. 그는 김효임을 십중팔구 수절하는 청상으로 믿었던 것이다. 그래서 그에겐 김효임의 출신 집안을 알아보는 것이 무엇보다 중요한 문제였다.

어쨌거나 오늘 한량목은 반평생을 헛살았다는 패배감으로 비참해졌다. 그는 다방골이나 수진방골 같은 기생촌에서 왕자 못지않은 대접을 받으며, 꽃밭 위를 노니는 한 마리 나비처럼 환락의 나날을 보내왔으나, 오늘 만난 여인으로 인해 그것이 다 부질없는 짓이었음을 깨달았다. 닭이 천 마리면 무엇 하나, 한 마리 봉황에도 견주지 못하는 것을. 결국 한량목이 닭 무리 속에서 희희낙락하며 살아온 천박한 난봉꾼에 지나지 않다는 것을 여인이 가르쳐준 셈이었다. 어쩐지 여인은 푸른 초원에 살고 자신은 시궁창에 산다는 열등의식이 생겨 그는 은근히 부아가 났다. 여인의 고고한 품행에서 그런 자격지심이 들었던 것이다.

이제까지 한량목은 어떤 여자도 자기 앞에서 도도하게 구는 것을 못 봤다. 장차 열녀문을 세울 것이라고 소문난 어느 대갓집의 젊은 과수 며느리도 단 한 번에 무너뜨렸다. 겉으로 정숙해 보이는 정경부인이라도 마음만 먹고 유혹하면 얼마든지 품에 안을 수 있다는 자부심을 가진 사람이 바로 한량목이었다. 그러나 오늘 만난 여인은 뜻밖이었다. 남녀가 정분을 트기에 알맞은, 호젓한 절간에서 다시 만났는데도 여인의 태도에는 일호의 흔들림도 보이지 않았다. 포졸들에게 겁탈당할 처지를 구해 준 은인에게 겸손히 감사하는 자세였을 뿐, 그가 치근거리며 접근할 수 있는 한 치의 틈새도 보이지 않았다. 한량목은 처음으로 한 여인 앞에서 자기 비하에 빠지는 비참한 패배감을 맛봤다. 그럴수록 그는 여인의 정체가 더욱 궁금하고 그녀의 집안을 알아내고 싶었다.

앵자봉 위로 해가 설핏 기울면서 주어사 마당에는 산 그림자가 드리우기 시작했다. 뒷짐을 지고 법당 앞을 서성거리던 한량목은 곁에 사미승이 와 있는 줄도 모르고 있었다. 사미승은 포교가 아니라는 것을 알고부터 풍채 좋고 잘생긴 이 사내를 호감 어린 시선으로 쳐다보고 섰다가 입을 열었다.

"저녁 공양 하십시오."

한량목이 돌아보고 웃자 사미승은 계집아이처럼 낯을 붉히더니 팔짝팔짝 뛰어 공양간으로 들어갔다.

객실에는 밥상이 들어와 있었고, 낮잠에서 깬 석팔이 부스스한 얼굴로 벽에 기대앉았다. 갓과 도포를 벗어놓은 다음 한량목이 밥상 앞에 앉아 먼저 수저를 들었다. 아무 대꾸도 없이 석팔도 다가와서 밥을 먹기 시작했다. 시래기 된장국에 도토리묵, 산나물 반찬 두 가지가 있었다. 아까 사미승이 뜯어 온 취나물과 참나물이었는데, 맏물 연한 잎이나 독특한 향기가 미각을 돋우었다. 시중에는 아직도 묵은 김치를 먹고들 있으니, 봄 반찬은 절이 더욱 호사스럽다.

두 사람 다 게 눈 감추듯 밥그릇을 비우고 물러앉았다. 한량목은 담뱃대를 꺼내어 대통에 장절초를 눌러 담고 부시를 쳐서 불을 댕겼다. 그는 몇 모금 뻑뻑 빨아들이다가 한숨을 토하듯 길게 연기를 내뿜었다. 사미승이 밥상을 내간 뒤에도 두 사람은 말이 없었다. 석팔은 한 손으로 턱을 괸 채 천장만 쳐다보고 앉았다. 그가 잔뜩 심통 난 까닭을 모르는 바는 아니었지만, 지금 한량목은 구구한 변명을 늘어놓을 심정이 아니었다. 석팔에게 이야기하나마나 한량목이 또 한 명의 여자를 농락하려 든다고 생각할 것이 뻔했기 때문이다. 그렇지만 석팔은 골나면 쇠귀신같이 좀처럼 입을 열지 않기 때문에 이럴 때 먼저 말을 거는 쪽은 언제나 한량목이었다. 등잔 바닥을 끌어당겨 담뱃대를 털고 나서 두어 번 잔기침한 한량목이 말을 꺼냈다.

"너무 고깝게 생각하지 말게. 자네의 금점 일을 소홀히 생각하여 그리로 가다가 말고 여기로 온 것이 아니야. 그동안 무절제한 내 생활을 여러 차례 충고한 자네의 뜻도 모르는 바는 아닐세. 격류에 한 번 휩쓸리면 쉽게 헤어 나오기 어렵듯이, 나도 내 의지대로 살지 못하고 이리저리 흐르는 물결 따라 살아온 것이 사실이야. 하지만 단꿀도 여러 달을 계속 먹으면 싫증 나는 법이네. 십여 년 동안 방탕한 생활을 하다 보니, 요즘 들어 나도 자신을 돌아보는 시간을 자주 가지게 되더구먼. 솔직한 심정을 말하면, 내 심신을 안주할 조용한 보금자리가 사무치게 그립네. 오두막집에 살망정 부부가 화합하여 자식들을 키우면서 오순도순 지내는 사람들이 부럽기 짝이 없어. 나이를 먹을수록 안락한 가정이 최상의 행복이라는 것을 절실히 느끼지만, 나는 그것을 못 이룬 사람일세. 어찌 보면 세상에서 가장 불쌍한 놈이지. 이젠 내 집을 두고도 동가식서가숙東家食西家宿하며 기생집을 전전하는 생활이 지긋지긋하네. 더러 마음씨 착한 기생이 있어 내게 정성을 다 쏟을 때는 안방에 앉힐까도 생각해 봤지만 그게 마음대로 안 되더군. 서출인 내가 노류장화路柳墻花를 안방으로 들여서 더욱 집안이나 남들의 조소를 살 생각만 해도 자존심이 허락하지 않았기 때문이네. 하기야 그런 경멸을 무시할 만큼 내 마음을 사로잡은 여인을 만났더라면 사정이 달라졌겠지만, 아직은 그만한 여인을 발견할 수 없었네."

여기서 잠깐 이야기를 중단한 한량목은 한층 진지한 표정으로 말을 이었다.

"오늘에야 비로소 내 짝으로 만들고 싶은 여자를 만났어."

석팔이 화들짝 놀라는 얼굴이더니 목소리를 낮추어 물었다.

"그럼 지금 이 절에 와 있는 저 부인을?"

"유부녀가 아닐세."

"뭐요?"

"청상이야."

"과부라는 것을 어떻게 아오?"

"개도 서당에서 삼 년을 살면 풍월을 읊는다고 하지 않는가. 십여 년 동안 주색잡기로 관록이 붙은 놈이 그 정도는 알아봐야지. 여자의 눈빛을 보고 목소리만 들어도 매일 밤 남편 품에서 자는 여자인지, 독수공방하는 여자인지 금방 알 수 있네."

석팔은 어이없다는 듯 입을 벌리고 쳐다볼 뿐이었다. 그러고 보니 오늘 만난 여인의 일거일동이 보통 여염집 아낙과는 어딘지 다르다는 생각도 들었다.

'그렇다면 소복을 하고 이 절에 온 것은 망부(亡夫)의 재를 올리려고?'

필경 그럴 것 같았다. 젊은 남자들 앞에 과부라는 것을 드러내기 싫어서 어머니의 재를 올린다고 둘러댔으리라. 어머니의 재라면 아들도 왔어야 하고 아들이 없으면 사위 되는 여인의 남편도 동행했어야 당연한 일이 아닌가. 그런데 한양에서 멀리 떨어진 산골까지 여동생 하나만 데리고 호젓이 온 것을 보면 아무래도 그 여인이 과부가 맞는 것 같다.

'나도 어지간히 우둔한 놈이군. 그만한 눈치도 못 채다니.'

석팔은 쓴웃음을 지었다. 어느새 한량목은 밖으로 나가고 방에 없었다. 갑자기 그 여인이 석팔에게도 가깝게 느껴졌다. 정녕 홀몸의 과수라면 본처와 헤어져 여러 해 동안 홀로 지낸 한량목과 짝을 짓는다고 나쁠 것은 하나도 없었다. 오히려 그것은 참으로 바람직한 일이었다. 한량목이 재혼하여 안정된 가정을 갖길 바라는 것은 어쩌면 그 자신보다 석팔이 더욱 갈구하고 있는지도 모른다. 왜냐하면 석팔은 자기 인생의 승패를 한량목에게 걸고 있었기 때문이다.

6

 그들이 처음 만난 것은 두 해 전 가을이었다. 김장철을 앞두고 여주까지 새우젓을 실어 왔다가 돌아가는 배편에 석팔과 사촌 형 석주는 약초를 가지고 한양으로 올라왔다.
 배가 삼개 나루터에 닿자 우락부락하게 생긴 사내 셋이 나타나서 약초 담은 섬들을 헤집어 한 움큼씩 꺼내 보다가 도로 쑤셔 박곤 했다. 천궁이 두 섬, 작약이 세 섬이었다.
 "어디서 허섭스레기 같은 것들만 모았구먼. 이것들 전부를 얼마에 팔려오?"
 눈자위가 고약하게 생긴 사내가 물었다. 나루터 일대에서 악명 높은 딱부리라는 무뢰한이었다.
 "당신들이 살 생각이오?"

그들의 무례한 행동에 불쾌했던 석주가 마뜩지 않게 쳐다보며 말했다.

"살 생각이 있으니까 흥정하자는 것이 아닌가."

"약고개로 가져갈 물건이오."

"약고개에 가면 두 곱을 준다는 사람이 있는가? 아무 데서나 값만 잘 받으면 될 것이 아냐."

"그럼 얼마를 쳐줄 생각이오? 시세만 맞으면 팔겠소."

"받을 사람이 먼저 말해야지."

"못 받아도 쌀 여덟 섬은 손에 쥐어야겠소."

"하하하……."

세 놈이 한꺼번에 웃음을 터뜨렸다.

"이봐, 이까짓 풀뿌리 몇 섬으로 팔자 고쳐볼 작정을 했나?"

"사기 싫으면 비켜나시오."

"왜 이리 딱딱거려? 흥정하자는데."

"보아하니 당신들은 살 사람이 아니라 그러오."

"반을 뚝 잘라서 쌀 넉 섬을 내지."

"싫소. 갈 길이 바쁘니 비켜나시오."

"뭐 이런 게 다 있어. 산골 농투성이가 대 센 척하네."

"산골 농투성이?"

"그래, 이놈아. 눈깔을 치뜨고 쳐다보면 어쩔 게야? 대거리라도 해보겠다는 것이냐?"

"순 도둑놈 판이로구먼."

"무엇이 어째, 이놈아?"

딱부리가 석주의 멱살을 바싹 움켜잡았다.

"이 손 놔라."

"안 놓겠다면?"

"정말 못 놓겠나?"

"요 자식 보게."

딱부리가 딴죽을 걸어 석주를 밀쳐 버리자 그는 땅바닥으로 벌러덩 자빠졌다. 뒷전에서 거동만 지켜보던 석팔이 그제야 딱부리의 멱살을 움켜잡고 흔들었다.

"어렵쇼?"

딱부리도 석팔의 멱살을 마주 잡으면서 두 눈을 험악하게 부릅뜨고 으르렁댔다.

"네놈 뼈도 못 추리기 전에 얌전히 손 풀어라. 내가 누구인 줄 아느냐?"

"선객들을 등쳐 먹고 사는 나루터 각다귀밖에 더 되겠나."

그사이 딱부리의 무르팍이 석팔의 사타구니를 올려 찼다. 그에 움찔하던 석팔이 부르르 성내면서 딱부리의 몸뚱이를 허공으로 번쩍 추켜올리더니 내동댕이쳤다. 대여섯 걸음 밖으로 나가떨어진 딱부리는 개구리 뻗듯 땅바닥에 사지를 쭉 깔고 몇 번 꿈틀대더니 요동도 없었다. 그 광경을 본 다른 두 놈은 혼비백산하여 줄행랑을 놓았다. 어느새 싸움 구경을 하러 그곳으로 모여든 구경꾼과 뱃사람들이 놀란 눈으로 석팔을 쳐다보면서 커다란 덩치를 짚단 다루듯 하는 그 힘에 혀를 내둘렀다.

　그때 마침 한량목이 무뢰배 두목들을 거느리고 나루터로 내려오고 있었다. 그의 오른팔과 왼팔 격인 종로 온삼이와 용산 득수도 동행했다. 이곳 마포 바닥을 오랫동안 지배해 오던 두목 바우는 나이 마흔에 가까운 데다가 병까지 들어서 명색만 남았을 뿐, 실제로는 부두목 홍두깨가 마포 무뢰배를 거느렸다. 오늘 한량목을 위시하여 최고 거물 세 사람을 한자리에 초청한 것은, 바우가 일선에서 물러나 앉고 이 지역의 두목에 홍두깨를 정식으로 재가한다는 뜻을 밝히기 위해서였다. 그들의 소굴이나 다름없는 주점에서 일차로 회동을 끝내고, 뱃놀이 삼아 행주 나루까지 나가서 웅어회를 먹고 올 참이었다. 그래서 딱부리가 배편을 주선하고자 졸개 두 명을 데리고 먼저 나루터로 나왔던 것인데, 엉뚱하게 석팔 사촌 형제를 건드린 바람에 저 지경이 되고 말았다.

　도망친 녀석들이 한량목 일행과 함께 배를 타러 내려오는 홍두깨에게 거짓말을 보태어 딱부리가 당한 일을 떠벌렸다.

　"배에서 내린 낯선 놈이라고? 너희 놈들이 큰형님들 앞에서 내 망신을 시키느냐."

　홍두깨가 버럭 화를 냈다.

　"예사 놈이 아닙니다요. 날쌔기는 비호보다 빠르고 힘은 항우 못지않았습니다."

　"듣기 싫다!"

　두 놈은 찔끔해서 뒷전으로 물러났다.

한량목 일행이 나루터에 가까이 가노라니 뱃사람 하나가 축 늘어진 딱부리를 업고 왔다.

"거기 내려놔라."

홍두깨의 말에 딱부리를 업은 뱃사람이 엉거주춤 서 있자 졸개들이 달려들더니 딱부리를 받아 내려놓았다. 딱부리는 신음 소리를 내며 운신을 못 했다.

"저기 있습니다. 바로 저놈이구먼요."

졸개 한 놈이 손가락으로 가리키며 소리쳤다. 석팔은 짐꾼들이 받쳐놓은 지게 위에 약초 섬들을 얹고 있었다.

서슬 시퍼렇게 성큼성큼 다가오는 홍두깨를 본 석팔이 하던 일을 멈추고 마주 꼬나봤다. 홍두깨는 서너 걸음 앞에 우뚝 섰다. 체구가 당당한 두 장한이 서로 아래위를 훑어보는 눈싸움부터 만만치 않았다. 구경꾼들이 그들 주변으로 슬금슬금 모여들고, 한량목도 자못 흥미로운 시선으로 지켜봤다. 석주만 애가 타서 어쩔 바를 몰랐다. 석팔의 싸움 실력을 믿지만 여기는 무뢰배가 판치는 바닥이 아닌가. 여차하면 몰매를 맞고 묵사발이 될 판국이었다.

"너는 어디에서 온 놈이냐?"

홍두깨가 먼저 입을 뗐다.

"여주에서 왔다."

석팔이 조금도 주눅 드는 기색 없이 벋버듬하게 나오자 홍두깨는 어이없다는 듯 한 번 씩 웃고 나서 점잖게 나무랐다.

"너보다 한 살이라도 더 먹은 존상(尊長) 앞에서 말본새가 그것밖에 안 나오는가.”

그 말을 들은 석팔이 비웃는 얼굴로 빈정댔다.

"초면에 놈 자부터 붙이는 위인이 존장 대접은 받고 싶은 게구먼.”

"놈 자가 귀에 거슬렸다면 내가 사과하지. 그러나 우리 아이를 반죽음되도록 해놓았으니 그 빚은 내가 갚아줘야겠다.”

"마음대로 하거라. 재주 있으면 빚 갚아라. 얼마든지 받아줄 테니.”

거침없이 맞받는 석팔의 기세에 홍두깨가 또다시 웃었다.

"너도 힘꼴깨나 쓰는 모양인데 아직 임자를 못 만난 것 같구나. 오늘은 혼 좀 나봐라.”

석팔이 아무 말 없이 두루마기를 벗었다. 무언의 그 행동이 참으로 당당해 보였다. 그러나 상대가 누구인가. 홍두깨의 절륜한 힘을 아는 사람들은 오늘 촌놈 한 명이 병신 될 것으로 믿었다. 그가 주먹을 내지르면 웬만한 바람벽에는 구멍이 뚫렸고, 그의 발길질에 초가집 기둥쯤은 그냥 무너졌다. 그래서 항간에는 이런 말이 있다. ‘노새 뒷발에 차일래, 홍두깨 앞발에 차일래?’ 하면 사람들은 노새 쪽을 선택한다는 것이었다.

석팔은 갓도 벗어서 석주에게 주었다. 그동안 홍두깨는 들메끈을 고치고 일어섰다. 키도, 체구도 엇비슷한 두 장한이 한판 겨룰 태세를 갖추자 득수가 복판으로 나왔다.

"이렇게 많은 사람들 앞에서 겨루는 마당이니 어디까지나 정당하게 싸우게. 최종 심판은 한량목이 내리실 게야.”

한량목이라는 말에 석팔이 멈칫하며 고개를 돌렸다. 두 장한에게만 정신이 팔려 있던 구경꾼들도 일제히 한량목 쪽으로 시선을 보냈다. 한량목은 팔짱을 낀 채 빙긋이 웃고 있다가 석팔과 시선이 마주치자 가볍게 머리를 끄덕여 보였다. 그것은 뜨내기 시골 청년을 격려하는 뜻이었다. 홍두깨는 모처럼 한량목이 지켜보는 가운데 자기 힘을 자랑할 기회를 갖게 되자 온몸에서 기운이 용솟음쳤다.

"물러서시오. 뒤로 더 물러나시오."

득수가 손짓하며 소리쳤다. 사오십 명이나 되는 구경꾼들이 몇 걸음씩 물러나면서 싸울 마당을 넓게 터주었다.

드디어 싸움이 벌어졌다. 두 사내가 상체를 약간 구부리고 양팔을 벌린 자세로 상대편을 무섭게 노려봤다. 한쪽이 오른쪽으로 움직이면 다른 한쪽은 왼쪽으로 움직이고, 또 한쪽이 왼쪽으로 가면 다른 한쪽은 오른쪽으로 갔다. 어느 쪽도 선뜻 다가들지 못하고 공격과 방어 자세를 엇바꾸며 신중하게 마당을 빙빙 돌았다. 구경꾼들은 숨을 죽이고 있었다. 그러다가 홍두깨의 발이 먼저 석팔의 하체를 후려쳤다. 잽싸게 피한 석팔도 홍두깨에게 발길질을 했다. 우람한 체구들이 날래기가 표범 같았다.

이번에는 석팔이 몸을 날리면서 홍두깨를 차고 뒤쪽으로 날렵하게 빠졌다. 홍두깨는 가벼운 충격을 받았는지 한 손으로 옆구리를 만지면서 이를 부르르 갈더니 공격적으로 나왔다. 석팔은 좌우로 몸을 피하며 다시 반격할 기회를 노렸다. 좀처럼 석팔이 잡힐 것 같지 않자 홍두깨는 한두 대 맞을 각오를 하고 바싹 파고들었다. 그에 당황하던 석팔이 바싹 들어오는 홍두깨의 정강이를 걷어찼다. 홍두깨는 한 무릎을 풀썩 꿇었다가 재빨리 일어났다. 두 차례나 먼저 기습을 당한 홍두깨의 얼굴이 뻘겋게 달아오르면서 단호한 결의를 나타냈다. 홍두깨는 자기감정을 진정시키려는 듯 잠시 숨을 돌리고 나서 다시 무섭게 달려들었다.

성난 황소의 기세였다. 뒷걸음질하던 석팔이 돌부리에 걸려 주춤하는 찰나, 홍두깨의 우악스러운 주먹이 그의 가슴팍을 내질렀다. 석팔은 여지없이 뒤로 나자빠졌다. 그와 동시에 관중의 탄성이 터지자, 그 기회를 놓칠세라 홍두깨가 넘어진 석팔의 복부를 겨냥하고 발을 번쩍 들어 짓밟는 순간, 석팔은 몸을 틀면서 홍두깨의 다른 다리를 낚아챘다. 홍두깨의 몸이 균형을 잃고 한 바퀴 빙글 돌면서 옆으로 넘어갔다. 다시 관중이 탄성을 지를 때 두 장한은 어느새 벌떡 일어나서 본래의 대결 태세를 갖추고 있었다. 싸움은 점입가경이었다. 한량목조차 오랜만에 보는 사내들의 장쾌한 겨룸에 침을 삼켰다.

서로 상대편의 실력을 시험해 본 터라 석팔과 홍두깨는 조심스레 마당만 서서히 돌았다. 한순간도 상대편에게 기회를 주지 않으려고 잔뜩 노려보면서 두 사람이 전진과 후퇴를 되풀이하자, 관중 속에서 홍두깨를 응원하는 졸개들의 고함 소리가 터져 나오기 시작했다. 그럴수록 홍두깨는 초조해지는 기색이었다. 그는 마음을 가다듬고 더욱 공격적인 자세로 석팔에게 파고들었다. 그 기세에 눌린 듯 석팔은 자꾸 뒷걸음질로 피했다. 그쪽에 있던 구경꾼들이 비켜나면서 장외로 계속 밀려 나가던 석팔은 아뿔싸, 자기 약초 섬들을 얹은 지게 하나를 등으로 치면서 나둥그러졌다. 계획적으로 그쪽으로 밀어

붙이던 홍두깨가 날쌔게 덤벼들었으나 석팔의 손에 잡히고 말았다.
'와아!' 하는 구경꾼들의 함성과 함께 육중한 두 몸뚱이가 서로 끌어안고 땅바닥에서 엎치락뒤치락하기 시작했다. 어느새 석팔이 위에 깔고 앉아 상대편의 목을 짓눌렀고, 홍두깨는 두 팔을 뻗어 필사적으로 저지했다. 그러다가 홍두깨는 자기 복부를 불끈 솟구어, 그 바람에 들썩하는 석팔의 몸뚱이를 두 발로 올려 찼다. 석팔은 공중을 회전하듯 앞으로 곤두박질했고, 다시 '와아!' 하는 함성이 터져 나왔다.
그런데 이게 웬일인가. 공중제비로 먼저 발딱 일어난 석팔이 이제 막 일어서려는 홍두깨의 안면을 향해 몸을 날렸다. 미처 피할 겨를이 없던 홍두깨는 얼굴을 호되게 차이고 뒤로 팍 쓰러지더니 그냥 팔다리를 늘어뜨렸다. 홍두깨의 코와 입에서 붉은 선혈이 콸콸 쏟아졌다. 너무나 순식간에 일어난 일인지라 구경꾼들은 자기 눈을 의심하면서 벌어진 입들을 다물지 못했다. 졸개 무뢰배가 피를 쏟으며 늘어져 있는 두목 홍두깨를 둘러싸고 어쩔 바를 몰라 했다.
한량목이 앞으로 나왔다. 그는 가쁜 숨을 씨근거리는 석팔의 어깨에 한 손을 얹으며 싱긋 웃었다.
"참으로 장하이."
온삼이와 득수도 곁으로 와서 칭찬을 아끼지 않았다.
"대단한 실력이구먼. 아마도 조선 안에서는 상적이 없을 것일세."
"통쾌한 무술 구경을 시켜주어 고맙네, 친구."
늠름한 석팔의 모습을 바라보는 구경꾼들의 시선에도 찬탄이 가득 넘쳤다. 졸개들의 부축을 받아 억지로 일어나 앉은 홍두깨가 가래침을 탁 뱉는데, 시뻘건 피에 섞여서 이도 몇 개 쏟아졌다.

그날 저녁, 오궁골에 있는 기생 매향의 집에서 한량목과 석팔은 밤새도록 술을 마셨다. 그들은 흔쾌히 의기투합했다. 흉금을 털어 놓고 대화를 나누는 동안 서로의 마음을 이해하며 강한 동지 의식을 느꼈다. 둘 다 부패한 정치를 개탄했으며, 사회의 지배 계층에 대한 깊은 저항심을 품고 있었다.

한량목의 본이름은 이인각이었다. 당시 그의 나이는 석팔보다 네 살이 더 많은 서른이었다. 아버지 이기연은 호조판서였고, 큰아버지 이지연은 우의정 자리에 있었다. 세종대왕의 다섯째 왕자 광평대군의 후예이므로 그에게도 이씨 왕족의 피가 약간은 섞여 있는 셈이었다.

그러나 명문거족 태생이면서도 적서嫡庶의 차별이 유달리 심한 가문의 서자로 태어났기 때문에 어려서부터 비뚤어진 인생행로를 밟을 수밖에 없었다. 그는 외양이 뛰어나게 잘생겼을 뿐만 아니라 머리까지 명석했으나 서출이라는 이유 하나로 집안에서 천대를 받으며 자랐다. 나이를 먹을수록 대장부다운 씩씩한 기상을 보였지만, 그와 정비례하여 그의 성품은 반항적으로 빗나갔다. 서출이 양반 행세를 할까, 벼슬을 할까, 그는 일찌감치 책을 팽개치고 거리로 나가 부랑아들과 어울렸다. 그는 집 밖에 나가기만 하면 집안에서 짓눌리고 멸시받던 감정을 풀기 위해 싸움판을 벌여 한바탕 때려 부숴야만 속이 시원했다. 상투를 틀어 올린 스무 살부터는 한량들이 소일하는 사정射亭에서 과녁을 향해 활시위를 당기며 울분을 풀었다.

그는 주먹 하나로 먹고사는 무뢰배를 모아놓고 매일 저녁 진탕만탕 술을 퍼마셨다. 그의 호탕한 기질과 포용력 넓은 언변은 무뢰배를 사로잡기에 충분했다. 비록 서자이긴 해도 대감 집 아들이 아닌가. 무뢰배는 그와 어울리는 것을 자랑스럽게 여겼다. 이재술理財術에도 능한 그는 언제나 술값을 혼자 도맡았으며, 어려운 처지에 있는 무뢰배를 알게 모르게 많이 도와주었다. 차츰 한양 장안의 무뢰배가 그의 휘하로 들어왔다. 각 구역의 두목들도 그를 상전처럼 받들기 시작하고, 그도 이름이 널리 알려진 거물 무뢰배를 심복으로 삼으면서, 그에게 한량목이라는 별명이 붙었다. 한량목은 곧 무뢰배 사회를 거느리는 총수의 대명사로 불렸던 것이다.

한량목은 민중의 사랑을 받았다. 거리에서, 술집에서, 시전에서, 사람들이 모인 곳이면 어디서나 그의 이야기가 화제에 올랐다. 그가 벼슬아치와 양반을 놀려주는 갖가지 일화들이 시중에 떠돌아다니면서 듣는 사람들을 즐겁게 해주었다.

축재蓄財를 많이 한 벼슬아치로 소문난 사람이 있으면 그 비행을 은밀히 조사해서 한량목이 직접 담판했는데, 뒤가 구린 터라 대개는 쩔쩔매면서 자기 죄상을 폭로하지 말아달라고 매달리기 일쑤라고 한다. 그런 자들에게서 돈을 듬뿍 뜯어내어 한량목은 휘하의 무뢰배를 먹여 살린다는 것이었다. 또한 상민을 지나치게 멸시하거나 자기 집 종을 짐승 취급하듯 악질로 구는 양반이 있으면 그냥 놔두지 않았다. 부하들을 시켜서 한밤중에 돌 세례를 퍼부어 방문을 때려 부수고 장독을 모조리 박살 내어 그 집 식구들의 혼을 쑥 빼며 공포로 몰아넣는다는 것이었다. 때로는 캄캄한 밤길에 골목 어귀를 지키고 있다가 귀가하는 가마나 교자(轎子)를 들어 엎고 달아났다. 짓궂은 장난이 하고 싶을 때는 작대기만 한 구렁이를 주인 사랑방에 집어넣기도 했다.

한양 장안에서 그런 사건이 자주 일어나므로 차츰 소문이 날 수밖에 없어, 양반들 간에는 한량목의 소행이라고 쑤군거렸지만 좀처럼 꼬리를 못 잡았다. 그 시간, 한량목은 기생집에 들어앉아 떠들썩하게 술을 마시면서, 무뢰배 중 똘똘한 부하들로 하여금 뒤로 자행케 하기 때문에 도무지 범인을 밝혀낼 재간이 없었던 것이다. 사람들 입으로 그런 소문이 자꾸 퍼져서 이제는 한량목이라면 양반을 미워하고 그들을 골탕 먹이는 사내로 낙인이 찍혔다.

그러나 한량목에게도 인간적인 약점은 있었다. 그는 여자를 너무 좋아했다. 아니 여자들이 그를 좋아했다. 인물 잘나고, 말 잘하고, 놀기 잘하고, 돈 잘 쓰는 한량목을 화류계 바닥에서는 서로 끌어들이려고 아우성이었다. 그가 들르는 술집에서는 그것을 큰 자랑으로 내세웠으며, 그의 품에 안겨 하룻밤 동침한 기생은 평생의 영광으로 알았다. 요염한 기생들이 서로 차지하려고 쟁탈전을 벌인다는 평판이 장안에 짜한 터라 행세하는 대갓집의 젊은 마나님들 사이에도 한량목은 가슴 설레게 하는 존재였다. 어느 고관대작의 소실이 한량목을 유혹했다가 버림을 받자 스스로 목숨을 끊었다는 소문이 공공연하게 나돌기도 했다.

그럴수록 양반층은 그를 타락한 서출 패륜아로 혹평했지만 서민층은 오히려 통쾌하게 여기며 옹호했다. 아무튼 한량목이라는 사내는 양반이 지배하는 사회에서 반항아의 상징으로 깊게 뿌리박혀 있었다.

석팔은 처음 한량목을 만난 한 달 동안 여주의 자기 집에도 내려가지 않고 함께 지냈다. 그는 한량목이 가는 곳마다 폭넓은 민중으로부터 뜨거운 환영을 받는 것을 보고 마음속으로 크게 탄복했다. 무엇이 저토록 한량목을 좋아하게 만드는 것일까? 그것은 쉽게 알 듯하면서도 불가사의한 문제이기도 했다.

한량목의 그런 위치가 석팔에게 엉뚱한 생각을 품게 했다. 전부터 그의 가슴속에는 누구에게도 발설 못하던 큰 뜻이 움트고 있었다. 석팔은 그것을 한량목과 손잡고 성취해 보려는 엄청난 야망을 품었다.

석팔은 고려 시대 청년 장군 경대승의 후손이었다.

고려 18대 의종은 나라 정사를 돌보지 않고 호화 방탕으로 놀기에만 정신을 팔았던 임금으로 유명하다. 의종은 풍광 좋은 곳곳에 별장과 정사亭舍를 짓고 날마다 장소를 바꾸면서 아첨하는 문신들과 놀이를 즐겼다. 문신들이 임금과 함께 주지육림酒池肉林에 파묻혀 호기롭게 먹고 마시면서 계집들을 희롱할 때, 경비를 맡은 무신들은 끼니조차 제대로 못 얻어먹고 배를 굶주리기가 일쑤였다.

한번은 『삼국사기』를 쓴 김부식의 젊은 아들 김돈중이 정중부라는 무신의 수염을 촛불로 그슬린 일이 있었다. 한자리에 있던 여러 문신들이 박장대소했다. 성정이 괄괄한 정중부는 주먹으로 쳐서 김돈중을 쓰러뜨렸다. 그 사실을 안 김부식이 의종에게 상주하여 하마터면 정중부가 죽을 뻔했으나 가까스로 죽음만은 모면했다. 그만큼 천무(賤武)의 풍조가 만연하여 무신들을 하인이나 노예처럼 취급했던 것이다.

그러나 무엇이든 가득 차면 넘치는 법이다. 불평이 쌓일 대로 쌓인 무신들은 마침내 칼을 뺐다. 대장부 정중부를 중심으로 궐기한 무신들은 오랜 세월 원한이 사무친 칼을 휘두르고 다니면서 문신들을 모조리 잡아 죽였다. 문신 복장을 입었으면 누구든 가리지 않고 살육하여 개경성은 시체로 뒤덮였다.

하루 사이에 무신들의 천하로 바뀌었다. 정권을 한 손에 거머쥔 정중부는 의종을 거제도로 유폐하고 명종을 새로 용상에 앉힌 후 자기 집 사랑방에 앉아서 나라 정사를 독단했다. 그러나 사리사욕으로 출발부터 정치를 그르치고 말았다. 게다가 정중부의 아들 균과 사위 송유인은 아비 권세를 믿고 방약무인(傍若無人)으로 설치고 다녀서 조신은 물론 백성까지 그들을 욕하지 않는 사람이 없었다.

그러나 칼은 칼로써 망한다고 하지 않던가. 그때 분노의 칼을 빼든 청년 무사가 나타났다. 나이 스물다섯밖에 안 된 청주 출신 경대승이었다. 그는 부하 삼십 명을 이끌고 대궐 담장을 넘어 들어가, 우선 명종을 보호하면서 정중부를 비롯하여 그 일파를 숙청했다. 기쁨에 넘친 조신들이 입궐하여 성대하게 하례하려 했지만, 경대승은 "임금을 죽인 자가 아직도 살아 있는데 무슨 하례란 말이오?"라고 거절했다. 그것은 이의민이라는 자를 두고 한 말이었다.

경주 출신 이의민은 체장수 아비와 옥령사라는 절간에서 종살이 하던 어미 사이에 태어난 천민이라 애당초 출세는 바라보지도 못할 신분이었다. 그러나 그는 키가 팔 척 장신이고 힘이 장사여서 일찍이 경군京軍에 뽑혔다. 놀기 좋아하던 의종은 격구擊毬와 수박도手博道를 잘하는 그를 총애하여 별장別將으로까지 삼았다. 그러나 이의민은 이미 폐위된 의종의 허리를 꺾어 죽였다. 그 후 서경에서 조위총이 일으킨 반란을 제압한 전공을 세운 그는 형부상서 겸 상장군이 되어 위세가 당당했다. 그는 경대승이 거사했다는 소식을 듣고 재빨리 자기 군사들로 방어 태세를 갖추었다.

한편 경대승도 언제 반격해 올지 모를 이의민이 두려워서 자기 집에 심복 부하들을 배치하여 밤낮으로 지켰다. 그의 사병들이 침식과 행동을 함께하는 이른바 도방都房을 설치했던 것이다. 이의민 역시 일부 군사로 자기 집을 호위하며 전전긍긍했다. 민심이 경대승에게 쏠렸으므로 이의민으로선 함부로 그를 치지도 못하고 불안한 나날을 보낼 수밖에 없었다. 그러다가 이의민은 모든 벼슬자리를 내놓고 고향 경주로 슬그머니 낙향해 버렸다.

그제야 경대승도 관직에서 물러나 집에만 들어앉았다. 그는 정권욕 때문에 거사한 것이 아니므로 임금이 불러도 나가지 않았다. 간혹 임금이 중요한 문제를 상의해 오면 자문에 응할 따름이었다. 모든 조신과 백성 들이 그런 고결한 인품에 더 한층 고개를 숙였다. 그러나 애석하게도 경대승은 병을 얻어 갑자기 죽고 말았다. 그때 그의 나이가 겨우 서른 살이었다. 참으로 젊음이 아깝지 않은가. 그러기에 눈물로 애도하는 개경의 백성들은 더욱 가슴 아파했다.

경대승이 나라의 기둥이었다는 사실이 곧 입증됐다. 경대승이 죽고 없자 용렬한 임금 명종은 이의민이 변란을 일으킬까 봐 지레 겁먹고 사신을 경주로 보내어 그를 개경으로 불러올렸다. 스스로 화근을 자초한 어리석은 처사로, 흉악한 늑대에게 살찐 송아지를 맡긴 격이었다.

중서문하 평장사中書門下 平章事에 임명되고 공신 칭호까지 얻은 이의민은 즉시 본성을 드러내어 고려 천지가 제 것인 양 포악을 부리기 시작했다. 그는 우선 개경에서 제일 좋은 민가를 빼앗아 살면서 차츰 왕궁에 버금가는 어마어마한 저택을 세웠다.

그런데 이의민의 아내가 머슴과 간통한 사실이 들통 났다. 머슴을 찢어 죽이고 부인을 내쫓은 이의민은 양가의 규수를 강제로 끌어들여 새장가를 갔다. 그러나 몇 달이 안 가서 다른 규수로 바꿔 쳤다. 해마다 두세 차례나 처녀장가를 가니 반반한 딸을 둔 집에서는 이의민에게 알려질까 봐 대문 밖 출입을 단속하며 서둘러 시집을 보내는 풍조까지 생겼다.

그런 부모 슬하에 자란 자식들이 어디 가랴. 제 아비를 본뜬 여러 아들들도 온갖 나쁜 짓만 골라 하고 다녔는데, 특히 지영과 지광 형제가 더욱 심하여 세상에서는 그들을 쌍도자雙刀子라고 일컬었다.

큰아들 지영은 자기 뜻을 거역하는 사람은 때와 장소를 가리지 않고 함부로 죽였다. 아름다운 부인을 보면 대낮에도 뛰어 들어가서 겁탈했다. 심지어 그는 임금이 총애하는 후궁까지 강제로 추행했지만 못난 명종은 그 아비가 두려워서 차마 벌주지 못했다. 나라 꼴이 그 지경에 이르니 조야(朝野)가 개탄했다. 점차 많은 사람들의 입에는 새삼 경대승이라는 이름이 자주 올랐다. 모두가 충직했던 청년 장군을 그리워했던 것이다. 결국 이의민은 최충헌 형제에 의해 타도되고, 이로부터 장구한 세월에 걸친 최씨들의 무신 집권 시대가 열렸다.

석팔은 그런 고려의 역사를 할아버지에게 들었다. 그의 할아버지 경진규는 관서에서 일어난 홍경래의 반란을 진압하기 위해 출정하는 선봉 부대의 일원으로 갔다가 구사일생으로 살아남은 사람이었다. 특히 반란군의 선봉장이던 홍총각이 좌충우돌로 용맹을 떨치는 바람에 초전에는 썩어빠진 관군들이 계속 밀려났다. 비록 홍경래의 난이 실패로 끝났지만 경진규는 마음속으로 그들의 의거를 존경했다. 그래서 그는 군복을 미련 없이 벗어던지고 고향으로 돌아갔다. 사내로서 어찌 부패한 조정에 충성하고 주구(走狗) 노릇 하며 밥을 먹겠느냐는 심사에서였다. 조정은 임금의 장인 김조순이 정권을 장악한 후 그 일파인 안동 김씨들만 독판을 쳤으므로 배알이 뒤틀렸던 것이다.

경진규는 손자 석팔이 기골이 우람한 사내로 자라는 모습을 지켜보는 것이 낙이었다. 그는 자기가 관군 시절에 배웠던 병법을 가르쳐주고 무술을 연마시켰는데, 석팔은 한 가지를 배우면 그것을 다른 두세 가지 기술로 응용했다. 석팔은 무술에 타고난 자질이 있었다.

그가 스무 살이 됐을 때는 인근 고을에서 그를 대적할 상대가 한 명도 없었다. 사람들은 장군감이 나왔다고 떠들었지만, 경진규는 손자가 무과에 응시하는 것을 허락하지 않았다. 외척 김씨들이 세도정치를 하는 부패한 조정으로 손자를 들여보내기가 싫었다. 그 대신 자랑스러운 선조 경대승 장군의 이야기를 손자에게 들려주는 정신교육에 심혈을 기울였다.

그런 할아버지 아래에서 배운 석팔은 남달리 정의감이 투철했다. 청운의 큰 뜻을 품을 만한 나이일 때부터 그는 백성을 도탄에 빠뜨리는 위정자들을 증오하기 시작했고, 양민을 괴롭히는 탐관오리들이 발호하는 세태를 탄식했다. 그는 자기 능력의 한계를 잘 알고 있었다. 많이 배우지 못한 그에겐 나라를 바로잡을 경륜이 없다는 것을 진작 깨우쳤다. 그리하여 그는 큰 인물이 나타나기를 갈망했다. 만약 홍경래 같은 인물이 또 세상에 나와서 대의를 위해 봉기한다면, 그는 기꺼이 참여하여 자기 힘과 무술로써 홍총각처럼 눈부신 활약을 하리라는 결의로 그런 날이 오기를 기다렸다.

그러다가 석팔은 한량목을 만났다. 시골에 묻혀 살면서도 한량목의 이야기는 한두 차례 소문으로 들은 적이 있었다. 그러나 막상 만나보니, 한낱 한양의 무뢰배 두목으로만 알았던 한량목이 의외로 정신이 건전하고 지배층에 대한 반항심이 깊다는 사실을 발견했다. 더욱 놀라운 것은 한량목이 민중에게 대단한 인기를 얻고 있는 점이었다. 그것은 아무나 할 수 있는 일이 아니지 않은가. 비록 서자로 태어나서 암흑가로 풀렸을망정 한량목이야말로 백 년에 한두 명이

나올까 말까 하는 불세출의 인물이다. 석팔은 그렇게 믿었다.

처음 한량목을 만난 겨울, 석팔도 한양에서 지냈다. 한량목이 좀처럼 그를 놓아주지 않았기 때문이다. 석팔의 입장에서도 세상 물정을 속속들이 살펴볼 수 있었으므로 굳이 한량목의 곁을 떠나려 하지 않았다. 두 사람은 한양의 여러 사정을 순례하면서 활쏘기를 즐기고, 저녁때는 각 구역에서 번갈아 찾아오는 무뢰배 두목들과 어울려 술을 마셨다. 그런 자리에서 나오는 이야기들을 귀담아듣고 석팔은 나라 안 실정이나 세상 돌아가는 세태를 환히 알 수 있었다.

그러는 동안 석팔은 엉뚱한 생각을 품게 됐다. 한량목과 손잡으면 어떤 큰일이라도 도모할 수 있을 것 같았다. 한양 안팎으로 도처에 깔려 있는 수천 명의 젊은 무뢰배 족속들이 전부 한량목 휘하에 있지 않은가. 그들은 대부분 없는 집에 태어나서 배우지 못하고 행세하지 못하여 저마다 욕구좌절과 불평불만으로 가득 차 있었다. 그들은 울분을 터뜨릴 곳을 찾아서 폭력 세계로 뛰쳐나온 청년들이었다. 비록 세인들에게 경이원지敬而遠之의 대상으로 소외받으며 사는, 사회의 밑바닥 인생들이지만 의리는 태산 같았다. 그들 나름대로 의리를 생명처럼 중히 여기는 정신은 염량세태炎涼世態에 명리名利만 빠르게 좇아 이합집산하는 세상인심에 비춰 볼 때 참으로 돋보였다. 그러므로 대의명분을 높이 걸면 모두들 한량목에게 충성할 것이 틀림없었다. 기운이 펄펄 넘치고 행동이 거친 그 무리를 하나로 뭉치면 거기서 폭발하는 화산처럼 무서운 힘이 솟을 것이었다.

또 있다. 팔도강산 구석구석에 널려 있는 서얼, 즉 첩실의 소생으로 태어나서 설움 속에 살아가는 사람들이 얼마나 많은가. 그 자손까지 합치면 엄청난 숫자이리라. 한 아비의 자식이면서 제사를 지낼 때도 뜰아래 엎드려 절해야 하는 차별 대우로 그들의 가슴속에는 누구보다 깊은 원한이 맺혀 있었다. 아무리 똑똑하고 아는 것이 많아도 출셋길이 막혀 있으니 밝은 세상을 바라보지 못하고 비분과 탄식으로 음지에서 몸부림치는 그들이야말로 같은 처지의 한량목에게 가장 확실한 동지가 되어줄 것이었다.

 그뿐인가. 각계각층의 서민들 속에 뿌리를 내리고 굳건한 발판을 둔 한량목이니 민중의 열광적인 호응을 얻는 것도 어렵지 않은 일이었다. 석팔은 홍경래 같은 인물이 출현하기를 막연하게 기다렸으나 한량목을 만난 후부터 생각이 조금 바뀌었다. 민생을 진정 걱정하고 경륜이 높은 훌륭한 인물은 초야草野에도, 조정에도 반드시 있을 것이었다. 그런 분들을 추대하고 한량목을 앞장세워 혁명을 일으키고 나라를 바로잡는다면 세상 사람들이 어찌 역적이라 부르리오. 잘되면 충신, 못되면 역적이라고 했다. 대장부가 역적으로 몰려 죽는 것이 두려워서 정의를 저버리고 불의를 묵인한다면 비겁한 졸장부에 지나지 않을 것이다.

 그것은 조상에게 부끄러운 노릇이었다. 석팔은 언제나 경대승 장군을 생각했다. 아득한 옛날의 선조이지만 그 할아버지의 혈통을 면면히 이어받아 오늘의 내가 있지 않은가. 석팔은 스물다섯 청년의 몸으로 떨치고 일어나서 왕권을 짓밟고 정권을 농단하는 정중부 일당을 처부순 그 기백이 자신의 혈관 속에 맥맥이 흐른다는 긍지를 가지고 있었다. 나라 형편은 650년 전 고려 시대나 지금이나 비슷했다. 왕을 유명무실하게 만들어놓고 족당이 정권을 전횡하는 바람에 백성만 허덕이는 풍토가 너무 똑같았다.

고려 시대에는 무신들이, 지금은 척신戚臣들이 발호하는 점이 다를 뿐이었다. 김조순은 몇 해 전에 죽었으나 그 아들이 권력을 세습하여 안동 김씨의 세도정치가 계속 이어지니, 도대체 조선 팔도가 한 족벌의 소유물이란 말인가? 그런 생각만 하면 석팔은 피가 끓었다. 누가 나서서 외척들이 판치는 세도정치를 종식시키고 왕권을 복원해야 나라가 바로잡힐 것이었다.

그렇다면 누가 나서겠는가? 썩은 벼슬아치들, 나약한 선비들, 무기력한 무관들, 다 틀렸다. 그들은 김씨 세도에 굴복하여 이미 삼십여 년 동안이나 방임해 왔다. 일신의 안위만을 생각하고 현실에 자족하려는 풍조이니, 이대로 가면 세도정치는 앞으로도 백 년, 이백 년 계속될 것이 뻔했다. 정의가 죽고 의기남아가 없는 한심스러운 세상이었다. 오죽해야 여주 고을 한적한 산골에서 사냥이나 다니고 농사일이나 거들던 젊은 촌놈이 두 주먹을 불끈 쥐고 궐기하려 할까.

한량목은 그런 석팔의 마음을 전혀 눈치 채지 못했다. 그는 자기를 앞장세워 조정을 뒤엎으려고 획책하는 석팔의 야심을 짐작조차 못 하고 있었던 것이다.

석팔을 대하는 한량목의 우정은 실로 순수했다. 폭력을 유일한 밑천으로 삼는 무뢰배 중에서도 홍두깨라면 홍인문 쇠돌치와 함께 쌍벽을 이루는 존재였다. 그들의 힘과 기량은 조선에서 맞설 사람이 없으리라는 것이 세간의 정평이었다. 그런 홍두깨를 넉가래 분지르듯 어렵지 않게 꺾어버린 석팔의 완력을 보고 한량목은 깜짝 놀랐다. 하지만 석팔에게 매료된 것은 그 힘보다 정신이었다. 주먹심 자랑하는 놈치고 골통이 제대로 찬 놈을 보기가 흔치 않은 일이었다. 대개는 생각이 단순하고 지혜롭지 못했다. 그런데 석팔은 남달리 세상을 보는 안목이 높을 뿐만 아니라 어느 선비보다도 비판 의식이 뚜렷했다. 술이 얼큰하게 취했을 때 석팔이 토해 내는 말들은 마치 한량목의 마음속을 꿰뚫어 봤다는 듯이 한마디 한마디가 공감 가는 내용들이었다. 두 사람이 며칠 사이에 십년지기처럼 가까워진 것도 그런 까닭이었다.

한량목이 꺼리는 사람은 아무도 없었다. 어려서부터 가장 무서웠던 큰아버지, 우의정 이지연 앞에서도 지금은 거침없이 그가 할 말을 다 했다. 그러나 웬일인지 석팔 앞에서는 그도 조심스러울 때가 많았다. 혹시 석팔에게 경멸당하지나 않을까 싶어 그는 스스로 언행을 신중히 했다. 그래서 석팔과 동석한 술자리에서는 기생들을 희롱하는 것도 격을 높여서 점잖게 놀았다. 어떻게 보면 석팔은 거추장스러운 존재인데도 한량목은 그가 고향으로 내려가면 그렇게 허전할 수 없었다. 한양 장안에 친구가 한 명도 없는 것처럼 그의 마음 한구석이 비는 것이었다. 한량목이 아무리 붙잡아도 석팔은 한양에 오래 머물지 않았다. 일 년에 네다섯 차례 상경해서 기껏 열흘쯤 묵다가 다시 내려갔다.

그러나 석팔은 전처럼 집에 있는 것이 아니라 사방으로 금맥을 찾아다녔다. 그는 금점에 미친 사람처럼 며칠 분씩 식량을 짊어지고 다니며 산속을 헤맸다. 옛날부터 금이 나왔다는 지방으로 쏘다니다 보면 당굴이라는 것을 자주 발견할 수 있었다. 신라와 당나라 연합군이 백제와 고구려를 멸망시킨 후 한반도에는 얼마 동안 당나라 군사들이 주재했는데, 그들은 이 땅에서 금이 많이 나온다는 것을 알고 대대적인 채광 사업을 벌였다. 그러다가 김유신 장군의 신라군에게 쫓겨 갔다. 당굴이란 그때 당나라 사람들이 금을 캐던 자리를 말했다.

석팔이 그런 당굴들을 집중적으로 찾아다닌 것은 필경 그곳에 금이 있었기에 당나라 사람들이 손댔으리라고 믿었기 때문이다. 당나라 사람들은 남의 나라에서 장기적인 계획을 세워 체계적으로 채광 작업을 하지는 못했을 것이다. 그리고 천 년 전 그들의 채광 기술이 지금보다 앞섰다고 볼 수는 없는 일이었다. 그들은 금이 많다는 곳으로 몰려와서 여기저기 파보다가 시원찮으면 다른 장소로 옮겨 또 파다가는 자기 나라로 쫓겨 갔을 것이다. 그런 석팔의 추측은 적중했다. 대개는 허탕 쳤지만 어떤 당굴에는 금이 나왔다. 오랜 세월 폐광된 채 버려져 있는 당굴을 몇 자 정도 더 파보면 돌 틈에 누렇게 낀 금맥이 발견됐다. 금맥은 흔히 일정한 지역 안에 몰려 있기 마련이라 금을 찾아낸 근처에 또 다른 금맥이 있는 것이 상례였다.

그리하여 석팔은 여주 고을 금사면 상호리라는 동네 옆 산에 금점을 열었다. 채금에 필요한 도구들을 마련하고 동네 장정들을 데려가서 본격적인 채광 사업에 착수했다. 한동네에 젊은 시절 금점

꾼으로 다녔던 경험이 있는 노인이 살아서 그의 지도를 받으며 일사불란하게 움직였다. 그런데 하루는 여주 관아의 병방(兵房)이라는 자가 부하들을 거느리고 나타나서 당장 금점을 걷어치우라고 으르딱딱거리며 서슬 퍼렇게 호통 쳤다. 이유인즉슨, 삼 년 전 나라에서 금광, 은광의 사설(私設)을 막는 금지령을 내렸다는 것이다. 근년에 각처에서 금맥이 많이 발견되어 잠채가 성행하는 바람에 그런 조치가 내려졌다는 설명을 듣고 석팔은 당황했다. 나라가 채금을 금지했다는 바에야 어쩔 도리가 없었다. 그러나 석팔은 그냥 물러나기가 너무 억울했다. 원대한 뜻을 품고 이 일에 집착해 왔던 것이 아닌가.

한량목을 만나고부터 자신이 직접 나서서 외척의 세도정치를 타도하겠다고 결심한 후, 석팔이 가장 먼저 부딪힌 벽은 자금 문제였다. 수천수만의 군중과 군사들을 움직이려면 막대한 거사 자금이 필요했다. 이런 일에서 돈의 효용은 수레바퀴에 기름칠하는 것과 같아, 부족하면 빡빡하니 안 돌지만 넉넉하면 순조롭게 앞으로 잘 굴러간다. 그래서 석팔이 생각해 낸 방도가 금을 캐는 일이었고, 다행히 거금을 만질 조짐이 보이는 금광맥을 찾아냈다. 하지만 뜻밖에도 나라가 석팔의 일에 제동을 걸었다.

석팔은 어떻게든 채광을 밀고 나갈 방법을 궁리하다가 한량목의 아버지 이기연 호조판서를 떠올렸다. 그에게 도움을 받는다면 여주 수령쯤은 눌러놓고 채광을 계속 추진할 수 있을 듯싶었다. 그래서 석팔이 부랴부랴 상경하여 그 문제를 상의했더니, 한량목은 껄껄 웃으면서 어느새 금장이가 됐냐고 놀리는 투로 받아들였다.

"자네 같은 사람도 일확천금을 바라는가? 어리석은 짓 하지 말고 차라리 전날처럼 약초나 재배하게."

석팔은 한량목을 설득하느라고 어지간히 애먹었다. 석팔이 며칠을 한양에 머물면서 졸라대니까 한량목은 마지못해 채광할 현장부터 가보자고 승낙했다. 그는 금이 나올 곳 같으면 자기 아버지의 힘을 빌리지 않고도 여주 수령을 주물러서 묵인하도록 만들 수 있는 묘책이 있다고 했다.

그리하여 두 사람은 함께 한양을 출발했다. 한량목은 석팔의 금점 일도 있지만, 내심 새로 구입한 말을 타고 싶은 마음이 더 컸다. 그는 지난겨울 의주 만상灣商에게 보기 드문 백마 한 필을 샀다. 백설같이 흰 털빛에 검은 갈기로 덮인 가리온이었다. 그 가리온은 임금이 타는 어승마御乘馬보다도 훌륭한 말이기에 무뢰배 두목으로 평판이 난 일개 한량이 장안에서 타고 다니기는 난처했다. 필경 조정에도 알려져 말썽이 날 것은 뻔한 일이었다. 마침 봄 날씨도 화창하니 한량목은 전부터 있던 절따말을 석팔이 타게 하고 흔쾌히 분원을 거쳐 앵자산 기슭까지 가리온을 몰았던 것이다.

고갯길에서 포졸 두 놈에게 겁탈당할 위기에 있던 소복의 여인을 만나지 않았더라면, 주막에서 손 포교를 만나지 않았더라면 그들은 곧장 상호리로 직행했을 것이다. 한량목은 전혀 알지도 못하는 절간에서 하룻밤을 묵게 되고 보니, 사람은 한 치 앞도 모르고 산다는 말이 실감 났다. 한량목이 절간으로 무작정 올라올 때는 석팔도 격분하지 않을 수 없었다. 석팔이 아무리 한량목과 친한 사이라도 정숙한 양갓집 부인을 농락하는 행위는 용납할 수 없는 일이었다. 그러나 소복의 여인이 유부녀가 아니라 과수라는 판단이 서자 석팔의 생각도 달라졌다. 한량목이 늘 마음속으로 그리던 여인상이라고 실토했을뿐더러 좋은 배필을 만나 안정적인 가정을 꾸리고 싶다는 고백까지 하자 이제는 석팔의 몸이 달았다. 어떻게 해서라도 이번에 저 여인과 인연을 맺게 해주어 한량목의 허랑한 생활을 바꿔놓고 싶었다. 조정을 뒤엎는 경천동지驚天動地할 큰일을 도모하자면 우선 한량목의 정신을 개조해야 하고, 그러려면 지금까지 그의 생활을 청산하는 새로운 탈바꿈이 절대적으로 필요하기 때문이었다.

7

금강야차에게 목을 짓눌렸다. 머리 하나에 팔이 넷 달린 괴물이 손에는 칼, 고리, 화살, 방울, 오고저五鈷杵를 든 채 성난 얼굴로 목을 밟고 있어 꼼짝할 수가 없었다. 위에서는 수미산 꼭대기의 제석천帝釋天이 굽어보고, 산 중턱에서는 사천왕이 바라보고 그 곁에는 팔부중八部衆 여덟 신장이 지켜 섰지만, 누구도 도와주려고 하지 않았다.

"네 이놈! 여기가 어디라고 감히 네 발로 침입해 왔느냐? 너같이 죄 많은 팔난봉이 저 소복의 여인을 범하려고 흑심을 품었으니 용서할 수 없다."

당장이라도 머리통을 깨물듯이 무섭게 부릅뜬 눈으로 금강야차가 호통 쳤다. 흑심이 아니라 진심이라고 아무리 외치고 싶어도 목소리가 나오지 않아 안타깝게 발버둥만 쳤다. 별안간 천둥소리 같은 굉음이 들렸다. 그 소리에 깜짝 놀라 눈을 떴다. 캄캄한 방 안이었고, 밖에는 새벽 예불을 하는 목탁 소리와 함께 우렁찬 종소리가 울려 퍼지고 있었다.

"꿈이었구나! 휴우……."

한량목은 한숨을 내쉬었다. 아직도 자기 목을 잔뜩 짓누르고 있는 석팔의 다리를 두 손으로 밀어젖히면서 벌떡 일어나 앉았다.

"이 사람 잠버릇 참 고약하구먼!"

화가 치민 한량목이 버럭 소리치자 잠을 깬 석팔이 부스스 상체를 반쯤 일으키고 쳐다봤다.

"왜 그러시오, 형님?"

한량목은 혼자 씨근거리고 있었다.

"무슨 일이 있었소?"

"엊저녁에 발은 왜 안 닦았나?"

"발이요?"

"고린내 나는 발을 잘 챙기게."

씹어뱉듯 화난 목소리에 어리둥절하던 석팔이 어둠 속에서 벌쭉 웃었다.

"내가 잠을 험하게 잤나 보구려. 몸이 고단한 날은 여편네에게도 자주 지청구를 듣는답니다."

"하필이면 야차 발이 되어 남의 목을 누를 것이 뭔가. 자네 덕분에 나는 염라대왕 앞까지 갔네."

"그게 무슨 말이오?"

108

한량목은 더 이상 대꾸하지 않고 다시 방바닥에 몸을 눕혔다. 등에 식은땀이 축축하게 뺐다. 나무가 지천인 절간이라 불을 얼마나 처뗐는지 구들장이 아직도 뜨끈뜨끈했다.

바깥은 캄캄한 꼭두새벽이었다. 한량목과 석팔은 나란히 누워서 종소리를 들었다.

딩—

종소리는 새벽잠에 취해 있을 삼라만상을 어루만지듯 멀리멀리 퍼져가며 하늘 끝으로 아련히 사라졌다.

딩—

종소리는 끊일 듯하다가 다시 울렸다. 적막한 산사(山寺)에 누워 듣는 새벽 종소리가 유난히 가슴을 파고들었다. 한량목은 저쪽 어느 객실에 누워 있을 여인을 생각했다.

'이 종소리를 들으면서 그녀는 지금 무슨 생각에 잠겨 있을까.'

같은 지붕 아래 밤을 보냈지만 어쩐지 손에 닿지 않는 먼 거리의 여인처럼 느껴져서 한량목의 마음은 안타깝기 그지없었다.

그 시각에 김효임도 종소리를 듣고 있었다. 그녀는 온통 신부 걱정뿐이었다. 몇 번이나 방문을 열고 바깥을 내다보며 새벽 찬 공기를 염려했다. 초저녁에 시자승이 거적때기와 솜이불을 가져다주고 왔다지만 동굴 속에서 떨고 있을 모방 신부의 모습이 자꾸만 떠올라 그녀는 조바심이 났다.

"형님, 그만 일어나시오."

석팔이 흔들어 깨우는 바람에 한량목은 눈을 떴다. 환한 햇살이 방문으로 쏟아져 들어오고, 사방에서 우짖는 산새 소리가 요란했다.

"깜박 늦잠이 들었구먼."

한량목은 이부자리에서 몸을 일으키고 하품했다. 그는 새벽 종소리가 멎고 예불이 끝난 후에도 김효임을 두고 여러 생각으로 몸을 뒤척이다가 다시 잠에 떨어졌다.

"밖에 나가 소세하고 오시오. 우리만 아침밥을 못 얻어먹고 있는 것 같소."

"자네가 시장하니까 나를 깨웠구먼."

한량목은 밖으로 나갔다. 온몸을 휘감는 싱그러운 산 공기와, 새 아침을 찬미하듯 일제히 지저귀는 온갖 산새들의 합창 소리로 더없이 상쾌한 기분이었다.

옹달샘에서 사미승이 쪼그리고 앉아 무엇을 닦고 있었다. 인기척을 듣고 뒤를 돌아본 사미승은 젖은 손을 옷자락에 문지르며 일어나 합장했다.

"편안히 잘 주무셨습니까?"

"꼭두새벽에 종을 쳐서 남의 잠을 설치게 해놓고 잘 잤냐고 묻는 게냐."

사미승은 계집아이처럼 배시시 웃었다.

"그 여인들은 이런 좋은 아침에도 방에만 박혀 있는 겐가?"

"그분들은 가셨습니다."

"뭐라……? 가다니?"

한량목이 깜짝 놀랐다.

"아침 일찍 떠나셨습니다."

"일찍 떠났다고? 언제쯤?"

"해 뜨기 훨씬 전에……."

"아니, 이럴 수가……."

한량목은 뒤통수를 맞은 사람처럼 입을 헤벌린 채 말을 잇지 못했다. 그때 법당 쪽으로 내려오는 시자승이 보였다. 한량목이 그를 쫓아가면서 큰소리로 따지듯 물었다.

"그 여인들이 떠났다는데 정말인가?"

"예, 가셨습니다."

"이런 괘씸한 것들이 있나……."

"두 분에게 인사를 못 드리고 떠나서 죄송하다는 말씀을 전해 달라고 하셨습니다."

"그까짓 인사로 될 법한 일인가."

"떠난 지 얼마나 됐지?"

"먼동이 트자 곧 하산하셨습니다."

"산속에서 길도 잘 모를 텐데 그렇게 일찍?"

"소승이 저 산 아래까지 배행해 드리고 왔습니다."

한량목은 화난 얼굴로 혼자 씨근거리고 섰다가 객실로 달려갔다. 책상다리하고 앉아 있던 석팔이, 부르르 뛰어들더니 겉저고리를 성급히 주워 꿰는 그를 의아한 눈으로 봤다.

"왜 그러시오?"

"떠났다는구먼."

"떠나다니요?"

"저 방에 묵은 여인들 말일세."

"예……?"

석팔도 뜻밖이라는 표정이었다.

"아무리 앉아서 오줌 누는 여자이기로서니 의리가 서푼어치도 없어. 한마디 인사도 없이 쌩 가다니."

한량목은 도포까지 걸치고 나서 갓을 내려 썼다.

"그래, 그 뒤를 쫓아가겠다는 것이오?"

"먼저 여주로 내려가 있게. 며칠 후에 자네 집으로 찾아가겠네."

한량목은 그 말만 던지고는 방에서 뛰어나갔다. 마루로 쫓아 나온 석팔은 허둥허둥 사라지는 한량목의 뒷모습을 멀거니 쳐다볼 뿐이었다.

한량목은 오솔길을 따라 허겁지겁 앵자산을 내려가서 주어 마을에 다다랐다. 그리고 일단 마을 한복판을 통과하여 큰길로 나가서 품실 쪽으로 내달렸다. 그는 턱까지 숨이 찼으나 마음은 급하여 쉴 겨를 없이 발걸음을 재촉했다.

주막거리로 들어서자 바깥에 매놓은 말들이 주인을 먼저 알아보고 반가운 소리를 질러댔다. 말들은 주인을 잃고 낯선 산골 주막에서 하룻밤을 보내느라 어지간히 초조했던 모양이다. 한량목은 곧장 부엌으로 뛰어들었다. 하마터면 말들이 떠드는 소리에 놀라서 부엌 밖으로 나오던 주모와 박치기할 뻔했다.

"아이, 깜짝이야!"

"술 한 사발 빨리 주게."

"왜 이리 급하시오?"

"빨리 술부터 주게."

냅다 핀잔하는 한량목의 서슬에 찔끔해서 주모는 술독 뚜껑을 열고 바가지로 휘휘 내둘렀다. 술병에 술을 퍼 담을 새도 없이 한량목은 주모에게 달려들어 바가지를 낚아채듯 빼앗아 들고 벌컥벌컥 마셨다. 오 리가 훨씬 넘는 길을 쉼 없이 달려왔으니 조갈증으로 목이 탈 수밖에 없었다. 미친년 아랫도리처럼 이슬에 젖어 엉망인 한량목의 행색을 훑어보면서 주모가 뇌까렸다.

"마시는 음식이라고 그렇게 자시다가는 관격(關格) 들겠소."

한 번 쉬었다가 나머지 술을 단숨에 들이켜고 난 한량목은 허리에 찬 염낭을 열어 은화 한 닢을 주모 손에 쥐어주었다.

"어머나! 은돈을 주시네."

주모의 입이 함박만 하게 벌어졌다.

"이따가 내 아우가 오거든 술대접이나 잘해 보내게."

"포교 나리는 안 오신대요?"

"그이는 어제 한양으로 돌아갔네. 주모가 보고 싶으면 또 찾아오겠지."

한량목은 안장을 들고 주막 밖으로 나가 가리온의 등에 얹었다. 절따말이 뒷발질을 하면서 시샘을 부렸다.

"네 새 주인은 조금 있다가 올 것이다. 며칠 지나 다시 만나자."

절따말의 목덜미를 툭툭 쳐주고 나서 한량목은 감나무에 매어둔 가리온의 고삐를 끌렀다.

"중노미 시켜서 아침 여물은 넉넉히 먹였습니다요."

주모가 아쉬워하는 표정으로 말했다.

"고맙네. 여기를 지날 일이 있으면 또 들르겠네."

한량목은 안장 위로 훌쩍 올라앉자마자 가리온의 옆구리를 차며 그곳을 떠났다. 혼자 남은 절따말이 '으흐흥' 구슬픈 소리를 질렀지만 그는 뒤도 돌아보지 않고 앞으로 내달았다.

한량목은 말을 타고 중간에 있는 주어 마을을 다시 지나 주어 고개 아래까지 십 리 가까운 계곡 길을 계속 달려왔다. 말은 모처럼 몸을 풀게 되어 신명 난다는 듯 네 발굽으로 경쾌하게 달렸다. 드넓은 몽고 초원에서 태어나 그곳에서 자랐다는, 만상의 말 자랑이 오늘에야 실감 났다. 의주에서 이 말을 처음 본 한량목은 황홀한 시선을 떼지 못하고 대뜸 '설희雪姬'라는 이름을 지어주었다. 아침 햇살에 눈부시게 반짝이는 눈처럼 하얗게 온몸을 덮고 있는 윤기 나는 털빛과 새까만 갈기의 이 암말에게 썩 어울리는 이름이라고 생각했다.

고갯길을 오를 때는 한량목이 재촉하지도 않았는데 설희는 주인의 급한 마음을 알아채기라도 한 것처럼 끄덕끄덕 머리 방아를 찧으면서 부지런히 올라갔다. 고갯마루에 거의 올라가니 어제 포졸들이 두 자매를 붙잡고 북새 떨던 장소가 눈에 띄었다.

"괘씸한 여자 같으니……."

한량목은 생각할수록 야속했다. 자칫하면 평생 흠간 여자로 신세를 망칠 뻔했던 처지를 구해 준 은인에게 인사도 한마디 없이 일찌감치 새벽에 달아난 여인의 소행이 그렇게 얄미울 수가 없었다. 마치 배신을 당한 것처럼 한량목의 가슴속에는 분한 마음이 자꾸만 치솟는 것이었다.

그러나 따지고 보면 여인을 크게 타박할 일이 못 됐다. 어제 일은 어제로 끝난 셈이 아닌가. 또한 절까지 찾아간 것은 한량목의 일방적인 행동이었기에 여인만 나무라기가 조금은 낯간지럽다. 배신감이 드는 것도 은인으로서의 입장보다 연심을 품은 사내의 입장에서 자기가 흠뻑 빠져 있는 연정을 야멸치게 외면당한 데 기인한 감정에 지나지 않는다. 난생 처음 여자에게 퇴짜를 맞은지라 한량목 저 혼자 열 내고 있을 뿐이었던 것이다.

'필경 그 여인도 나를 알고 있음이 분명해. 장안의 이름난 난봉꾼이라는 소문을 들었던 것이 틀림없어. 그래서 나를 피하는 게야. 자기에게 엉큼한 흑심을 품었다는 것을 눈치 채고 몸을 빼서 새벽같이 달아났겠지.'

그런 판단이 서자 한량목은 더욱 안타까웠다. 처음으로 한 여인에게 순수한 연정을 품었지만 이런 그의 마음을 누가 믿어주겠는가. 지금 그가 쫓아가서 두 자매를 붙잡는다고 한들 절대로 그의 말을 믿으려 하지 않을 것이었다.

'성급하게 굴 것은 없다. 우선 여인의 집안부터 알아내는 것이 선결 문제야. 그 다음에 내 본심을 밝히고 어떻게든 이해하도록 만들어봐야지. 이 여인만은 기필코 내 평생의 반려자로 삼고 말겠어.'

한량목은 자신 있었다. 열 번 찍어 안 넘어가는 나무 없다는 말도 있지 않은가. 여인의 남편이 죽은 지 얼마 지나지 않았다면 삼년상을 치를 때까지 기다릴 작정이었다.

그런데 어찌 된 노릇일까? 이십 리 길은 족히 달려왔는데 여인들이 보이지 않았다. 혹시 말굽 소리를 듣고 풀숲으로 몸을 숨길까 봐 한량목은 앞을 똑바로 살피면서 말을 달렸으나, 두 자매의 모습은 어디에도 보이지 않았다. 눈앞에 귀어리라는 동네가 나타나고, 그 너머로 푸른 한강이 보였다. 아무리 그들이 재우치게 걸었더라도 여자 걸음으로 벌써 이곳을 지났을 것 같지는 않았다. 평탄한 길이 아니고 큰 고개를 두세 개 넘어야 하는 산길이라 한양 여자들에겐 벅찬 노정이었다. 한량목은 행인을 만나거나 밭갈이하는 농부를 보면 말고삐를 당기며 멈춰 서서 두 여인을 봤느냐고 물었지만, 모두들 머리를 가로저으며 못 봤다는 대답뿐이었다. 그는 갑자기 초조해지기 시작했다.

'이 길로 오지 않고 다른 길로 간 것이 아닐까?'

한량목이 쫓아올 것을 예상하고 그들은 다른 길로 갔을지도 모를 일이었다. 그러나 한양으로 돌아가자면 이 길을 거쳐 소내에서 배를 타야 했다. 광주부로 돌아가는 큰길이 있긴 하지만 곱절도 훨씬 더 걸어야 하는 그 길을 택했을 것 같지가 않았다. 아직은 노골적으로 그의 본심을 내비친 바도 없었으니 산적 소굴을 빠져나가듯 허겁지겁 달아나야 할 까닭이 없는 것이다. 야무진 인품으로 보나, 여동생만 데리고 산길을 여행하는 대담성으로 보나, 비겁하게 줄행랑칠 여인이 아니었다.

'그렇다면 어떻게 된 일이지?'

그는 말을 세워둔 채 진퇴양난에 빠진 사람처럼 자기 앞뒤로 뻗어 있는 길을 번갈아 쳐다보면서 잠시 망설였다.

'먼동이 트면서 출발했다니 지금쯤 분원에 거의 닿았는지도 모르겠구먼.'

그럴 가능성은 열의 하나도 없었으나 한량목은 채찍으로 말 궁둥이를 때렸다. 말은 기다렸다는 듯이 네 발굽을 굴리면서 힘차게 앞으로 달려 나갔다. 귀여리부터 분원까지는 한강을 끼고 십 리 길이다. 험한 고개도 없는 마찻길이라 준족의 설희는 순식간에 분원 초입으로 들어섰다. 그러나 여인들의 모습은 끝내 발견할 수 없었다. 아무도 두 자매를 본 사람이 없는 것으로 미루어 그들이 이 길로 오지 않은 것이 확실했다.

그 시각, 김효임과 김효순은 주어 마을의 한 농가에 있었다. 어제 절 아래까지 길을 안내해 주었던 농부가 사는 집이었다. 그들은 시자승을 앞장세워 새벽바람에 그 집으로 들이닥쳤다.

어제 노승의 협조로 모방 신부를 절 근처에 있는 동굴로 피신시키고 정하상이 신부로 가장하여 상제 옷을 바꾸어 입고 하산했을 때, 그들은 법당으로 들어가서 불공을 드리는 것처럼 꾸몄다. 해가 질 무렵 법당 밖으로 나온 김효임은 포교가 아닌 한량목이 절에 올라온 것을 보고 무척 반가운 마음이 들었다. 그러나 그녀는 한량목의 뜨거운 시선을 느낀 순간 당황했다. 그래서 그와 몇 마디 대화도 못 나눈 채 얼른 그 자리를 피했다. 하시만 객실로 들어와서도, 맘이 깊어 잠을 자려고 누웠을 때도 그녀는 한량목의 모습을 여전히 떨쳐 버릴 수가 없었다. 여동생은 어느새 잠들었지만 김효임은 쉽사리 잠을 이루지 못했다. 그녀는 일어나 앉아 기도를 올렸다.

"주여! 시험에 들지 말게 하옵소서. 저는 이미 주님께 몸과 마음을 바쳤나이다. 잠시나마 동정서원童貞誓願을 잊고 흔들렸던 약한 믿음을 용서하소서. 제 마음속으로 사탄이 들어오지 못하도록 지켜주소서. 지금 신부님이 홀로 산속에 계시나이다. 저희 구령救靈 사업을 맡으신 그분을 보살피시어 함정에서 무사히 벗어날 수 있도록 인도하소서. 주님을 모르고 사는 관헌들이 신부님을 찾기 시작했습니다. 이 땅에서 또 무서운 박해가 일어날 조짐이 보입니다. 영혼을 구제하기 위해 수만 리 타국에 와서 고생하시는 신부님이 풍성한 열매를 거두도록 언제까지나 보살펴주실 줄로 믿나이다. 저희는 아직도 주님의 영광을 밝히 드러내지 못하고 숨어서 미사를 드리는 처지입니다. 주여! 불쌍한 이 땅의 신자들이 환난에 빠지는 일이 없도록 따뜻한 손길로 보호해 주소서."

김효임은 엎드려 기도하다가 언제 잠이 들었는지 모른다. 그녀는 갑작스러운 종소리에 화들짝 놀라 깼다. 밤새도록 산속 동굴에 머문 모방 신부를 걱정했던 김효임은 두 사내가 깨기 전에 절을 떠날 마음을 먹었다. 그것이 신부를 위하는 방법이었다. 그녀는 자기가 떠나버리면 한량목도 절에서 지체하지 않으리라는 것을 알았다.

창문에 희뿌연 새벽빛이 비쳐들자 김효임은 방에서 나갔다. 선방에 불이 켜져 있었다. 고양이 걸음으로 건너가서 방문을 조금 열고 선방을 살며시 들여다보니, 새벽 예불을 마치고 들어온 시자승과 사미승이 조용히 불경을 읽는 모습이 보였다. 주지는 벽을 향해 석상처럼 앉아 좌선하는 중이었다. 너무 고요하고 경건한 분위기를 깨뜨리기가 민망하여 한동안 망설이던 그녀가 잔기침을 두어 번 하자 곧 시자승이 방문을 열고 나왔다.

"스님, 저희는 가렵니다."

"지금이요?"

"저 방에 있는 사내들이 일어나기 전에 떠나는 것이 좋을 것 같습니다."

시자승은 김효임의 의도를 알았다는 듯 고개를 끄덕였다. 사미승도 무슨 일인가 싶어서 밖으로 나와 빤히 쳐다봤다.

"산 아래 동네까지만 데려다 주시겠습니까?"

"그러지요."

"죄송합니다."

"죄송할 것 하나도 없으니 어서 차비하고 나오시오."

시자승은 성격이 활달한 중이었다. 김효임은 객실로 돌아가서 이부자리를 개켜놓고 여동생 김효순과 함께 서둘러 밖으로 나왔.

동녘 하늘이 자색으로 물들면서 먼동이 트고 있었지만, 절에서 내려가는 오솔길에는 아직 어둠이 깔려 있어 앞이 잘 보이지 않았다. 그 길에 익숙한 시자승은 성큼성큼 잘도 내려갔으나 그를 뒤쫓는 두 자매는 쩔쩔매며 허둥거렸다. 어찌나 두 다리에 힘을 주었던지 편편한 부둣골까지 왔을 때는 무릎이 후들거리고 발목이 시큰거

러서 주저앉고 말았다. 새벽 찬바람 속에서도 둘 다 이마에 땀방울이 송송 맺혔다.

"산길은 내려오기가 오르기보다 더 어렵지요?"

가쁜 숨을 내쉬는 그들을 돌아보면서 시자승이 웃었다.

"스님, 참 인정도 없으시네요. 혼자만 자꾸 내빼면 어찌합니까?"

남자 앞에서는 얼굴도 못 드는 김효순이 불평 어린 표정으로 쏘아붙였다.

"그럼 천천히 가자고 하실 것이지요. 잘 따라오기에 나는……."

그러나 김효임은 그런 일에 개의치 않았다.

"스님, 우리 신부님을 잘 돌봐 주십시오. 교우들이 모시러 올 때까지만이라도……."

"염려하지 마시오. 포졸 수백 명이 산을 뒤진다고 해도 그분이 계신 동굴은 찾아내지 못합니다. 주지 스님과 나밖에 모르는 곳이니까요."

주어 마을은 깊은 잠에 빠져 있었다. 그사이 날도 훤히 밝아서 어제 봤던 집을 어렵지 않게 찾았다. 김효임이 손으로 가리키자 시자승은 다짜고짜 그 집 사립문을 붙잡고 흔들어댔다. 문설주에 달린 깨진 요령이 귀 따가운 소리를 내면서 새벽 공기를 갈라놓았다.

집 안에서 지게문 여는 소리가 나더니 놀란 목소리가 튀어나왔다.

"누구요?"

"윗동네에 사는 땡중이오."

시자승이 장난기 섞인 응답을 하자, 잠시 후에 집주인이 짚신짝을 끌고 나오며 두런거렸다.

"절에서 누가 토사곽란(吐瀉癨亂)이라도 났나? 첫새벽에 스님이 웬일이시오?"

"절에 화적 떼가 들어서 쫓겨 왔다오."

"엉?"

눈이 휘둥그레지는 주인의 얼굴이 싸리 울타리 너머로 보였다.

"어서 문이나 여시오."

마흔 줄에 든 주인은 사립문을 열고 머리부터 내밀다가 두 여인을 보자 주춤하며 안색이 달라졌다.

"정말 무슨 일이 생겼소?"

"안녕하세요."

"아, 예……."

주인은 김효임의 인사를 받으면서도 얼떨떨한 표정을 감추지 못했다.

"화적 떼가 여기까지 쳐들어올까 봐 그러시오? 왜 그렇게 겁먹은 얼굴이오?"

"그게 아니라 새벽 참에 이렇게……."

"곤히 주무시는데 소란을 피워 죄송합니다."

김효임이 다소곳이 고개를 숙였다.

"이 집에 두 분을 숨겨주셔야겠소."

"무슨 일이 일어났소?"

"이야기는 안으로 들어간 연후에 들으시오. 찬바람 속에 세워둔 채 미주알고주알 캐묻지만 말고……."

시자승의 핀잔에 주인은 열없는 얼굴로 김효임을 쳐다봤다.

"그럼 돼지우리 같은 집이지만 안으로 들어오시오."

시자승과 김효임 자매는 주인을 따라 집 안으로 들어갔다. 자다가 나온 안주인도 토방에 서서 어리둥절한 눈으로 그들을 맞았다.

"뒷방으로 화롯불을 가져오지. 군불도 좀 지피고."

주인이 뒷방 문을 열자 메주 썩는 퀴퀴한 냄새가 왈칵 풍겨 나왔다.

"안방에 아이들이 자고 있으니 이 방으로 드실 수밖에 없소."

"아무래도 좋습니다."

김효임 자매가 그 집에서 조반까지 얻어먹고 얼마 동안 앉아 있으려니 밖에 나가 있던 주인이 들어왔다.

"말씀하셨던 그 선비가 지금 막 지나갔소. 허둥지둥 서두르는 걸음을 보아 댁들을 뒤쫓는 것이 틀림없는 듯싶소."

"그래요?"

"그런데 어째 품실 쪽으로 갈까?"

"말을 가지러 갔겠지요. 어제 말을 타고 왔으니까."

"흠, 품실 주막거리에 마방 딸린 주막도 두 집 있지요."

"혼자 갔습니까?"

"예."

"또 한 사내도 절에서 내려올 것입니다. 잘 살펴주세요."

한 식경쯤 지나서 분원 쪽으로 달려가는 말발굽 소리를 들을 수가 있었다.

8

 한편 모방 신부의 상제 옷으로 바꾸어 입고 주어사에서 내려오다가 손 포교를 망신시킨 후 분원까지 당도한 정하상 일행은 곧장 소내로 가서 배를 탔다. 마침 광나루까지 간다는 만장이 한 척이 막 닻을 올리고 있어 가까스로 승선할 수 있었다. 다행히 손 포교와 그 부하들은 더 이상 뒤밟지 않았다. 그들과 같은 배를 타게 될지도 모르는 터라 은근히 가슴을 졸였는데 한시름 놓게 됐다. 배에 오를 때 갑녕과 김순성 두 사람은 슬쩍 빠져서 근처 주막으로 자취를 감추었다.

 소내에서 강 건너 마재까지는 큰소리를 지르면 들릴 듯한 지척이었다. 그곳이 정하상의 고향이었다. 겨울을 고향 마재에서 보낸 노모가 아직 그곳에 있었다. 정하상은 한양으로 돌아가는 길에 마재에도 들르리라고 마음먹었으나, 엉뚱스레 상제 복장을 하는 바람에 바로 귀경할 수밖에 없었다.

　저녁 노을빛으로 물드는 강물을 타고 배는 기세 좋게 한강을 계속 내려갔다. 고물간에 앉아 강물에 물끄러미 시선을 둔 채 옛날 황 서방을 생각하는 정하상의 가슴속으로 애틋한 그리움이 잔잔하게 괴었다. 산으로, 들로 어린 자신을 잘도 데리고 다니던 명랑한 그 얼굴이 손에 잡힐 듯 떠올랐다.

　'어느덧 삼십팔 년이란 세월이 갔구나. 이제 내 나이도 그분이 죽던 나이와 동갑이 아닌가!'

　옆 자리에 앉아 있는 유진길이 아까부터 깊은 생각에 잠겨 있는 정하상을 흘깃흘깃 쳐다보다가 말을 걸었다.

　"절에 남으신 신부님은 어디로 가겠다고 말씀하셨소?"

　퍼뜩 제정신으로 돌아온 정하상이 대답했다.

　"어디, 그런 말을 나눌 경황이 있었나요."

　"포교들이 팔을 걷고 나선 것 같은데, 신부님이 하루빨리 충청도로 내려가셨으면 좋겠구먼."

　"그리하시겠지요. 신부님은 여주와 광주 일대에 사는 교우들을 순방하실 계획이었으나, 이런 판국에 여기서 우물대다가는 정말 큰일 나게요. 대부님에게 단단히 일러두었으니 신부님을 잘 모시고 충청도로 내려갈 것입니다."

　"전라도에 가 계신 신부님에게도 빨리 전갈을 보내어 각별히 몸조심하시라고 연락해야 하지 않겠소?"

　"그래야지요. 대부님이 상경하자면 며칠 걸릴 테니까 다른 사람을 보내야겠습니다."

　그들은 이물 쪽에 있는 사공들이 들을까 봐 목소리를 낮추어 이것저것 교회 문제들을 계속 상의했다. 조선에 서양인 신부들이 있다는 사실을 포교들이 알게 된 이상 그에 따른 대책이 시급했던 것이다.

9

 정하상 일행이 배를 탈 때 뒤로 처진 갑녕과 김순성은 나루터 어귀에 즐비한 주점 중에서도 가장 허름해 보이는, 휘장 친 술국집에 앉아 있었다. 그들은 장국밥을 시켜서 허기진 배를 달랜 후에도 막걸리 한 방구리를 놓고 노량으로 시간을 보냈다. 건성으로 대화를 나누면서 동패라도 기다리는 것처럼 자주 바깥을 살폈다. 서른네 살의 김순성은 나이 예순이 가까운 갑녕을 아저씨라고 불렀다.
 해가 서산마루에 두어 뼘 남았을 때 손 포교와 포졸들이 마침내 배를 타러 내려오는 모습이 보였다. 다리를 질질 끌며 어깨가 축 처진 꼬락서니들이 흡사 전쟁터에서 돌아오는 패잔병들 같았다. 그들은 주어 마을 이임里任 집에서 밥을 지어 먹고 늑장 부리다가 이제야 돌아오는 길이었다. 포도청 위세로 으름장을 놓아 야거리 한 척을 억지로 띄우게 하더니 모두들 올라타고 소내 포구를 빠져나갔다.

그제야 두 사람은 주막을 나왔다. 경안천이 한강에 합류하여 강물이 휘도는 두미 쪽으로 멀어져가는 배를 지켜보던 김순성이 뇌까렸다.

"사냥개 같은 놈들……."

그들은 분원 쪽으로 되짚어 올라갔다. 상둣도가를 찾아 상제 옷을 한 벌 지을 북포北布를 끊어 가지고 나와서 은골이라는 동네로 향했다.

분원은 팔리골, 육리골, 은골, 대추나무골, 안골(소내) 등 큰 동네 여섯 개로 이루어져 있는데, 동네마다 천주교 믿는 가정이 한두 집은 박혀 있었다. 특히 은골에는 이 고장 신도의 중추적 인물이라고 할 수 있는 주용식을 비롯한 대여섯 가구가 모여 살았다. 전부 합쳐야 열서너 집밖에 안 되지만, 대개 신유년辛酉年 박해 전부터 믿어온 사람들이라 신앙의 기반은 탄탄한 곳이었다.

이 지방에 천주교가 일찍부터 뿌리를 내리게 된 것은 우연한 일이 아니다. 조선 천주교의 발상지라고 할 수 있는 천진암과 주어사가 가깝고, 그곳에 모여서 교리를 연구하고 교회 창설의 태동을 마련했던 초창기 신자인 학자들이 소내의 뱃길을 이용했는가 하면, 그 모임의 중요한 참석자였던 정약전, 정약종, 정약용 삼 형제가 강 건너 가까운 마재에 살았기 때문에 직접 간접으로 영향을 받았던 것이다.

분원 사람들은 대부분 사기그릇을 만드는 일에 종사하거나 그 그릇을 팔러 다니는 도부꾼으로 생계를 꾸려갔다. 따라서 이곳 신자들 역시 도공이 많았다. 그중에서도 주용식은 분원에서 제일 뛰어난 화배공畵坯工으로 정평 난 사람이었다. 그가 도자기에 그리는 그림 솜씨는 가히 신기에 가까웠다. 그는 나라에 진상하는 갑번甲燔에만 그림을 그렸다. 그래서 일반 여항으로 나가는 사기그릇에는 그의 그림을 볼 수가 없었다. 진상기進上器 중에도 임금이 있는 대궐 안에서 사용되거나 청나라 사신들에게 선물하는 특별한 도자기들은 거의 주용식의 그림을 넣어 구운 것들이었다.

오늘도 도기소에서 하루 일과를 마치고 돌아온 주용식은 마루에 걸터앉아 발을 씻고 있었다. 그는 쉰 줄에 접어든 중늙은이였다. 네모난 두툼한 얼굴에 턱 밑을 시커멓게 덮은 텁석나룻하며 떡 벌어진 어깨는 쇠전거리로 황소를 몰고 다니는 소 장수 같은 인상을 주었다. 그가 마루에 올라앉아 마른걸레로 발을 훔치는데 누가 사립문으로 들어왔다.

"안녕하시오."

어둑발이 내리는 무렵이라 주용식은 언뜻 못 알아보고 어름어름했다.

"나를 모르시겠소? 작년에 김효임 아가씨의 소개로 좋은 도자기를 얻으러 왔던 한양의 김순성입니다."

"아이고, 그렇구먼!"

"안녕하시오. 김갑녕이올시다."

"아이고, 대부님도 동행하시고……."

"그간 별고 없으셨소?"

"그저 그렇지요. 요즘 들어 눈이 부쩍 나빠져서 환쟁이 노릇도 얼마 못 할 것 같구면요."

주용식은 변명처럼 말하고 두 사람에게 시선을 보냈다.

"날 저물어 불쑥 찾아왔으니 예가 아닙니다."

"늦게들 웬일로……."

"들어가서 말씀드리지요."

갑녕이 속삭이듯 목소리를 낮추자 일순 주용식의 얼굴에도 긴장이 스치더니 곧 태연스럽게 말했다.

"누추한 집이지만 들어들 오시오."

두 사람은 주인을 따라 안방으로 들어갔다. 이렇다 할 세간이 없는 썰렁한 방이었다. 그래도 벽지를 발라 토벽은 면한 벽과 반들반들 윤나는 기직자리에서 안주인의 깔끔한 성품이 짐작됐다. 방에 있는 물건 중 유난히 눈길을 끄는 것이 있다면, 그것은 바로 사기로 만든 등잔대였다. 밑바닥 바탕은 거북이 헤엄치는 모양이고, 거북의 등 위에는 토끼 한 마리가 서서 불 켜는 등잔을 앞발로 받쳐 든 형국인데, 별주부가 자기 등에 토끼를 태우고 용왕을 만나러 가는 장면을 연상시켰다. 교활하게 웃고 섰는 토끼의 모습이나 음흉한 미소로 토끼를 올려다보는 거북의 표정은 살아 움직이는 것처럼 생동감이 넘쳤다. 어느 도공이 장난삼아 만든 등잔대 같았으나 자꾸 볼수록 친근감을 느끼게 하는 희귀한 걸작이었다.

'개발의 편자로군.'

김순성이 비시시 웃었다. 사실 이런 좋은 물건은 고대광실 재상

집 안방에나 어울리는 것이었다.

　등잔에 불을 밝히고 돌아앉는 주인과 윗목의 손님들은 정중하게 무릎 꿇은 자세로 새삼 각자의 가슴에 십자성호를 그었다.

　"찬미 예수."

　"찬미 예수."

　이어서 갑녕이 말했다.

　"이 사람은 충청도에 내려가 계신 모방 신부님의 복사로 있었소. 이번에 신부님을 앵자산 주어사까지 모셔 왔지요. 한양에서는 나와 정 베드로, 유 아우구스티노, 조 가롤로 등이 이곳으로 내려왔고요."

　"우리 생질녀들도 아침에 그 절로 갔는데?"

　"예, 만났소."

　"그럼 그 아이들은 지금 절에 있소?"

　갑녕이 오늘 있었던 자초지종을 이야기했다. 김효임과 김효순이 주어 고개에서 포졸들에게 봉변할 때 갑자기 나타난 한량목 덕분에 위기를 모면했고, 그 연유로 모방 신부를 산속에 남겨둔 채 모두 하산하게 된 경위를 듣자 주용식은 사뭇 놀라는 얼굴을 했다.

　"천주님께서 도우셨군요. 내 생질녀들이 안 갔더라면 신부님과 여러 교우들이 한꺼번에 잡힐 뻔하지 않았소?"

　"여부가 있소. 우리는 꼼짝없이 그놈들이 친 어살 속에 들어간 물고기 신세였지요."

　"하하하……."

　돌연 주용식이 통쾌한 웃음을 터뜨렸다. 갑녕과 김순성은 어안이 병병한 얼굴로 쳐다봤네.

"정말 우리 효임이에게 하느님의 계시가 있었던 것 같소. 주어까지 여기서 삼십 리 산길인데, 저희 둘이 간다기에 내가 말렸지요. 모방 신부님을 만나 꼭 전갈해야 할 말이 있다면서 나서기에, 그럼 내가 동행하마고 했더니 부득부득 그만두라는 것이오. 예수 믿는 사람들에겐 무서울 것이 없다나. 절에서 사나흘 묵게 될지도 모른다는 아이들의 말을 듣고 나는 할 수 없이 포기했지요. 곧 가마에 넣을 그릇들이 있는데, 내 일이 밀려서 성화를 해대는 형편이었거든. 중간에 고갯길은 있지만 대낮에 무슨 일이 있으랴 싶어서 그 아이들만 보내고 나는 도기소로 나갔는데 마음이 영 께름칙합디다. 그러나 내가 따라갔더라면 큰일 날 뻔하지 않았소? 내가 동행했다면 포졸들이 그 아이들을 건드리지 못했을 것이고, 그렇게 그냥 통과했더라면 그곳에 포졸들이 와 있는 줄도 몰랐을 것 아니오?"

"그렇습니다."

"맞는 말씀이오!"

두 사람은 무릎을 치며 동감했다.

"하필 그 시각에 한량목이라는 사람이 나타난 것도 천주님의 뜻인 듯싶소."

갑녕의 말에 김순성이 맞장구쳤다.

"그래서 개똥도 약에 쓸 때가 있다는 말이 있지 않습니까. 하하……."

"쉬잇! 밖에 들리겠네."

갑녕이 주의를 주자 주용식이 말했다.

"괜찮소. 우리 부엌데기가 벌써 사립문을 잠갔을 것이오. 숨어서 예수님을 믿다가 보니 문단속에는 미립이 트였다오."

갑녕이 가져온 삼베 뭉텅이를 내놓았다.

"이것으로 밤 동안에 상복 한 벌을 만들어주셔야겠소. 아까 말했다시피 신부님의 옷을 바오로 회장이 바꾸어 입고 하산했는데, 미처 벗어놓지 못하고 그냥 배를 탔소. 개 코보다 예민한 포교 놈들이 나중에라도 상복을 안 입었더라는 것을 알게 되면 괜한 의심을 살 것 같아서……."

"잘하셨소. 그까짓 상복 한 벌이 대수인가요. 이웃에 상제 옷을 잘 꿰매는 할멈 교우가 있으니 염려 마시오."

"여보, 밥상 들여가요."

방문 밖에서 안주인의 소리가 나자, 주용식이 삼베를 가지고 나가더니 내일 아침까지 상복을 만들라고 지시했다.

"크기는요?"

"재작년 우리 동네에도 오셨잖아. 바로 그 신부님이 입으실 걸세."

"알았어요."

주용식이 밥상을 들고 방 안으로 들어왔다.

"시장들 하셨겠소. 소찬이지만 함께 드십시다."

밥상을 보니, 칠 벗겨진 통영반統營盤 위에 손님이 왔다고 자반 토막도 놓였으나 반찬보다는 그릇들이 눈을 끌었다. 순전히 사기그릇 일습인데 사발, 대접, 보시기 들의 때깔이 곱고 무늬가 독특한 것이 여느 대갓집 칠첩반상에도 볼 수 없는 상품들이었다.

'사기장이 그릇치레로군.'

또 김순성이 속으로 자발없이 웃으면서 다가앉았다.

김순성은 교회 내에서 똑똑한 사람으로 인정받는 터였다. 참새도 얼러 잡는다는 소리를 들을 만큼 지모가 뛰어난 사내였다. 그러나 그런 사람에게서 흔히 볼 수 있듯이 김순성도 경망스러운 데가 있어 갑녕은 그 점을 탐탁지 않게 생각했다. 김순성은 항상 입가에 미소를 걸친 채 사람을 대하므로 처음 만나는 신자들도 쉽게 친숙해졌지만, 자세히 뜯어보면 그 미소 뒤에 만만치 않은 야심이 깃들여 있음을 감지할 수 있었으며, 대화 중에도 바쁘게 굴리는 눈동자에는 뭔가 모를 교활함이 엿보였다.

어쨌거나 김순성이 교회 일에는 남다른 열성을 보였기 때문에 한양의 주교는 지방에서 활동하는 두 신부에게 연락해야 할 일이 있으면 그를 보냈다. 자칫 중간에 발각되기라도 하면 증거품이 될까 봐 성직자 간에도 편지 연락을 삼가고, 대신 의사 전달을 깔축없이 감당할 만한 젊은 신자에게 그 임무를 맡겼다. 이번에도 김순성이 충청도 면천에 은거하고 있는 모방 신부를 찾아가서 만난 뒤에 그와 함께 앵자산 주어사까지 오게 됐다. 정하상과 유진길 두 교회 지도자가 주교를 대신하여 모방 신부와 중대한 회합을 할 장소를 그 절로 정했던 것인데, 뜻밖에 기찰포교가 나타나는 바람에 창황히 헤어지고 말았다.

이튿날 아침, 상복 한 벌을 번듯하게 지어 왔으나 방갓을 구하지 못하여 주인 내외가 동분서주하고 다녔다. 상둣도가를 비롯하여 방갓을 비치하고 있는 점포가 하필 한 곳도 없었다. 방갓은 평소에 많이 팔리는 물건이 아니므로 상인들도 구색을 갖추는 정도에 지나지 않아서, 더러는 이번처럼 동날 때도 있었다. 아침 내내 다른 동네의 교우들을 찾아다닌 끝에 주용식이 헌 방갓 하나를 들고 왔다. 거죽의 대오리는 말짱하고 미사리가 망가졌으나 잘 손질하면 그런대로 쓸 만했다.

그러다 보니 갑녕과 김순성은 한나절이 가까워서야 그 집을 나섰다. 방갓과 상복을 버들고리에 넣어 무명필로 싸서 부담롱負擔籠처럼 김순성이 짊어지고 걸었다.

그들이 산모퉁이를 돌아 쇠미 고개 초입에 이르렀을 때 고개를 내려오는 김효임과 김효순이 보였다. 김효임의 흰 소복이 금방 눈에 띄었다. 그러나 그들은 주뼛거리는 눈치였다. 자라 보고 놀란 가슴 솥뚜껑 보고도 놀란다고, 산길에서 두 사내가 갑자기 그들 앞에 나타나자 겁이 나는 모양이었다. 김순성이 손을 흔들어주었다. 그제야 누구인지 확인한 듯 반색하는 그들의 모습을 멀리서도 알아볼 수 있었다. 양쪽에서 걸음을 재촉하여 거리를 좁혔다.

"어떻게 된 일이오? 모방 신부님은 어쩌고 둘만 오는 게요?"

김순성이 김효임 자매를 만나자마자 성급하게 물었다.

"분원에서 오다가 한량목이라는 남자를 못 봤습니까?"

"한량목? 못 봤는데……."

김효임이 고개를 갸웃했다.

"왜 그러오? 한량목이 이쪽으로 왔단 말이오?"

김효임은 그간의 경위를 짧게 설명했다.

"그와 동행한 또 다른 남자는 느지감치 산을 내려와서 어제 갔던 길로 떠나버렸습니다. 하지만 저희가 다시 절에 올라가는 것은 위험하다고 생각했어요. 신부님에게 해가 될 수 있으니까요."

갑녕이 말했다.

"잘한 일이야. 둥지에 알을 두고 온 새처럼 그쪽에 자꾸 마음을 쓰는 눈치를 보이는 것은 이롭지 못한 행동이지."

"그럼 신부님은 어떻게 하고 계신지 모르겠구먼?"

김순성이 걱정스럽게 물었다.

"젊은 시자侍者 스님이 염려하지 말라고 했습니다."

"정 회장님 일행은 어제 무사히 배를 타고 떠나셨소. 포교들은 훨씬 늦게 다른 배로 돌아갔고……. 우리는 효임 아가씨 외삼촌 집에서 자고 오는 길이오."

"잘됐네요. 뒷일이 어찌나 궁금한지 잠도 제대로 못 잤습니다."

"한량목이라는 놈이 분명 효임 아가씨에게 눈독을 들이는 것 같은데, 그놈과 마주치지 않도록 각별히 조심하시오. 한량목은 장안에서 유명한 난봉꾼이라오."

"아이참, 별걱정을……."

김효임이 살짝 눈을 흘기자 김순성은 정색으로 말했다.

"인물값을 하느라고 여자 후리는 데는 도통한 사내요. 그놈이 손을 뻗어 훼절하지 않은 여자는 한 명도 없었다오."

"우리 언니를 어떻게 보고 그런 말을 합니까? 동정서원을 했는데……."

김효순이 톡 쏘아붙이자 김순성은 낄낄 웃었다.

"하긴 동정녀로 살겠다고 천주님께 맹세한 사람에겐 쓸데없는 걱정이지."

김효임이 앞뒤로 살펴보고 나서 진지한 표정으로 말했다.

"대부님이 저 대신 신부님에게 이 말씀을 꼭 전해 주십시오. 사실 제가 부랴부랴 여기까지 오게 된 것은 박 상궁 마마가 보냈기 때문입니다. 요즘 조정의 분위기가 심상치 않다는 것은 대부님도 들어 알고 계실 테지요?"

"알다마다."

"큰불은 미연에 방지하자는 것이 박 상궁 마마의 생각이에요. 박 상궁 마마는 대왕대비를 찾아뵙고 천주교가 사교邪敎 아닌 진교眞敎라는 설명을 드린 후에 우리 교회를 보호해 달라고 탄원할 생각이시지만, 주교님은 좀더 두고 보자시면서 허락을 안 하십니다."

"주교님은 신중하실 수밖에 없는 일이 아닌가. 어린 상감 대신 국정을 맡으신 대왕대비에게 그런 진언을 한다는 것은, 천주교를 자유롭게 믿을 수 있도록 허락해 달라고 나라에 상주한다는 뜻인데, 그게 어디……."

"때를 놓쳐 박해가 일어나면 대왕대비의 동정조차 잃고 만다는 것이 박 상궁 마마의 주장입니다. 수난의 봇물이 터지기 전에 어떻게든 막아보자는 것이지요."

"그렇게 된다면야 오죽 좋겠나."

"모방 신부님은 제일 먼저 조선에 입국하셔서 우리나라의 사정에도 밝으시니, 모방 신부님이 주교님을 설득해 달라고 박 상궁 마마가 당부하셨습니다."

"바로 그런 문제들을 의논하려고 모방 신부님을 여기까지 모시고 올라온 게야."

"정 회장님과 유 역관이 어련히 잘 알아서 상의하시겠지만, 두 분이 박 상궁 마마를 만나지 않고 한양을 떠나셨기 때문에 절 뒤쫓아 보내신 것입니다. 게다가 외갓집이 분원에 있는 터라 제가 이쪽 지리도 좀 알고요."

"무슨 말인지 잘 알겠네. 우리가 신부님을 모시고 충청도로 내려가는 동안 충분히 토론해서 그 답변을 가지고 상경할 것이니 박 상궁에게 그리 전해 드리게."

"그럼 대부님만 믿고 저희는 한양으로 돌아가겠습니다."

"한량목이 필경 소내 나루터를 지키고 있을 테니까 조심하시오. 분원의 외삼촌 집에 며칠 머물다가 그놈이 떠난 후에 배를 타는 것이 좋소."

김순성은 자꾸 그 일에 신경을 많이 썼다.

"그런 걱정일랑 말고 신부님을 잘 모실 생각이나 하세요."

그들은 거기서 헤어졌다. 고갯길을 사내들은 올라가고 여인들은 내려갔다.

김효임과 김효순 자매가 귀여리를 조금 더 지났을 때였다.

"이랴! 쩌쩌쩌……. 이놈의 소가 또 딴청을 부리는구먼. 어디어, 어디어……."

쟁기질하는 농부가 소리치고 있었다. 겨우내 쉬어 살이 오른 검정 소가 몹시 지친 기색으로 헐떡거리며 밭머리에서 잠시 지체하고 섰더니, 주인의 성화를 못 이기고 느릿느릿 방향을 바꾸어 다시 밭 한가운데로 쟁기를 끌고 왔다. 농부는 두 자매를 겨냥했다는 듯 그들이 지나는 앞에서 소를 세우더니 말을 걸었다.

"잠깐 듣고 가시오."

그들은 걸음을 멈추고 다소 의아한 눈빛으로 농부를 쳐다봤다.

"아침에 말을 탄 어느 선비가 댁들을 찾았소."

"이 길로 지나갔습니까?"

"그렇다오. 몹시 서두르는 품이 도망친 노비라도 추쇄(推刷)하는 사람처럼 보였소."

김효임이 가볍게 웃었다.

"우리는 노비가 아니에요."

"그렇더라는 말이지 댁들을 뜻한 말은 아니니 고깝게 듣지는 마시오."

"고맙습니다. 행여 그 선비가 또 와서 묻거든 아무도 못 봤다고 해주세요."

"그러겠소."

마흔 남짓으로 보이는 농부가 쾌활한 어조로 대답했다.

"아마 그 선비는 나루터에서 댁들을 지키고 있을 듯싶소."

곡절은 모르나 쫓기는 사람들을 돕는다는 마음으로 농부는 그런 말까지 덧붙였다. 김효임은 미소를 머금은 얼굴로 고개를 숙여 보이고 돌아섰다. 농부가 소복을 입은 그녀의 뒷모습을 넋 놓고 바라봤다.

"언니, 이대로 가도 괜찮을까? 어쩐지 그 선비가 우리를 찾으려고 다시 말 타고 이쪽으로 돌아올 것만 같아."

"나도 지금 그런 생각이 들었어."

김효임은 갑자기 불안해졌다. 김순성과 똑같은 말을 농부에게도 듣고 나니 곧장 분원으로 들어가기가 망설여졌다. 그녀는 그 사내와 다시 만나는 것이 두렵다기보다 귀찮았다. 어제 일시적이나마 그녀의 마음에 파문이 일었던 사실도 껄끄러웠다. 그녀는 앞쪽의 지형을 두루 살피며 걷다가 입을 열었다.

"큰길을 비켜나서 저기 보이는 산등성이로 넘어가자꾸나."

"길이 없잖아?"

"진달래 꽃놀이 나온 셈치고 천천히 놀면서 가면 되지."

"그래, 언니."

산줄기 하나가 한강 쪽으로 뻗어 나오다가 뚝 끊겼는데, 길은 그곳 산모롱이를 끼고 뚫렸다. 그 산이 앞을 가로막아 분원은 보이지 않고 오른쪽으로 소내 포구 일부만 보였다. 왼쪽으로는 밋밋하게 내려오던 산줄기가 개미허리처럼 잘록해지는 낮은 구릉이 있어, 그곳으로 넘어가면 분원이 지척일 것이고 은골로 들어가는 뒷길도 있을 듯싶었다. 두 자매는 잔솔포기가 듬성듬성한 야산으로 들어섰다.

10

한량목은 그 시각쯤 길청 객사에 있었다.

아침나절에 분원으로 들어온 한량목은 어제 들렀던 해장떡 집에 가서 이곳 왈짜로 소문난 장이봉을 데려오도록 부탁하고 늦은 조반을 먹었다. 그가 해장떡 그릇을 다 비우기도 전에 장이봉이 득달같이 달려왔다. 그가 이러저러한 여인들을 찾으니 소내 나루터를 지키라고 이르자 장이봉은 신바람이 나서 뛰어갔다.

한량목은 해장떡 집을 나와 길청으로 올라갔다. 그는 호들갑 떠는 사기봉사에게도 두 자매에 관한 이야기를 하고, 품실에서 광주부로 돌아 한양으로 들어가는 길을 수색해 달라고 당부했다. 사기봉사가 열의를 보였다.

"그럼 제가 직접 다녀오지요."

"그럴 것까지는 없소이다. 똑똑한 부하를 보내시오."

"지금 길청에 말이 한 필밖에 없는데 제가 아닌 다른 사람은 못 탑니다. 워낙 성질이 괴팍한 말이거든요."

"하지만 봉사 어른의 체통이 있지 않소. 어찌 이런 일에……."

"광주 유수留守가 시킨다고 해서 움직일 제가 아닙니다만, 격의 없는 친구 사이는 외입도 함께한다는 격으로 천하의 풍류남아와 터놓고 지내고 싶습니다. 헤헤……."

"근묵자흑近墨者黑이라고 했소. 나와 가까이했다가는 점잖으신 체통에 먹칠하기 십상이오."

"유유상종類類相從이라는 말도 있지 않습니까. 이런 향리에 처박혀 촌것들만 상대하자니 함께 어울려 풍류를 즐길 벗이 없어서 늘 적적했습니다. 그러던 차에 이렇게 홀연히 와주셨으니 얼마나 흔감한지 모릅니다. 이왕 오신 길이니 며칠간 푹 쉬었다가 귀경하시면 더욱 생광生光으로 알겠습니다."

"그것은 차후 문제이고 우선 그 여인들을 찾는 일이 시급하오."

"그 염려는 붙들어 매놓고 객사에서 낮잠이나 한숨 주무시면서 기다리시오."

"봉사 어른이 직접 다녀오신다니 나야말로 생광이 아닐 수 없구려."

"여자들을 발견하면 어떻게 할까요? 이리 끌고 올까요, 아니면 거기 붙잡아 두고 전갈할까요?"

한량목이 펄쩍 뛰는 시늉을 했다.

"함부로 대하지 마시오. 자존심을 상하게 하면 일을 그르치고 말니다. 도갓집 강아지보다 눈치 빠른 여인들이니 섣불리 건드리지도 말고 내게 와서 알려만 주시오."

"알겠습니다. 그럼 다녀오지요."

사기봉사 최낙성은 지체하지 않고 말을 몰아 길청을 나갔다. 한량목은 객사 널따란 방에 누워서 소식이 오기만을 눈 빠지게 기다렸다. 그러나 해가 많이 기울어서야 최낙성은 맥없이 돌아왔다. 날이 저물어 길청으로 들어온 장이봉도 배 타는 사람들 중에 그런 여인들은 그림자도 못 봤다는 보고를 했다. 한량목의 낙심이 이만저만 아니었다. 최낙성도, 장이봉도 자기 잘못이기나 한 것처럼 공연히 좌불안석하면서 한량목의 눈치를 살피기에 바빴다.

최낙성이 뛰어나가 한동안 설쳐대더니 진수성찬을 떡 벌어지게 차린 교자상이 들어왔다. 하지만 한량목에게 흥이 있을 턱이 있는가. 한량목이 시종 울적하게 술잔만 기울이는 바람에 그의 곁에서 술을 치며 아양을 떨던 분원 기생들이 중간에 물러가고 말았다.

김효임과 김효순 자매는 그 무렵 주용식의 집에서 저녁상을 물리고 난 참이었다.

"외삼촌, 저 안에 있는 것들을 또 보여주세요."

김효임이 이불을 얹어놓은 투박한 반닫이를 턱으로 가리키자 주용식이 빙그레 웃었다.

"너나 와야 구경하자는 사람이 있구나."

"남들에겐 보여주지도 않으신다면서요, 뭘."

"그렇고말고. 지난해 네가 다녀간 후로 누구에게도 보여준 일이 없다."

"가끔 외삼촌이 보물처럼 간직하는 백자들을 생각하면서 후회하곤 했어요."

"후회?"

"한 점이라도 얻어 올 것을 그랬다 하고요. 외삼촌이 하도 백자들을 소중히 여겨서 쉽사리 말을 꺼낼 수가 없었어요."

"오늘도 백자들을 구경하는 것은 좋지만 달라는 말은 하지 말거라."

"지독하시네."

김효순이 입을 삐쭉하며 눈을 흘겼다. 주용식은 열쇠를 가져와서 반닫이에 달린 붕어 자물통을 열었다. 두 자가 넘는 반닫이 안에는 나무 상자들이 차곡차곡 쌓여 있었다. 그는 위에 있는 상자부터 조심스럽게 하나씩 꺼내어 방바닥에 나란히 놓았다. 모두 아홉 개였다. 맨 밑에서 꺼낸 커다란 상자의 뚜껑부터 열자 하얀 솜에 싸여 있는 청화백자 항아리가 나왔다.

"어머나!"

그 항아리를 처음 보는 김효순이 눈을 크게 뜨며 입을 벌렸다. 항아리 전체를 휘감은 용 한 마리가 금방이라도 하늘로 올라갈 듯 살아 움직이는 것 같았다. 바다에서 방금 튀어나온 듯 용의 몸뚱이에 물기가 그대로 남아 있는 것처럼 보였다.

두 번째는 뚜껑까지 있는 매조문梅鳥紋 항아리였다. 매화꽃도, 두 마리 새도 생동감이 넘쳤다. 아침 이슬을 머금은 매화 꽃잎에서 이슬방울이 똑 떨어지고, 부리를 벌린 새들이 아름답게 지저귀는 소리가 당장 들릴 듯싶었다. 세 번째 항아리는 산수문山水紋인데, 강물에 비치는 산 그림자가 또 하나의 산을 그대로 보여주어 원래 산이나 거꾸로 보이는 산이나 놀랍도록 똑같은 풍경이었다.

"어쩌면!"

김효순의 입에서 거듭 탄성이 새어 나왔다.

그 외에도 주전자, 붓꽂이, 연적, 각병角甁, 수반水盤이 각각 한 점씩이고, 김효임도 처음 보는 흑유 소병黑釉小甁이 있었다. 다른 것들은 하얗거나 파르스름한 백자이나, 이것은 전체가 고동색이 약간 비낀 칠흑의 까만 병이었다.

"이것은 처음 보는 병이네요?"

김효임이 놀란 시선으로 묻자 주용식이 미소 짓는 얼굴로 끄덕였다.

"요즘 내가 고심하여 심혈을 기울이는 것이 그 흑유란다. 분원에서는 백자만 만들기 때문에 흑유를 볼 수가 없지. 고려 시대부터 흑유가 있긴 했으나 유약을 내기가 너무 어려운 탓에 곧 명맥이 끊어질 형편이라 내가 손대기 시작했다. 조상이 전수해 준 것을 아주 절품시키면 훗날에는 흑유를 만들 사람이 영영 없어지고 말 게야."

"외삼촌은 그림만 그리시는 줄 알았더니 이런 것에도 관심이 많으시군요."

"화배공도 도공이긴 마찬가지지."

김효임은 방바닥에 진열해 놓은 백자들을 다시 하나하나 살펴봤다. 전부 독특한 모양새와 문양을 지닌 희귀한 진품珍品들이었다. 평생 백자에 그림을 그려 넣는 일로 살아온 사람이 개중에 가장 훌륭한 것만을 골라서 보물처럼 아끼는 터이니 더 말해 무엇하랴.

"어떤 도공들은 이런 좋은 작품이 가마에서 나오면 그 자리에서 깨뜨려 버린단다."

"어머, 왜요?"

"사기봉사가 재상이나 고관대작에게 진상하는 것까지는 좋지만, 그분들이 친구에게 자랑하다가 보면 너도나도 똑같은 백자를 갖다 달라고 부탁하게 마련이거든. 한 사람의 도공이 같은 백자를 구워내더라도 절대로 똑같은 작품이 만들어지지 않는단다. 수백 개를 버리고도 이만한 것이 하나 나오기가 어려운 법인데, 전의 것과 꼭 닮은 백자를 어떻게 만들겠느냐. 그런데도 도공들의 고충은 헤아리지 못하고 빨리 가져오라는 독촉만 하니 어디 견딜 재간이 있어야지. 그러니 애당초 좋은 작품을 없애버려서 골치 아픈 노릇을 당하지 않으려는 게야."

"너무 아까워요! 이만한 물건 한 점이 그렇듯 어렵게 만들어진다면서 깨뜨려 버리다니……."

"위에 진상한다고 도공에게 상금이나 보수가 돌아오는 것도 아닌데 누가 사서 고생하려 들겠느냐."

김효임은 아미를 숙이고 잠시 생각에 잠겼다가 얼굴을 들었다.

"외삼촌."

"왜 그러느냐?"

"저와 함께 지내는 박 상궁이라는 분이 예선에 내왕내비를 보셨다는 말씀을 드린 적이 있지요?"

"응."

"그분이 대궐에 들어가서 대왕대비를 뵐 작정이에요. 요즘 조정의 공기가 우리 천주교에 나쁘게 돌아가고 있는 터라, 대왕대비에게 천주교의 참 진리를 설명해 드리고 미연에 박해를 막으려는 뜻이지요."

"그래?"

"모처럼 대왕대비를 뵈러 가면서 빈손으로 갈 수는 없는 노릇이라 그분이 마땅한 선물을 궁리하시는 것을 봤는데, 이중에 한 점만 가져다드리면 어떨까요? 대왕대비가 백자를 얼마나 애호하시는지 모르지만, 이런 진품을 받으면 싫어하시지는 않을 것 같아요."

주용식은 어리벙벙한 눈으로 김효임을 쳐다보더니 입을 열었다.

"천금을 준대도 이 물건들을 내놓고 싶지 않은 것이 솔직한 심정이야. 하지만 그런 일로 대왕대비에게 드리겠다면 전부 가져가거라."

"아니에요. 한두 점만……."

"괜찮다. 천주님을 위해 목숨까지 바치시는 분들이 얼마나 많은데 이까짓 백자들이 무에 아깝겠느냐."

"무조건 많다고 선물이 되는 것은 아니잖아요. 외삼촌이 두 점만 골라주세요."

"그래……?"

주용식은 앞에 놓여 있는 백자들을 내려다보더니 맨 먼저 꺼냈던 용문龍紋 항아리를 집었다.

"이런 용문 항아리는 일반 백성들이 사용할 수 없다. 상감이 계신 대궐에서만 쓰는 그릇이야. 상감이 정사를 보시는 자리를 용상이라고 일컫지 않느냐. 듣자니까 용상 위 천장에도 용 조각이 붙어 있다더라."

"그럼 이것은 대궐로 들여가려고 만든 항아리인가요?"

"그동안 대궐에 수없이 들어갔다. 내가 그린 용문 항아리도……. 문득 내 솜씨로 더 이상 이것보다 더 훌륭한 용문 항아리를 만들 수는 없을 것 같다는 생각이 들었다. 그래서 나도 모르게 슬며시 빼돌려 집으로 가져오고 말았구나."

"어머!"

"또 한 점은 무엇이 좋을까……."

방바닥에 남은 여덟 점을 유심히 바라보던 주용식이 벌떡 일어나더니 벽장문을 열고 아무 문양도 없는 하얀 항아리 하나를 꺼내어 품에 안고 다시 자리에 앉았다.

"이 항아리는 지난해 가을에 가마에서 나왔는데, 요즘 내가 제일 아끼는 백자이다. 잠자기 전에 가끔 보느라고 반닫이에도 넣지 않았지."

"여기에는 아무 그림도 없잖아요?"

김효순이 핀잔 투로 말하자 주용식이 어느 한 부분을 앞으로 돌려 보였다.

"풀잎이잖아?"

김효순이 소리쳤다. 그 항아리에 그려진 것이라고는 가녀린 풀잎 몇 개가 미풍에 흔들리는 단조로운 그림뿐이었다.

"백자는 본바탕 색깔이 첫째다. 그 다음이 형태이고 그림은 셋째야."

김효임이 유심히 항아리를 들여다봤다. 엷은 담청빛을 머금고 미세한 빙열水裂이 있었으며, 어깨 부분이 풍만하면서도 아래로 곱게 뻗어 내린 선이 참으로 아름다웠다. 굳이 여인의 몸에 비유하라면 이 세상 속인이 아닌 선녀의 피부요 자태라고 할까. 몇 가닥 하늘거리는 풀잎은 선녀의 옷자락 끝이라고밖에 표현할 말이 없을 것 같았다.

"내가 무식하여 문자는 모른다만, 이 풀잎을 우리네 백성으로 생각하고 그렸다."

"백성이요?"

김효순이 뜻밖이라는 눈으로 쳐다봤다.

"너희도 보다시피 이름 없는 잡초의 풀잎이다. 풀은 남을 짓밟지 못하고 항상 남에게 짓밟히며 살지. 그러나 큰 나무와 꽃 들은 죽어도 잡초는 죽는 법이 없다. 눈 속에 파묻혀 있다가도 봄이 오면 되살아나고, 남의 발에 밟혔다가도 다시 일어나는 것이 풀이 아니더냐. 풀은 남이 봐주지 않아도 외로워하지 않고, 좋은 열매를 맺지 못해도 슬퍼하지 않는다. 남에게 자랑할 것이 없으니 자기를 드러내려 하지도 않고 자기에게 주어진 운명대로 조용히 살다가 자손이 자라면 늙어 죽는 것이 꼭 우리를 닮았거든. 그래서 민초民草라는 말이 있는 것 같구나."

김효임은 가슴이 뜨거워졌다. 한낱 타고난 손재주로 백자에 그림이나 그리는 화배공으로 여겼던 외삼촌이 그런 깊은 생각을 품고 있을 줄이야.

"효임이 네가 골라보렴. 나머지 한 점은 도저히 못 고르겠다."
"외삼촌, 이 항아리를 가져갈래요."
"응?"
김효임은 방금 벽장에서 내린 백자를 품에 안고 황홀한 시선으로 내려다보고 있었다. 주용식이 소리 없이 웃었다.
"외삼촌의 설명을 들으니 세상에서 가장 아름다운 백자라는 생각이 들어요. 구중궁궐에 계셔 백성의 형편을 잘 모르시는 대왕대비가 이 백자 항아리를 보고 조금이라도 느끼는 바가 있으시다면 얼마나 뜻있는 일이겠어요."
"내 속을 훤히 들여다보고 하는 말 같구나. 그래서 그 항아리를 너에게 보여준 것이다. 대왕대비의 안목이 어느 정도인지는 모르지만, 문양 치장이 화려한 궁중 자기들보다 모양새가 뒤지는 것도 아니니 과히 싫어하시지는 않을 게야."
"외삼촌, 고마워요."
"네게 주는 것도 아닌데 고맙기는……."
"박 상궁 마마도 퍽 좋아하실 거예요."
"조선에서도 마음 놓고 예수님을 믿는 날이 왔으면 좋겠구나."
"외삼촌은 이 고장에서 제일 늦게 신자가 되셨다면서 열성은 누구 못지않군요. 어머니가 외삼촌에게 천주교를 배워 온 후에 저희도 믿게 됐으니까요."
"그래서 늦게 배운 도둑질에 날 새는 줄도 모른다고 하지 않더냐."
"호호호……."

김효임과 김효순이 맑은 목소리로 크게 웃었다. 이 집에서는 처음 듣는 처녀들의 웃음소리였다.

한량목은 그날 밤도 열병을 앓는 사람처럼 몸을 뒤척이면서 밤늦도록 잠을 못 이루었다. 그는 휑뎅그렁한 객사 방에 혼자 누워 주어사에서 놓쳐버린 여인을 생각했다. 끝내 그녀를 찾지 못하면 어쩌나 하고 마음을 졸였다. 사기봉사 최낙성이 그 방에 여자 하나를 넣으려고 초저녁부터 눈치를 보다가 어쩔 수 없이 포기하고 말았을 정도였다. 천하일색을 갖다 바쳐도 한량목이 오늘 밤은 거들떠도 안 보게 생겼기 때문이다. 하긴 최낙성도 처음부터 그 방에 기생을 들여보낼 생각은 하지 않았다. 한양에서 일패 기생들만 상대하는 한량목이 아무리 예쁘게 생긴 분원 기생일지라도 안목에 차기나 하겠는가. 그래서 최낙성은 유부녀 한 명을 붙여주고 크게 생색낼 작정이었다.

지난해부터 그림 솜씨가 좋은 화배공 한 명이 분원에 와서 일하고 있었다. 주용식이 후계자로 여기는 젊은 사내였다. 그런데 도공들 사이에 그가 유명해진 것은 그림 실력이 아니라 아내 때문이었다. 그의 아내는 시골에서 보기 드문 미인일 뿐만 아니라 남편 못지않은 그림 재주까지 지닌 여자였다. 그는 일거리가 많이 밀리면 집으로 가져가서 자주 아내에게 맡겼다. 가마에서 꺼낸 백자들 중에 그가 그린 것보다 그의 아내가 그린 것이 더욱 뛰어난 걸 보고, 도공들은 혀를 차면서 감탄했다.

최낙성이 그 여자를 한 번 보고 탐심을 품었다. 스물서넛의 젊은 나이가 풍기는, 한창 물오른 모색(貌色)이 외간 사내들의 마음에 색념을 일게 하고도 남았다. 사기봉사가 도공의 마누라를 덮치기는 식은 죽 먹기였다. 우선 거만하게 구는 그 위세에 눌려서 어지간한 여자들은 끽소리도 못하고 몸을 맡겼다. 앙탈 부리며 거절했다가는 이튿날 당장 남편이 일자리에서 쫓겨날 것이고 식구들의 생계가 끊기는 판이라, 여자들은 그저 소문만 안 나게 해달라고 사정하며 몸을 주었다.

그러나 이번 화배공의 아내는 섣불리 손댈 수가 없었다. 최낙성이 두어 번 집적거려 봤으나 도무지 먹히지가 않았다. 사기봉사 앞에서, 웬만한 여편네들은 오금이 저려 고양이 앞의 쥐처럼 '날 잡아 잡수시오' 하는 판국인데, 이 여자는 샐샐 코웃음까지 치면서 반지랍기가 둠벙 미꾸라지보다 더 하여 쉽게 손에 잡힐 것 같지 않았다.

어느 때라도 그 여자에게 덮칠 작심으로 기회를 노리던 차에 한량목이 왔다. 그의 큰아버지가 사옹원 도제조까지 겸한 우의정인 점으로 보나, 그의 개인적 위치로 보나, 이번에 한량목에게 잘못 보이면 큰일이었다. 뇌물도 사람 따라 달라지게 마련이다. 장안에서 호색한으로 유명한 이 사내에게 돈이나 진귀한 백자는 의미가 없을 터였다. 장안에서 떠르르하는 이름난 기생들 속에 파묻혀 사는 자이니 분원의 천박한 기생들을 넣을 수도 없었다. 최낙성은 급한 김에 제 놈이 색념을 품던 화공의 아내를 바칠 결심을 했다. '그 여자를 적당히 구슬려 수단껏 한량목과 동석만 시켜놓으면 그 후로는 저희 언놈이 알아서 일내겠지.' 아무리 미꾸라지처럼 빠질거리는 여자라도 한량목에게 한 번 걸리면 뼈골이 흐물흐물하도록 녹아날 것으로 믿었다. 한량목 역시 모색이 반반한 데다가 그림 재주까지 뛰어난 화배공의 아내를 보면 외면하지 못할 터였다. 일도이비一盜二婢라고 하지 않는가. 외입쟁이가 제일 좋아하는 것이 남의 아내를 몰래 품에 안는 간통이라고 했으니, 최낙성은 자기 계책대로 한량목도 만족하게 여기리라고 확신했다.

그런데 최낙성의 그 계책은 낭패를 보고 말았다. 객사 넓은 방에 혼자 누워 있는 한량목은 도무지 여자에는 관심이 없는 태도였다. 최낙성이 넌지시 화배공의 아내 이야기를 꺼내면서 감언이설로 충동질해 봤으나 한량목은 만사가 귀찮으니 나가 달라는 말뿐이었다. 최낙성은 완전히 헛다리를 짚었다. 그는 혼자 안절부절 애만 태우다가 할 수 없이 제집으로 돌아갔다.

이튿날도 장이봉은 소내 나루터를 지켰다. 그러나 두 자매는 끝내 나타나지 않았다. 그들은 외삼촌 주용식을 통해 한량목이 길청 객사에 머무르고 있다는 소식을 들었으므로 경솔하게 움직일 까닭이 없었다. 한참 만에 다시 길청으로 내려온 주용식은 객사 마구간에 매여 있던 백마가 없어진 것을 알았다.

해가 설핏 기울기 시작하자 한량목은 분원을 떠나 말과 함께 쌍거룻배로 경안천을 건너는 중이었다. 건너편 상류 지점은 정자구미였다. 신립 장군을 기념하여 세운 정자가 거기에 있어서 붙은 이름이다.

정자구미를 출발한 한량목은 그 길로 한양을 향해 말을 달렸다.

배알미, 창머루, 소청벌, 황산, 계내, 명일안, 광나루 등 여러 동네를 지나면서 그의 눈에는 아무것도 보이지 않았다. 오로지 산사에서 놓친 여인을 찾고야 말겠다는 생각뿐이었다. 그는 흥인문의 쇠돌치 수하에 있는 무뢰배를 풀어 소복의 여인이 산다는 용머리 일대를 샅샅이 뒤져서 기어코 찾아내겠다고 결심했다.

쌍호정과 백련사

1

사관청仕官廳은 포도대장이 사는 집 근처에 차린 포교들의 임시 파출소 같은 곳이다. 포도대장과 포교들이 좀더 긴밀히 접촉하여 치안 문제와 범인 체포를 신속하게 다루고자 설치한 기관이기 때문에 포도청에서도 유능한 포교들이 머물렀다.

   사관청에서 누구보다 바쁘게 움직이던 손 포교가 며칠째 병든 늑대처럼 자리에 죽치고만 앉아 있었다. 손바닥으로 얼굴을 문지르며 가끔 선하품을 터뜨리거나, 턱을 괸 채 골똘히 무슨 생각에 잠겨 다른 일들은 거들떠도 안 봤다. 그는 앵자산까지 나갔다가 헛걸음하고 돌아온 뒤에도 어디엔가 숨어 있을 서양인들만 생각했다. 주어사라는 절간에서 그들을 꼭 체포할 줄 알았다가 허탕 친 것이 그는 몹시 분했다. 서양인들을 체포하는 일이 그가 생각했던 것보다 어려움을 절감하지 않을 수 없었다. 넓지도 않은 조선 땅 안에서 활동하면서 여러 해가 지나도록 정체를 드러내지 않는 것만 보더라도 서양인들은 가볍게 볼 상대가 아니었다.

포도청에는 전설처럼 내려오는 이야기가 있었다. 사십 년 전 신유년에 천주교도를 한창 때려잡던 무렵, 주문모라는 중국인 신부를 잡으려고 포도청에서 북새를 떤 일이 있었다. 형조와 의금부는 물론 천주교 박해를 직접 명령한 대왕대비 정순왕후까지 그를 빨리 잡아 올리라는 독촉이 빗발치듯 하는 바람에, 포도청이 발칵 뒤집혀서 포교와 포졸 들이 눈을 까뒤집고 몇 달 동안 온 장안을 수색했으나 모두 허사였다. 그를 잡거나 밀고하는 자에게 많은 상금을 준다는 방문榜文이 곳곳에 나붙고, 그의 용모파기容貌疤記를 지방에까지 돌렸다.

나중에는 어느 포교가 천주교인으로 가장하여 재치 있는 술수를 써서 가까스로 중국인 신부가 숨어 있는 곳을 알아냈다. 그러나 그는 신출귀몰했다. 포교들이 그의 잠복처를 포위하고 기습했을 때, 방금 전까지 피웠던 담뱃재가 재떨이에 그냥 남아 있는데도 사람은 온데간데없었다. 집 안팎을 이 잡듯이 뒤져도 그를 찾아내지 못하자 그 집 가족들을 끌어다가 문초했다. 그것도 소용없는 짓이었다. 이미 예수라는 귀신에 완전히 홀려 있는 사람들이라, 아무리 혹독한 매질을 해도 자백하기는커녕 오히려 천당에 가게 되어 기쁘다면서 '아예 죽여주시오' 하고 버티는 바람에 포교들이 손을 들고 말았다는 것이다.

결국 그 중국인 신부는 잡힌 것이 아니라 자기 발로 돌아와서 자수했다고 한다. 엄중한 감시망을 피해 압록강 변 의주까지 도망갔으나, 그 때문에 조선의 신자들이 더욱 수난을 겪게 될까 봐 가슴 아파 발길을 되돌렸던 것이다. 한양으로 다시 돌아온 그가 하필 의금부로 가서 자수하는 바람에 포도청은 이래저래 망신만 더 당했다.

손 포교는 그런 옛일을 아는 터라, 이번 서양인 괴수들도 쉽사리 잡히지 않을 것으로 짐작했다. 그는 여러 해 동안 이 땅에 잠복해 있는 서양인들이 재주가 비상하여 발각되지 않는 것이 아니라 조선 신자들이 잘 숨겨주기 때문이라는 것을 알고 있었다.

물이 없으면 고기가 놀지 못한다. 서양인들이 고기라면 조선 신자들은 물이다. 고기를 잡으려고 설불리 물로 뛰어들면 고기는 놀라서 더욱 깊숙이 숨어버리게 마련이다. 그러므로 아무 천주교인이나 덮어놓고 잡아다가 족치는 것은 졸렬한 방법이다. 낌새를 알아채면 저희 신부들을 더 안전한 곳으로 숨길 것이 뻔하기 때문이다. 범인을 성급하게 뒤쫓는 것은 어리석다. 그가 방심하게 두었다가 급습하는 것이 상책이다. 노련한 사냥꾼일수록 몰이꾼을 많이 풀어서 맹수를 궁지로 몰아넣는 방법을 쓰지 않는다. 맹수의 평소 동태를 살펴둔 다음 길목을 지키고 있다가 그것이 마음 놓고 지나갈 때 화살을 쏘는 법이다. 쫓기는 자의 생리는 사람이나 짐승이나 마찬가지여서 위험이 닥쳤을 때는 필사적으로 달아났다가 안전권 안에 들어가면 저절로 방심하게 마련인데, 그 기회를 포착하는 것이 중요하다.

손 포교가 서양인 집는 궁리에 몰두하고 있을 때 부하 한 명이 들어와서 알렸다.

"형조에서 찾아왔습니다."

"엉?"

퍼뜩 얼굴을 쳐들던 손 포교는 문간으로 들어서는 사람을 보고 자리에서 벌떡 일어섰다.

"아니 여기는 웬일이오?"

"손 포교를 묶으러 왔네."

"나는 죄진 것이 없소이다."

"죄가 있고 없고는 형조에 가서 문초해 봐야 알 일이지."

손 포교가 웃었다.

"정말 무슨 일로 오셨소?"

"자리에 앉아서 담배 한 대 피우라는 인사도 없구먼. 인심 한번 고약하다."

방문객은 저 먼저 주저앉으면서 담뱃대와 쌈지를 꺼내 들었다. 그는 형조의 심률審律로 있는 방석순이라는 자였다. 그는 수단 좋고 오지랖도 넓어서 아래위로 사귀며 지내는 사람이 많았다. 죄인을 빼내는 문제나 여러 송사에서 농간을 잘 부려 뇌물 받아먹기로 호가 난 사내였다. 그래도 뒷구멍으로 받은 뇌물로 윗사람들에게 깍듯이 상납하고 동료들에게도 거방지게 술을 잘 샀기 때문에 그는 목이 잘리는 말썽 한 번 없이 형조의 명물로 널리 알려졌다.

시답지 않은 농담을 하던 방석순의 표정이 갑자기 진지해졌다.

"손 포교, 내가 오늘 우리 대감 앞에 불려갔다네."

"형판에게요?"

"형조 밥을 먹은 지가 이십 년이 가까운데 대감과 단둘이 앉아보기는 또 처음이구먼."

"만년 말직이 딱해서 벼락출세라도 시켜준답디까?"

방석순이 픽 웃다가 다시 정색했다.

"그게 아니라…… 좌우 포도청에서 제일 뛰어난 포교가 누구냐고 묻지 않겠어."

"예?"

"그래, 내가 손 포교를 지목했지."

"나를 왜 끌어들입니까?"

"출셋길은 내가 아니라 바로 자네에게 열리는 듯하이."

"무슨 뜻이오?"

"지금 당장 쌍호정으로 가보게. 우리 대감이 손 포교를 그곳으로 보내라고 하셨네."

"쌍호정이라니요?"

"두뭇개의 쌍호정을 몰라?"

"아, 풍은 부원군의 별장 말이오?"

"그렇네."

손 포교는 얼떨떨했다. 거기가 어디라고 신임 형조판서가 자기 같은 포교를 그런 곳으로 부른단 말인가.

"이 일은 누구에게도 발설하지 말고 혼자서 은밀히 다녀와야 하네. 알겠는기?"

방석순은 거듭 다짐을 놓고 나서 총총히 가버렸다. 한동안 어리벙벙한 얼굴로 앉아 있던 손 포교는 자리를 박차고 일어났다. 그리고 밖으로 나가서 관노에게 말 한 필을 대기시키라고 명령한 후 출타 차비를 했다. 그는 긴장감으로 가슴이 팽팽하게 부풀어 왔다.

수구문을 빠져나간 손 포교는 두뭇개로 말을 몰았다. 두뭇개는 동쪽에서 흘러오는 한강과 북쪽에서 내려오는 중랑천이 마주치는 지점으로 예부터 풍치가 아름다운 곳이었다. 앞으로는 푸른 강물이 유유히 흐르고 뒤로는 높은 산들이 둘러쌌다. 강변에 우뚝 솟은 매봉과 달맞이봉을 비롯하여 바위와 울창한 수목이 조화를 이루어 일찍이 동호東湖라는 별칭으로 풍류객들의 발길이 끊이지 않았다. 특히 매봉은 큰 매봉과 작은 매봉이 있는데, 작은 매봉 아래는 바위가 한강을 향해 깎아지른 듯 서 있어 천연적으로 훌륭한 낚시터 역할을 했다. 그 덕분에 '입석조어立石釣魚'라 해서 경도십영京都十詠의 하나로 유명해졌다. 그렇듯 경치가 아름답고 아늑한 곳이어서 독서당도 처음 여기에 자리 잡았던 것이다. 독서당은 세종대왕이 집현전의 젊은 학자들에게 장기간 특별 휴가를 주어 그들이 오로지 공부에만 전념할 수 있도록 마련한 학문의 전당이었다. 정조가 규장각을 설치하면서 독서당은 아주 폐지됐지만, 오랜 세월 학문의 보금자리로 알려진 두뭇개는 차츰 권세가들의 별장이 들어앉고 정자가 많이 세워지는 곳이 됐다.

당대의 세도가 풍은 부원군 조만영의 별장 쌍호정도 그곳에 있었다. 쌍호정은 조만영이 직접 붙인 당호堂號였다. 그가 젊은 시절에 과

거 공부를 위해 이곳으로 나와 지냈는데, 첫딸을 낳던 날 밤에 호랑이 두 마리가 앞뒤 방문을 지키고 있는 꿈을 꾸었다. 꿈치고는 너무 상서로워 그는 대문에 '쌍호정雙虎亭'이라는 현판을 걸었다. 그 후 쌍호정에서 태어난 딸이 세자빈으로 간택되어 입궐하자, 부사직副司直으로 있던 조만영은 갑자기 벼슬이 높아졌다. 이로부터 조씨 일문의 영달이 열리기 시작했다. 그 뒤로 그는 오랫동안 비워두다시피 했던 쌍호정을 개축하여 호화로운 별장으로 꾸미고, 자기네 세력 규합의 모의 장소로 삼았던 것이다.

두뭇개를 향해 말을 타고 가면서 손 포교는 머릿속으로 조정의 세력 판도를 따져봤다. 조정은 안동 김씨와 풍양 조씨 두 외척 간의 각축장이었다. 김씨들은 어린 임금 헌종의 할머니 순원왕후의 친정 세력이요, 조씨들은 헌종의 어머니 신정왕후의 친정 세력이다. 김조순의 딸 순원왕후를 선왕 순조의 비로 입궐시킨 후 정권을 잡은 김씨들이 삼십육 년 동안 세도정치를 계속해 왔고, 그에 맞서 신정왕후를 등에 업고 신흥 세력으로 발판을 굳힌 조씨들이 정권을 탈취하기 위해 호시탐탐 기회를 노리면서 정면으로 도전하고 있는 판국이었다.

그런데 올해 들어 조씨들의 득세가 두드러졌다. 며칠 전에 조만영의 아우 조인영이 이조판서가 됐다. 팔도의 수령 방백을 임명하는 권한을 행사하고, 재판과 죄수를 다루는 요직을 조씨들이 장악하면서 상대적으로 김씨 세력은 위축되는 처지에 놓였다. 안동 김씨들이 이빨 빠진 늙은 호랑이라면 풍양 조씨들은 팔팔하게 날뛰는 표범과 같았다.

 손 포교는 쌍호정으로 가는 내내 떠름한 마음을 떨어버릴 수 없었다. 포도대장을 비롯하여 위로 상관과 고참들이 수두룩한데 왜 하필이면 일개 포교를 은밀한 곳으로 부르는 것일까? 그는 일급 포교답게 예민한 육감과 추리력으로 골똘히 생각해 봤다.

 '역시 정권 싸움에 이용하려는 거겠지.'

 결론은 뻔했다. 벼슬아치들이 정적의 비행이나 음모를 캐내려 할 때 수사 전문의 민첩한 포교들을 이용하는 수법은 드문 일이 아니었다.

 말이 무쇠막 고개를 헐떡거리며 올라갔다. 고개 마루턱에 오르자 시야가 탁 트이며 푸른 한강 줄기가 눈 아래로 굽어보였고, 강 건너에는 비산비야非山非野의 광활한 벌판이 펼쳐졌다. 오른편에 우뚝 서 있는 매봉 꼭대기로 오르면, 남으로 말죽거리에서 동북으로 송파 일대가 한눈에 조망될 터였다.

 고개를 내려간 손 포교는 우선 옥정수玉井水 우물로 갔다. 한양 인근에서 물맛이 으뜸이라는 우물이었다. 쌍호정이 가까워 오니까 그는 자꾸 가슴이 짓눌리며 조갈증마저 느껴져서 시원한 물을 마시고 정신을 가다듬을 참이었다. 그가 물 긷는 아낙에게 바가지를 빌려 우물물을 퍼마실 때 멀지 않은 곳에서 목탁 소리가 들려왔다. 속칭 '두뭇개 승방'으로 불리는 종남산 미타사의 지붕 끝이 우거진 숲 사이로 빠끔히 보였다. 쌍호정은 그 절 근처에 있었다.

2

쌍호정 앞에서 말을 내린 손 포교는 말고삐를 끌며 바깥마당으로 들어섰다. 대문 앞에 평교자平轎子 한 채가 놓여 있고, 마당 한쪽에서 교자꾼들이 술을 얻어 마신 불과한 낯짝들로 떠들다가 일제히 그를 쳐다봤다. 갓 테의 넓이하며 중치막 행세를 보고 대단치 않게 여겼는지 그를 바라보는 눈자위들이 방자했다. 고관대작을 모시는 하인배에게 흔히 보이는 건방진 태도들이었다. 손 포교가 마당 구석에 있는 대추나무에 말고삐를 매고 돌아서자 이곳 청지기로 보이는 사내가 벋버듬한 말투로 물었다.

"어디서 오셨소?"
"대감 계신가?"
"계시긴 합니다만……."

"포도군관 손계창이라고 전갈을 올리게."

"예?"

포도군관이라는 말에 약간 기가 꺾이는 표정이었다. 청지기는 다시 한 번 손 포교를 아래위로 훑어보더니 안으로 들어갔다. 아니꼬운 눈초리로 그자의 뒤통수를 째려보던 손 포교가 교자꾼들에게 시선을 돌렸다.

"형판 대감은 언제쯤 오셨는가?"

"형판 대감이라니요?"

교자꾼 하나가 퉁명스럽게 되물었다.

"그럼 저 교자는 어느 분이 타고 오셨지?"

"우리는 정승을 모시고 왔습니다요."

"정승이라니?"

"이 나라에 정승이 한 분밖에 더 계십니까."

"그럼 우의정이……?"

손 포교가 뜻밖이라는 표정을 짓자 교자꾼들은 가소롭게 거드름을 뺐다. 교자를 멜망정 조선에서 첫째가는 고관을 태우고 다닌다는 되잖은 자부심이리라.

'그럼 우의정도 있는 자리에 나를 불렀단 말인가.'

손 포교는 다시 한 번 긴장했다. 영의정과 좌의정이 오랫동안 공석이므로 삼정승 중 유일한 정승인 우의정 이지연은 일인지하一人之下 만인지상萬人之上의 권좌에 있었다. 그런 사람이 성 밖 멀리 떨어진 쌍호정까지 나온 것을 보면 새삼스럽게 팽창하는 조씨들의 세력이 실감됐다.

"한량목은 요즘도 우상 대감 댁에 발걸음을 안 하는가?"

손 포교가 한량목 이야기를 꺼내자 교자꾼들의 태도가 갑자기 밝아지며 친근감을 보였다.

"발길을 아주 끊으실 수야 있나요. 큰대감마님을 일 년에 한 번은 꼭 찾아뵙지요."

코가 유난히 납작한 교자꾼이 코맹맹이 소리로 대답했다.

"일 년에 한 번?"

"정월 초하룻날 세배하시러……."

"하하하……."

다른 교자꾼들이 웃었다. 코맹맹이가 다시 입을 열었다.

"대감마님이 안 계실 때만 가끔 큰댁에 들르십니다."

"그건 왜?"

"대방 마님과는 친하시거든요."

"그러니까 백부는 싫어도 백모와는 사이가 좋다는 말이군."

"우리 대방 마님은 한량목만 오시면 반가워하십니다. 오입쟁이 오느냐 하시면서 농도 잘 하시지요."

"훌륭한 가문에 먹칠하고 다니는 서자 조카를 반기다니."

손 포교가 슬쩍 퉁겨봤다. 그러자 교자꾼들은 저마다 한량목의 역성을 들고 나섰다.

"그런 말씀 마십쇼. 이씨 가문의 기둥감은 인각 서방님인데 서출로 태어난 것이 아깝구먼요."

"아깝다 뿐인가. 우리 대감 댁 적실 소생들을 다 합쳐 놔도 한량목 하나만 못하네."

"어림없지. 한량목이 보통 인물인 줄 아는가. 종로 거리에 나가서 아무나 붙잡고 물어보게. 우의정 대감이 누구냐고 하면 몰라도 한량목을 모르는 사람이 있는가."

"호화롭게 지내기는 정승인 백부보다 조카가 훨씬 윗자리지."

"한량목이 머리 얹어준 기생들을 내로라하는 대감들이 데리고 논다더구먼."

"하하하……."

저희끼리 지껄이던 교자꾼들이 허리를 잡으며 한바탕 웃었다. 손 포교도 빙그레 따라 웃으며 속으로는 탄복했다. 이런 집안의 노복들에게까지 깊은 연대감을 심어놓은 한량목의 위력에 다시 한 번 혀를 내둘렀다.

청지기가 안에서 나왔다. 처음과는 딴판으로 고분고분한 태도였다.

"저를 따라오십시오."

쌍호정 대문 안으로 들어서니 밖보다 더욱 호사스러웠다. 손 포교는 별채로 안내됐다.

"들어가 계십시오."

청지기는 방문을 열어주고 안채로 사라졌다. 손 포교가 여전히 떠름한 기분으로 혼자 앉아 있으려니까 곧 안채에서 손님이 떠나는 소리가 들렸다. 그는 문틈으로 밖을 내다봤으나 아무것도 보이지 않았다.

잠시 후 청지기가 와서 손 포교를 안채로 인도했다. 길고 두꺼운 화강암 섬돌 위에 신발을 벗어놓고 대청마루로 올라설 때는 그도 모르게 두 무릎이 가볍게 떨려왔다. 지체 낮은 포교로서 부원군이나 형조판서와 맞대면하는 것이 두려워서가 아니었다. 그는 자기 목을 걸고 엄청난 음모에 휘말려 들어갈 것 같은 예감이 들었다.

안사랑방 미닫이문을 열고 들어서는 순간 손 포교는 움찔 당황했다. 예상 밖의 사람이 아랫목 보료 안석에 비스듬히 기대앉아서 혼자 장죽을 빨고 있었다. 쌍호정의 주인 풍은 부원군이나 형조판서가 아니라 이조판서 조인영이 그를 기다렸던 것이다.

손 포교는 큰절을 올렸다.

"좌포청 포도군관 손계창이 현신現身하옵니다."

조인영은 헛기침하며 자세를 고쳐 앉더니 놋쇠 재떨이에 장죽 끝을 대고 털어냈다. 그는 하관下觀이 약간 빨고 이마가 넓어 깨끗한 선비의 풍모를 지녔으나, 얇은 눈꺼풀에 덮인 두 눈이 날카롭고 차갑게 느껴졌다.

"앉게."

손 포교는 무릎을 꿇었다.

"편히 앉아."

"괜찮습니다."

"자네를 부른 것은 형판이 아니라 날세."

"……."

"내가 형판에게 부탁했네. 좌우 포도청에서 제일 똑똑하고 실력

갖춘 포교 한 명을 천거해 보내라고."

"황공하옵니다."

조인영은 심충(深衷)을 헤아리듯 손 포교를 찬찬히 뜯어봤다. 상대편을 주눅 들게 만드는 냉엄한 시선이었다.

"관상을 보아하니 장차 포도대장 재목은 넉넉하이."

손 포교가 낯이 벌게지면서 머리를 조아렸다.

"황감하신 과찬의 말씀이십니다."

"내가 역대 포장들을 많이 겪어봤지만 쓸 만한 인물은 가뭄에 콩 나기였네. 그럴 수밖에 없는 노릇이지. 삼청동에 뒷줄을 댔거나 사내자식들이 체통 없이 치마폭 앞에서 아첨을 떨고 얻어낸 감투이니 제구실을 변변히 했겠는가."

슬슬 본론이 나오기 시작하자 손 포교는 바싹 긴장했다. 치마폭이란 어린 임금 대신 정사를 맡고 있는 대왕대비 순원왕후를 빗대는 말이요, 삼청동은 안동 김씨들의 총수 김유근을 가리킨 말이었다.

"다른 벼슬은 몰라도 범죄자를 나포하는 것이 업무인 포도청 책임자는 경험이 많고 판단력이 뛰어난 사람으로 앉히자는 것이 나의 지론일세. 무릇 세상의 모든 범죄는 그 동기가 각양각색이고 그 술책 또한 천태만상이라 사건을 해결하거나 범인을 잡는 일이 결코 쉽지가 않다고 보네. 그런데 도둑놈의 생태도 전혀 모르는 책상물림들까지 그 자리에 앉아서 이 말 저 말 하니, 이 나라의 치안 행정이 바로 서겠는가."

딴은 옳은 말씀이었다. 대개는 파당적인 정실(情實)에 의해 포도대장이 임명되기 때문에 이 방면에 어두운 문외한도 비일비재했다. 그런 사람일수록 포도補盜의 본분에는 소홀하고 자기 지위를 보존하기에만 급급했다. 상놈이 칼침 맞고 죽은 살인 사건이 발생해도 대수롭지 않게 여기면서 어느 세도가 집에 담 구멍이 뚫렸다 하면 당장 도둑놈을 잡아 오라고 법석을 떨기가 일쑤였다. 그런 포도대장들은 손 포교처럼 어려운 사건을 해결하려고 노력하는 부하들의 고충 같은 것에는 애당초 관심을 두지 않았다.

조인영은 가려운 곳을 긁어주듯이 손 포교의 심기를 적당히 부풀게 해놓고는 대화를 엉뚱한 방향으로 돌렸다.

"근자에 천주학을 신봉하는 무리가 경향에서 창궐하고 있다던데 그게 사실인가?"

손 포교는 찔끔했다. 천주교 이야기가 나올 줄은 몰랐다. 요즘 그가 조선에 잠입해 있는 서양인들을 체포하는 일에만 골몰하는 터인데, 별안간 이조판서의 입에서 천주교라는 말이 나오니 선수先手로 일격을 당하는 느낌이었다.

"왜 대답이 없나?"

"확실히는 모르지만 몇 해 전보다는 그 무리가 많이 늘어난 듯싶습니다."

"자네도 그렇게 알고 있단 말이지?"

"예."

조인영은 턱을 두어 번 주억거리다가 다시 물었다.

"손 포교는 천주학을 어떻게 생각하는가?"

"천주학을 상세히 알지 못합니다만, 사람이 죽으면 천당과 지옥으로 간다면서 황당무계한 것을 가르치는 줄로 압니다."

"그렇다네. 천주학은 어리석은 백성들의 정신을 현혹하는 혹세무민惑世誣民의 사교야."

"그리고 천주학은 조상의 제사를 금한다고 들었습니다."

"바로 그 점일세. 뿌리 없는 나무가 없거늘 저를 낳아준 부모의 제사까지 타파하라고 가르친다니, 그런 금수만도 못한 만행이 또 어디 있단 말인가. 인륜의 근본부터 부인하는 사교에 미혹된 백성들이 날로 늘어간다고 하니 참으로 아연실색할 노릇일세."

"……."

"폐일언蔽一言하고, 나라를 어지럽히는 그런 사도는 이 땅에서 뿌리를 뽑아버려야 하네. 그냥 놔두면 칡넝쿨 뻗듯이 자꾸 퍼져서 나중에는 걷잡지 못할 나라의 커다란 근심거리가 될 게야."

"그렇습니다."

"방금 다녀가신 우상도 이 문제를 심히 우려하고 계시네. 더욱이나 놀라운 일은……."

이 대목에서 말을 멈춘 조인영이 뜸을 들이며 손 포교를 응시했다. 손 포교도 덩달아 긴장하여 뒷덜미가 뻣뻣해졌다.

"대궐 안에 있는 궁녀들까지 그 사교에 빠진 것들이 여럿이라고 하네."

"예……?"

"자네도 그 사실을 전혀 몰랐는가?"

"금시초문입니다."

"분명한 사실일세."

손 포교의 등에서 땀이 나기 시작했다. 그를 선발하여 이곳으로 불러낸 저의가 이제부터 드러날 판이었다.

"나라를 사람 몸에 비한다면 임금이 계신 대궐은 심장과 같은 곳이야. 심장이 뛰면 살았다고 하고, 심장이 멎으면 죽었다고 하네. 사람 몸에서 어느 한 부분이라도 중요하지 않은 곳이 있으랴마는, 심장을 특별히 소중하게 여기는 까닭이 거기에 있네. 더구나 심장은 한 번 병들면 고칠 재간이 없어. 밥통은 며칠씩 굶으면서도 치료를 하지만, 염통은 그럴 수가 없지 않은가?"

"……."

"자네도 사리를 분별할 만한 사람이니 잘 생각해 보게. 한 사람의 심장이 병들면 생명 하나가 죽고 말지만, 한 나라의 심장이 고장 나면 나라 전체가 죽어버리게 된다네. 한데 지금 이 나라의 심장부라고 할 수 있는 대궐 안까지 서양 오랑캐 땅에서 스며 들어온 사악한 병균이 침투해 있다니, 이 어찌 모골이 송연할 일이 아닌가."

조인영의 입에서 나오는 말들은 비수가 번뜩이듯 날카로웠다. 이조판서라는 위엄도 아랑곳없이 일개 포교를 설득해 나가는 열의가 대단했다. 손 포교는 빳빳한 자세로 경청하고 있을 뿐이었다. 계속 천주교를 질타하던 조인영이 드디어 결론을 내렸다. 대궐에 있는 궁녀들 중 천주교 신봉자를 색출하라는 것이었다. 특히 대왕대비 순원왕후의 주변을 잘 살피라는 암시까지 주었다. 손 포교가 난감한 표정으로 입을 열었다.

"하오나……."

"뭔가?"

"구중궁궐의 일입니다. 소관의 손이 어찌 그곳에 미칠 수가 있겠습니까."

조인영이 차갑게 웃었다.

"그래서 실력이 가장 뛰어난 포교를 여기에 부른 것일세."

손 포교의 말문이 막히고 말았다.

"복판을 치려면 변죽부터 울리라는 말이 있지 않은가. 중들은 절간에서 염불하고 무당들은 저희 당집을 가지고 있네. 천주학쟁이들도 반드시 모이는 장소가 있을 터……. 생활은 대궐 안에서 할지라도 기도하기로 정해진 날에는 대궐 밖의 본거지로 드나들 것이 아니겠나."

손 포교는 하마터면 자기 무릎을 칠 뻔했다. 조인영의 말을 듣고 그는 수사 전문가로서 부끄러움마저 느꼈다. 다행히 조인영이 조선에 서양 신부들이 잠입한 사실을 모르고 있는 눈치여서 그는 속으로 회심의 미소를 지었다. 그까짓 궁녀 몇 명 잡는 것이 문제인가. 머지않아 자기 손으로 나라 안에 숨어 있는 서양인들의 정체를 벗길 때 조야가 깜짝 놀라게 될 것을 생각하면, 그는 당장이라도 출셋길이 눈앞에 훤히 열리는 듯싶었다.

손 포교는 이미 이조판서 조인영의 속셈을 간파하고 있었다. 천주교가 장차 나라에 큰 해독을 끼칠 것이 염려된다면 의당히 묘당공론廟堂公論으로 내세워 사교 퇴치의 방법을 강구했어야 마땅하다. 하물며 그 같은 포교를 은밀히 불러서 궁녀 신자들을 뒷전으로 잡도록 사주하는 이유가 어디 있을까? 그것은 너무 번연한 일이었다. 섭정 대왕대비를 곤란한 처지에 빠뜨리려는 고등 술책임이 분명했다. 천주교가 대궐 안에까지 뿌리내렸다는 사실이 만천하에 드러나면 전국의 유림에 커다란 충격을 줄 것이고, 따라서 그 일을 성토하는 여론이 불길처럼 일어날 것이었다. 궁지로 몰리는 쪽은 섭정과 함께 그동안 천주교에 관대한 태도를 보여왔던 김씨 세도가 아니겠는가.

손 포교도 그 정도 계략은 꿰뚫어 봤다. 그렇다고 이번 같은 기회를 물실호기勿失好機로 조씨들에게 빌붙어 그들의 충견 노릇을 하여 출세하려는 야심은 가지고 있지 않았다. 그는 비겁한 행동을 못 하는 성미였다. 어디까지나 자기 실력으로 진급하고 출세하겠다는 신념을 지닌 사내였다. 이 나라의 수많은 관료들이 자기 직분에는 성실하지 않으면서 뒷줄에만 매달려 출세하려는 소행을 볼 적마다 그는 역겨움으로 울컥했다. 또한 높은 자리에 앉아 있는 벼슬아치들이 뇌물을 받아먹고 소위 좋다는 자리에 무능한 자를 공공연하게 앉히는 세태를 개탄하는 그였다.

3

 손계창, 당년 서른여덟 살인 그는 지혜, 판단력, 끈기, 건강 등을 고루 갖춘 전형적인 포교였다. 게다가 시정잡배와 잘 어울리고 거친 무뢰배를 다루는 수단도 보통이 넘었다. 수사관의 밑천이라고 할 수 있는 정보원을 풍부하게 가지고 있어, 어느 동네를 가거나 그에게 사건을 귀띔해 주는 끄나풀이 있었다.
 도둑은 발로 잡는다는 말처럼 그는 시간만 있으면 사방으로 돌아다니면서 많은 사람들과 안면을 텄다. 장사치들과 스스럼없이 어울려 객담을 나누는가 하면, 무뢰배가 모인 술자리에 끼어들어 호탕하게 술도 마셨다. 납독으로 눈자위가 푸르뎅뎅한 색주가 논다니들에게 동정심도 잘 베풀고, 이름깨나 팔린 다방골 기생집도 심심찮게 드나들었다. 때로는 마포, 서강으로 나가 기웃거리며 객줏집에서 일하는 짐방들이나 뱃사람들과도 낯을 익혀두었다. 그뿐만 아니라 애오개 상여꾼과 청계천의 조산 깍정이 패에게도 가끔 찾아가서 막걸리 동이를 선심 쓰며 환심을 샀다. 특히 그가 관심을 많이 기울이는 족속이 있었으니 바로 동냥아치들이었다. 낮에는 시전으로 돌아다니며 푼돈을 구걸하고, 아침저녁에는 골목길을 누비며 끼니를 동냥하러 다니는 그들이야말로 가장 이용 가치가 높은 끄나풀들이었다.

평소에 그만한 바탕을 만들어놓았기 때문에 어떤 사건이 발생하면 손 포교가 포도청에서 두각을 나타내는 것은 당연한 일이었다. 그는 일단 사건에 손대면 집요하게 파고들어 기어이 끝장을 보고야 말았다. 그러므로 그는 포도청에서 중대하게 취급하는 사건만을 전담했다. 어느 포도대장이 좌포도청의 보배라고 칭찬했을 만큼 그는 능력이 뛰어났다.

그런데 손 포교는 늘 이율배반 속에 지냈다. 그는 누구보다 출세욕이 강하면서도 뒷줄을 타는 부정한 승진은 스스로 용납하지 않았다. 권문세가에 줄을 대려고 비루한 행동을 하거나 포도대장에게 아부하는 동료를 보면 침을 뱉으며 경멸했던 것이다. 그의 꼿꼿한 정신은 가상했지만 썩어빠진 세태에는 낙오자가 되기 십상이었다.

좌포도청에만 칠십 명의 포교들이 있었다. 좌우 포도청을 합치면 140명이나 되는 포교들이 우글거렸다. 그들은 경쟁자나 다름없었다. 일부 노장층을 제외하고 대부분은 승격하여 외지로 영전榮轉해 가기를 희망했다. 감영의 진영장鎭營將으로 나가는 것이 모두가 바라는 일차석인 꿈이었다. 지방에 가서 영장 노릇을 몇 해 하다 보면 평생 먹고 지낼 만한 재산도 꾸릴 수 있고, 줄만 잘 닿으면 한양의 어영청御營廳이나 총융청摠戎廳의 좋은 자리로 입경하는 것도 어렵지 않은 일이었기 때문이다. 그러나 다른 관청에 비해 포교들의 승진은 드물었다. 나라의 수사 전문 요원들이니 어지간해서는 다른 부서로 전출조차 시키지 않았다. 그래서 포도청에는 붙박이로 늙어가는 포교들이 수두룩했다. 하물며 감영의 영장으로 나간다는 것은 특별한 공훈을 세우기 전에는 하늘의 별 따기였다.

하지만 손 포교는 남보다 야망이 컸다. 그는 무과에 입격한 후 햇병아리 포교 때부터 언감생심 포도대장 자리를 꿈꾸었다. 아니면 적어도 오위장五衛狀 정도는 한 번 하겠다는 것이 그의 가슴속에 깃든 포부였다. 그가 다른 포교들보다 몇 배나 더 노력하고 자기 직책에 열성을 바치는 것도 남다른 야망을 지녔기 때문이다. 그는 내심으로 세상 사람들이 다 놀랄 만한 큰 사건이 터지기만 기다렸다. 이른바 특별한 공훈을 세울 기회가 오기를 노렸던 것이다. 한 해에도 강도와 살인범을 수십 명이나 체포했지만 그 정도의 공적으로는 파격적인 영전을 기대할 수 없었다. 하지만 그가 바라는 기회는 좀처럼 오지 않고 나이를 먹을수록 점점 초조해지기만 했다.

그러다가 마침내 기회를 잡았다. 초겨울 날씨가 쌀쌀한 작년 동짓달이었다. 손 포교는 벙거짓골로 누구를 만나러 갔다가 방 안에서 두 아낙네가 속삭이는 소리를 우연히 엿듣고 깜짝 놀랐다. 그것은 천주교에 관한 이야기였다.

"그게 정말이야? 천주학쟁이 마누라들이 그런 짓을 하고 다닌단 말이지?"

놀라워하는 투박한 목소리에 이어 수다스러운 목소리가 말했다.

"사실이래도 그러네. 아니 땐 굴뚝에 연기 날까."

"천주학 중이 어느 나라에서 왔다고?"

"바다 건너 구만리 밖에 서양이라는 나라가 있다네. 천주학이 그 나라에서 씨가 퍼져 조선으로 들어왔다는구먼."

"도(道)를 가르치러 왔다는 것들이 여자들 몸을 버려놓다니, 원……."

"그것도 한두 명이 아니라는 게야. 천주학을 믿는 젊은 여자들은 전부 그 서양 중에게 몸을 뺏겼다지 뭐야."

"그러고도 믿으러 다녀?"

"말 말라고. 한 번 몸을 주고 나면 천주학에 더 미쳐버린다는걸."

"도술이라도 부리나? 어떻게 그 많은 여자들을 거느린담."

"서양 중은 조선 사내들보다 키도 크고 힘이 절륜해서 밤새도록 수십 명이나 되는 여자들을 겪어도 끄떡없다는구먼."

"어머나? 그럼 하룻밤 새 여러 여자들을 건드린단 말이야?"

"그 속에 끼었다가 직접 본 사람이 그러는데, 서양 중이 여자들을 한 사람씩 컴컴한 골방으로 불러들인다는구먼. 얼마 후 그 방에서 나오는 여자는 들어갈 때와 딴판으로 매우 흡족한 얼굴이 되어 희희낙락한다지. 그 모습을 보고 밖에서 차례를 기다리던 여자가 서둘러 그 방으로 또 들어가고……."

"아무리 뻔뻔스러운 서양 중이기로서니 문밖에 다른 여자들을 세워두고 어떻게 그 짓을 하나? 어째 믿어지지 않는구먼."

"나도 처음에는 설마 했네. 하지만 자기 눈으로 직접 본 사람이 있는데 어쩌겠누."

"소문이란 그런 거야. 허벅지 보면 뭐 봤다는 격으로."

투박한 목소리가 내뱉는 말에 수다스러운 목소리는 조금도 물러서지 않았다.

"글쎄, 아궁이에 불을 지폈으니까 굴뚝에서 연기가 나는 것이지, 괜히 굴뚝에서 연기 나는 것 봤는가? 그리고 말이야, 컴컴한 골방으로 꼭 한 명씩만 불러들이는 것이 수상쩍잖아? 왜 둘이나 셋이 함께 못 들어가게 하누? 또 천주학 여편네들이 남의 눈을 피해 한밤중에만 서양 중을 찾아가는 것도 이상해. 저희끼리는 서로 형님 아우 하면서 형제간으로 여긴다는데 그것도 우스운 일이고……."

"하기야 천주학이 바른 도道가 못 되니까 나라도 금하겠지."

"서양 중이 어떻게 생겼는지 나도 한번 만나보고 싶은데."

"얼씨구, 이러다가는 수동 어멈도 천주학 믿겠구먼."

"아니야. 그저 궁금하니 그러지."

"뭐가 궁금해? 컴컴한 골방 일?"

"호호……."

그쯤에서 손 포교는 돌아섰다. 그는 적잖은 충격을 받았다. 땅덩이 저쪽에 서양이라는 다른 세계가 있다는 것은 일찍이 알고 있었으나, 천주교의 발상지라는 그곳 사람이 포교하러 직접 조선에 들어와 있다는 말은 처음 들었던 것이다. 두 아낙네의 이야기로 보아 그것은 틀림없는 사실 같았다. 여자들을 농락한다는 말은 믿기지 않았지만 서양인이 조선에 들어와 있다는 말만은 신빙성이 있어 보였다. 그는 흥분을 억제할 수 없었다. 여러 해 동안 그가 고대해 오던 중대한 일거리를 비로소 발견했기 때문이다. 서양인이 이 땅에 잠입한 것이 사실이고 그가 그놈을 체포한다면, 그야말로 조정에 평지풍파를 일으킬 만한 사건으로 불거지게 된다는 걸 확신했던 것이다.

손 포교는 장안에 쫙 깔려 있는 자기 정보망을 동원하여 서양인의 정체를 알아보기 시작했다. 그는 우선 끄나풀들의 제보를 받아 천주교 신자 몇 명을 붙잡았다. 그들을 차례로 외딴 방에 감금하고 호되게 닦달했다. 죄인 다루는 데 이골이 난 손 포교 앞에서 그들은 견디지 못했다. 모두들 술술 불고야 말았다. 천주교 신자들은 서양인을 '신부神父'라고 호칭했으며, 영세를 받기 위해 한두 번 만나봤다고 실토했다. 놀랍게도 조선에 들어와 있는 서양인이 세 명이나 된다는 것도 알아냈다. 그들의 생김새가 조선 사람과 다르다는 말을 들었을 때는 손 포교도 자신의 눈을 끔벅거려야만 했다. 눈알이 파랗고 코가 우뚝하며 머리카락이 샛노란 인간의 형상이 도무지 상상되지 않았던 것이다.

손 포교는 문초를 끝내고 약속대로 천주교 신자들을 전부 돌려보냈다. 그러고 나서 본격적으로 서양인들을 잡으러 나갔다. 어찌 보면 북데기 속에서 바늘을 찾듯 막연한 일 같았으나 그는 어느 때보다도 의욕이 넘쳤다. 이번이야말로 그의 인생에 큰 고비가 된다고 믿었기 때문이다.

우선 손 포교는 자기가 믿는 끄나풀들을 시켜서 새로운 천주교 신자들을 찾아냈다. 그 일은 생각보다 쉬웠다. 근년에 이르러서는 조정의 탄압이 전혀 없었던 탓인지 천주교인들은 자신의 신분을 많이 노출했다. 그래서 한동네 사람들은 누가 천주교를 믿는지 대강 짐작하고 있었다. 손 포교는 천주교 신봉자가 의외로 많다는 것을 알고 놀라지 않을 수 없었다. 며칠 사이에 끄나풀들이 제보해 온 천주교 가정이 스무 집이 넘었다. 오장삿골 같은 동네에서는 이웃 대여섯 집이 집단으로 믿었는데, 손 포교는 그들을 집중적으로 감시했다. 그중에서도 영향력을 가진 듯한 사람이 사는 집은 심복 끄나풀들을 내세워 철저하게 동태를 살폈다. 낮에는 방물장수나 젓갈 장수로 가장하여 드나들게 하고 밤이면 염탐꾼을 들여보내 그 집 식구들의 일거일동을 지켜봤다. 서양인들이 숨어 있는 곳을 찾아내자면 천주교 신도의 움직임을 추적하는 방도 외에 달리 뾰족한 수가 없던 것이다.

그런데 섣달로 접어들어 엉뚱한 풍파가 일어나면서 손 포교가 하는 일에 타격을 주었다. 그것은 장기삼이라는 포교가 저지른 사단이었다. 동소문 밖에 사는 장 포교의 작은아버지가 얼마 전에 죽었는데, 그가 병석에 있을 때 천주교에 입교했다. 임종 자리에는 천주교인 세 명이 와서 연도(煉禱)를 올렸다. 그 사실을 뒤늦게 안 장 포교는 장례가 끝나자마자 부하 포졸들을 거느리고 가서 작은아버지의 임종에 참석했던 천주교 신자들을 모조리 붙잡았다. 그뿐만 아니라 그들의 가족까지 전부 포도청으로 끌어 왔다.

손 포교는 이번에 잡혀 온 사람들이 천주교도라는 말을 듣고 펴뜩 놀라서 감옥으로 달려갔다. 그곳에 가보니 기가 찼다. 남자 신도 네 명은 다른 죄수들의 욕설과 조소 속에도 묵묵히 기도를 드리고 있었다. 한편 여자들을 가둔 옥방 안에는 어린아이들도 수두룩했다. 모두 여섯 명이나 되는 여자 신도들은 추위와 공포에 떨면서 어깨를 잔뜩 움츠린 모습들이었는데, 그 경황 중에도 젊은 두 아낙네는 품에 젖먹이를 안은 채 젖을 빨리고 있었다. 어처구니없는 광경은 겨우 대여섯 살밖에 안 되어 보이는 네 명의 철부지들이었다. 요놈들은 산속에서 잡혀 온 야생동물의 새끼처럼 불안한 눈초리로 바깥의 구경꾼들을 거침없이 맞받았다. 초롱초롱한 눈동자들이 너무나 깨끗하고 천진난만하여 감옥 밖에서 들여다보는 어른들이 민망할 정도였다.

누군가 투덜거렸다.

"어떤 놈이 끌어 왔어? 저것들이 무슨 죄가 있다고 옥에다 처박아 놓았나."

"그러게 말일세. 보기가 딱하이."

이번에는 손 포교가 언성을 높였다.

"도대체 누구 짓이야?"

"장 포교라는구먼."

"어떤 장 포교?"

"장기삼이 말이야."

"그 자식이 하는 짓은 꼭……."

손 포교는 속으로 걱정이 됐다. 이번에 잡혀 온 천주교인들의 입에서 서양인 신부에 관한 이야기라도 나오면 모처럼 큰 야심으로 추진하는 그의 일에 차질이 생길 것 같았다. 그래서 그는 이번만은 유야무야로 그들이 전부 그냥 풀려 나가기를 바라는 마음뿐이었다.

"위에서 천주학쟁이를 잡아들이라는 명령도 없었는데 왜 장 포교가 중뿔나게 잔뜩 엮어 온 게야?"

"누가 아는가. 포도청으로 잡아들일 놈들이 어지간히 없었던 게지."

또 다른 동료가 말했다.

"하기야 천주학꾼 잡지 말라는 법도 없지 않아? 수십 년 전부터 해오던 일인데……."

그 말을 받아 손 포교가 쏘아붙였다.

"그걸 누가 모르는가. 근래에 안 하던 짓이라 내 하는 말이야. 우리도 자식 키우는 사람들인데, 역적모의를 했다면 모를까 천주학을 믿는다고 해서 어린것들까지 옥으로 죄 끌어다 넣다니……. 인정상 차마 못 보겠네."

"옳은 말씀이야. 장 포교가 너무했지."

그때 마침 장 포교가 나타났다.

"왜들 이러쿵저러쿵 뒷말들이야. 나도 부득이해서 그랬어."

"부득이했다니?"

손 포교가 따지듯 물었다.

"한 넝쿨에 매달린 것들이니 어쩔 수 없지 않나. 어미 아비를 엮어 오자니까 새끼들도 따라올 수밖에……. 그럼 자식들이 있다고 해서 천주학꾼인 줄 번연히 알고도 그냥 놔두란 말인가?"

그 말에는 누구도 대꾸하지 못했다. 장 포교라면 성격이 거칠고 배짱이 드세기로 이름난 사내였다. 그는 부하들을 시켜서 잡아 온 천주교인들의 집을 뒤져 쓸 만한 가구들을 팔아치우고 집마저 헐값으로 넘겨 착복했다. 그런 행위는 예전부터 조정이 묵인해 오는 일이었다. 그 소문은 삽시간에 퍼져서 장안에 사는 천주교 신자들이 벌벌 떨었다. 더구나 몇몇 다른 포교들도 장 포교가 횡재한 것을 보고 천주교인을 잡으러 나서는 바람에, 여러 해 동안 태평세월을 보냈던 천주교 사회는 초비상이 걸렸다. 많은 천주교 신자들이 한양을 빠져나가 시골로 도피했다.

사태가 그 지경에 이르자 손 포교는 혼자 발을 굴렀다. 오로지 서양인 신부들을 체포하는 일에만 심혈을 기울여왔던 그의 계획은 완전히 어긋났던 것이다. 천주교 신자들이 크게 놀라서 고슴도치처럼 웅크리고 신변을 경계하는 터이니 그들 속으로 파고들 재간이 없었다.

한편 감옥에 갇힌 천주교인 가족들은 열흘이 지나도록 심문도 받지 않고 그냥 팽개쳐져 있었다. 섣달 매서운 추위 속에 철부지 아이들은 자꾸 찡얼대고, 젖먹이들이 젖을 보채는 울음소리가 감옥 안팎에 낭자했다. 돌덩이처럼 얼어붙기가 일쑤인 구메밥을 억지로 씹어 넘겨도 어미들의 젖꼭지는 자꾸 메말라 갈 뿐이었다. 그 참상을 본 포교들은 저마다 욕설을 퍼부어 댔다.

"잡아들였으면 판결해서 죽이든지 내보내든지 구단(鉤斷)할 것이지 마냥 처박아 두면 어쩌겠다는 게야."

"어린것들이 무슨 죄가 있나. 하도 보기 딱해서 꿈자리까지 뒤숭

숭하다니까."

"장 포교 그 자식은 어디 갔어?"

"위에서 하명이 없어 놔두고 있다는구먼."

"그럼 저 철부지들을 옥에서 굶겨 죽이고 얼려 죽일 셈이야?"

"우리라도 포장에게 가서 실정을 알리고 빨리 조치하도록 진언하세."

많은 포교들이 분개하여 술렁거리고 있을 때 장 포교가 빈들거리는 모습으로 들어왔다. 먼저 시비조로 나선 사람은 손 포교였다.

"여보게, 장 포교. 옥에 있는 천주학쟁이들을 언제까지 저렇게 놔둘 작정인가?"

"자네가 왜 이 일에 번번이 발 벗고 나서나?"

"나뿐만 아니라 여기 있는 사람들 모두가 자네의 처사를 지나치다고 생각하네."

장 포교는 동료들을 한 번 휘둘러보더니 코웃음 쳤다.

"전부 부처님 얼굴들 같구먼. 언제부터 그렇게 동정심들이 많았어?"

"이봐, 장 포교. 자네도 자식을 키우지 않는가. 옥에 있는 어린것들을 차마 똑바로 쳐다볼 수가 없는 정경이라 우리가 말하는 게야."

나이가 지긋한 양 포교의 말에 장 포교가 변명하듯 말했다.

"지금에야 포장의 하명이 떨어졌소."

"어떻게 처리하라고 하시던가?"

"문초하여 천주학을 배교하는 자들은 석방하랬소."

"그거 잘됐구먼."

장 포교는 먼저 감옥에서 여자들을 끌어냈다. 심문을 시작하자 불쌍한 아기 엄마들은 기다렸다는 듯이 배교했다. 그리고 다시는 천주교를 안 믿겠다고 약조한 후 아이들을 데리고 석방됐다. 그러나 남자 신자들은 좀처럼 입을 열지 않았다. 장 포교가 버럭 소리를 질렀다.

"너희 놈들이 아가리를 닥치고 있는 것을 보니 천주학을 계속 신봉하겠다는 뜻이로구나. 안 되겠다. 저놈들에게 차례로 곤장 맛을 보여주어라."

장 포교의 명령이 떨어지기가 무섭게 형리들은 형틀을 차려놓고 매질을 하기 시작했다. 남자 신자들의 엉덩이 살이 터지면서 피가 바짓가랑이로 번져 나갔다. 매에는 장사 없다고 그들은 한둘씩 굴복했다. 배교를 선언하고 엉엉 우는 사람도 있었다. 김석배라는 사람은 끝까지 입을 다물고 견뎌내다가 사정없는 매질에 몸뚱이가 섬산적이 되도록 맞았다. 그러나 아내까지 쫓아와 애원하는 바람에, 그도 마음이 심약해져서 결국 자기 입으로 예수를 욕하는 배교 태도를 보이고 풀려나왔다. 그는 돌아갈 집이 없어져서 친척 집으로 업혀 갔다가 얼마 후에 장독으로 죽고 말았다.

섣달 하순이 되면서 천주교인들을 놀라게 했던 한바탕 회오리바람은 일단 멎었다. 포도대장이 곧 갈린다는 말이 포교들 간에 떠돌았다. 쓸데없이 천주교인을 잡아들여 소란을 피운 데 대한 문책이라는 것이었다. 그 탓인지 정월 명절을 쉬고 2월이 되도록 잠잠했다. 어쨌거나 그 정도에서 조용해진 것이 손 포교로선 천만다행이었다. 누구 입에서도 서양인 신부에 관한 말이 나오지 않았던 것으로 미루어 아직은 포도청에서 아무도 모르는 눈치였다.

손 포교는 다시 서양인들의 은신처를 수색하는 일에 착수했고, 급기야 앵자산 주어사라는 절간으로 서양인 신부 한 명이 간다는 소식까지 알아내기에 이르렀다. 그렇게 잔뜩 별렀다가 허탕 치고 돌아와서 맥이 풀려 있을 때, 뜻밖에도 그는 쌍호정으로 불려 가서 이조판서 조인영과 대좌하게 됐던 것이다.

두 사람은 쉽게 의기투합했다. 정권 탈취를 노리는 조인영과 출세 야망을 품은 손 포교는 천주교라는 이교異敎를 지렛대로 삼아 부상하려 했다. 피차간에 좋은 동지를 얻은 셈이었다.

쌍호정에 간 손 포교는 그날 조인영과 겸상으로 저녁까지 얻어먹고 돌아왔다. 포교 신분으로는 분에 넘치는 파격적인 대우가 아닐 수 없었다.

4

 쌍호정에서 처음 만난 이조판서와 포교가 겸상으로 저녁밥을 먹던 그 시각, 삼청동 골짜기에 자리 잡은 백련사白蓮社에서는 야릇한 장면이 벌어지고 있었다. 백련사는 당대에 첫손 꼽는 세도가 김유근이 살고 있는 집을 가리켰다. 그 몸채 안사랑에서 주인 김유근은 천장에 시선을 박고 두툼한 요 위에 죽은 듯이 누워 있었다. 윗목에 단정한 모습으로 앉아 있는 빈객은 두 눈을 조용히 감고 깊은 묵상에 잠겼다. 두 사람은 그런 모습으로 오랜 시간을 보냈다.
 서쪽 창문에 비치던 저녁 햇살도 스러졌다. 산그늘에 덮여 날이 일찍 저무는 곳이었다. 빈객이 눈을 뜨더니 나직한 목소리로 불렀다.
 "대감."
 주인은 겨우 얼굴을 움직여 말없이 쳐다봤다. 그는 중풍으로 거동은커녕 말조차 하지 못하는 몸이었다.

"소생은 이만 물러가겠습니다."

주인의 두 눈에 쓸쓸한 그늘이 서렸다. 그것은 절망과 허무와 고독이 농축되어 있는 슬픔에 찬 눈이었다.

"대감, 거듭 말씀드리지만 이 세상에 조금도 미련을 두지 마시고 하늘나라의 영광에 영혼을 바치옵소서. 천당만이 영원한 복락을 누리는 안식처입니다."

주인의 입에서 가벼운 한숨이 새어 나왔다. 주인은 다시금 깊은 사념에 빠져들기 시작했다. 빈객은 일어나서 허리를 굽혀 인사하고 조용히 방을 나갔다.

바깥은 벌써 어두워지고 있었다. 삼청동 골짜기 길을 내려오는 빈객의 발걸음은 마냥 무거워 보였다. 그는 엊그제 주어사에 갔다가 손 포교 일당에게 쫓겨서 한양으로 돌아온 역관 유진길이었다.

"부귀영화란 참으로 덧없는 것……."

유진길이 탄식처럼 중얼거렸다. 지난날의 김유근과 산송장으로 누워 있는 오늘날의 그를 비교하면서 새삼스럽게 인생무상을 느끼지 않을 수 없었다. 그리고 그를 잃음으로써 장차 조선 천주교가 받게 될 핍박과 환난을 생각하니 가슴속이 먹장구름처럼 어두워졌다.

김유근은 황산黃山이라는 아호로 더 널리 알려졌다. 그의 얼굴은 몰라도 삼청동 황산 대감이라면 장안에서 모르는 사람이 거의 없었다.

김유근은 헌종이 여덟 살의 어린 나이로 보위에 오른 후 섭정을 맡은 대왕대비 순원왕후의 오라버니였다. 순원왕후가 아무리 궁중에서 수십 년 살아왔다지만 여인의 몸으로 한 나라를 통치하기란 벅찬 일이었다. 그녀는 중대한 문제가 있을 때마다 늘 김유근을 불러서 상의하고 자문을 구했다. 그래서 세상 사람들은 조선이 김유근의 것이라고 비아냥거렸다. 어린 임금 뒤에는 순원왕후가 있고, 순원왕후 뒤에는 김유근이 앉아서 나라 정치를 좌지우지했기 때문이다.

김유근은 안동 김씨 세도정치의 기틀을 닦아놓은 영안 부원군 김조순의 장남이었다. 이씨 조선이 몰락하는 첫 과정은 왕실 외척들의 세도정치에 있었다. 김조순은 왕권 위에 군림하며 장기 집권으로 나라 정치를 마음대로 주물렀던 대표적 인물이었다. 순조는 열한 살에 즉위하여 마흔다섯 살에 승하했는데, 그동안 허수아비 왕 노릇이나 했을 뿐 실제로 모든 정치는 장인 김조순이 전담했던 것이다.

순조는 불행한 왕이었다. 출발부터가 불길했다. 순조가 왕위에 오르자마자 소위 신유사옥이라는 끔찍한 옥사가 일어났다. 벽파와 시파 간의 정권 싸움 때문에 애매한 천주교도가 날벼락을 맞은 첫 번째 천주교 대박해 사건이었다.

수백 년 동안 사색당쟁四色黨爭으로 얽히고설킨 이 나라의 조정은 영조 시대에 다시 벽파와 시파로 크게 갈라졌다. 사도세자를 동정하던 시파는 그를 폐위하려던 벽파에 비해 정조 시절에 영화를 누렸다. 그러나 정조가 마흔아홉의 장년으로 갑자기 승하하자 정세는 다시 뒤집혔다. 부왕의 뒤를 이어 왕위에 오른 순조는 겨우 열한 살이었다. 국법에 따라 궁중의 가장 웃어른인 대왕대비가 수렴청정을 하게 됐다. 그 당시 대왕대비는 순조의 계증조모인 정순왕후 김씨였다. 그녀는 열다섯 소녀의 몸으로 일흔 고령인 영조의 계비로 들어앉았던 터라 아직 환갑도 안 된 나이였다. 정순왕후는 처음부터 사도세자와 사이가 나빴기 때문에 늙은 영조에게 세자를 집요히 모함했던 벽파의 배후 인물이었다. 정조가 등극하면서 벽파의 우두머리 김구주는 흑산도로 귀양 갔다가 비참하게 죽었는데, 그가 바로 정순왕후의 오라버니였던 것이다.

여자의 원한은 오뉴월에도 서릿발을 내리게 한다던가. 친정이 멸문하는 화를 입고 정조 재임 기간에 후궁에서 앙심을 품고 지내던 정순왕후는 어린 왕을 대리하여 정권을 행사하는 자리에 앉자마자 선왕 정조의 신임이 두텁던 시파에게 보복하기 시작했다. 시파의 중심 세력은 남인이었다. 그들 중에 천주교 신자가 많다는 것을 간파한 정순왕후는 사교를 박멸하라는 명령을 내려서 이 땅에 한바탕 피바람을 일으켰다. 권철신과 이가환이 참혹하게 매 맞아 죽었고 이승훈, 정약종, 홍교만, 최창현 같은 뛰어난 인물들이 사형됐다. 일반 신도들도 무려 삼백여 명이 형장에서 목이 잘리거나 옥중에서 악형을 받다가 죽었다.

그 외에도 수많은 천주교 신자들이 귀양을 갔는데, 정약전과 정약용 형제가 대표적 인물로 꼽힌다. 아무튼 그해의 교난으로 의금부, 형조, 포도청은 물론 지방의 감옥에까지 천주교인들로 가득 찼다.

시파가 된서리를 맞는 소용돌이 속에도 김조순이라는 사내만은 예외로 출세의 길을 치달렸다. 승지 자리에 있다가 어느새 홍문관 부제학 겸 장용대장壯勇大將이 되어 섭정 정순왕후의 측근으로 변신했다. 그는 신중하고 치밀한 반면 교활했다. 그는 안동 김씨면서 경주 김씨의 정순왕후가 자기를 친족처럼 여기게끔 처신하면서, 다시 정권을 잡은 벽파 사람들이 시기할 정도로 섭정과 밀착했던 것이다. 거기에는 다른 속셈도 있었다. 그에겐 자기 딸을 왕비로 삼으려는 야망이 있었다. 순조의 외조부 박준원을 중심으로 한 벽파가 반대했지만, 그가 치밀하게 세워둔 계획대로 반대 여론을 물리치고 기어이 딸을 왕비로 앉히는 데 성공했다.

하루아침에 국구國舅가 된 김조순은 영안 부원군으로 책봉됨과 동시에 조정의 새로운 실력자로 위세를 떨쳤다. 그때부터 정순왕후와 암투를 벌이기 시작했다. 그러나 세월은 김조순의 편이었다. 삼 년 후에 순조가 열다섯 살이 되어 자동적으로 섭정이 끝나는, 이른바 철렴환정撤簾還政이 이루어지면서 왕이 친히 정사를 맡게 되니 김조순은 더 한층 활개를 쳤다. 더구나 정순왕후가 뒤로 물러나 앉고 나서 바로 이듬해 세상을 떠나자 명실 공히 김조순의 독무대가 되어버렸다. 세상 물정을 모르는 소년 왕이 정치에 대해 무엇을 알겠는가. 그러므로 순조를 왕좌에 앉혀놓고 실제로 나라를 다스리는 사람은 장인 김조순이었다. 이때부터 장구한 세월에 걸쳐 이어지는 외척 안동 김씨의 세도정치가 출발했던 것이다.

김조순은 정권을 장악한 뒤에 자기 가문의 세력을 강화해 나가는 데 주력했다. 그보다 한 항렬 위의 김이익을 병조판서, 김이도를 예조판서, 그리고 같은 항렬의 김달순을 우의정, 김문순을 이조판서, 김희순을 형조판서에 앉히고 김명순을 함경감사로 배치했다. 김조순은 국리민복國利民福은 아예 염두에 두지도 않고 가문의 영달과 위복에만 치중하여 반대파를 철두철미 견제하고 추방하는 일에만 심혈을 쏟았다.

중앙 정부에서 기강이 무너지고 부정부패가 만연하니 어찌 방방곡곡에서 탐관오리가 발호하지 않으랴. 민정의 근본이 되는 전정田政, 군정軍政, 환곡還穀이 극도로 문란해지면서 지방 수령과 아전 들은 백성의 고혈을 짜내기에 바쁘고, 높은 벼슬아치들은 앉아서 뇌물을 챙기는 데만 재미를 들였다.

게다가 전에 없이 천재지변이 잇달아 민생고를 더욱 가중했다. 순조 3년 4월에는 평양과 함흥에서 대화재가 일어나 수많은 이재민을 냈다. 11월에는 사직社稷 악기고가 불타 없어졌고, 12월에는 인정전과 선정전에서도 불이 났다. 순조 4년, 평양에서 또 화재가 발생했으며 강원도에서는 큰 산불이 일어나 엄청난 산림 피해를 입었다. 순조 6년, 흉작으로 전라도에 대기근이 들어 굶어 죽는 백성이 도처에 깔렸다. 순조 7년은 더욱 험난한 해였다. 2월에 서해안에서 무서운 해일이 밀어닥쳤고, 3월에 함경도 영흥에서 또다시 대화재가 일어났으며, 4월에는 자모산성의 화약고가 폭발했다. 그뿐만 아니라 5월부터 영남 지방의 기근이 시작되면서 초근목피草根木皮도 못 먹게 된 사람들이 인육을 먹는다는 소문이 전국으로 파다하게 퍼졌다. 7월에는 황해도 곡창 지대가 대홍수로 모조리 쓸려 나갔다. 순조 8년, 충청도에 전염병이 만연하여 무수한 인명을 앗아 갔다. 순조 9년, 울산에도 대화재가 일어났으며 황해도에는 여름 폭풍우로 농작물 피해를 많이 입었다. 그해는 전국적으로 흉년이 들어서 어디나 걸식하는 유랑민이 떼로 몰려다녀 민심이 흉흉했다. 순조 재위 십 년째 되는 해도 중부 이남에서는 가뭄으로 대흉작인 데 반해, 중부 이북에서는 폭우로 농사를 완전히 망쳤다.

그렇듯 온갖 재난이 끊일 새 없이 되풀이되는 동안, 국토는 더없이 황폐해져서 마을마다 송아지를 구경하기가 어렵고 어디를 가도 개 짖는 소리가 드물었다. 눈에 보이는 것은 부황 들어 피골이 상접한 백성의 몰골이요, 귀에 들리는 것은 온 강산을 덮고도 남는 탄식소리뿐이었다.

나라 꼴이 그 지경이어도 조정에서는 속수무책이었다. 위정자들에겐 도탄에 빠진 백성을 구제하려는 사명감이 없었으며 그럴 만한 능력도 없었다. 사리사욕에만 눈이 어두운 벼슬아치들은 가렴주구苛斂誅求와 포흠逋欠을 일삼을 뿐 나라 안의 모든 국고가 바닥나도 아랑곳하지 않았다.

항상 눌리고 차이고 착취당하기만 하던 백성들의 신음 소리가 원성으로 바뀌었으며, 원성은 증오심을 낳고, 증오심은 마침내 항쟁을 불러일으켰다. 곳곳에서 관아를 습격하고 수령을 징치하는 민란이 일어났다. 민중의 응어리진 분노가 결집되어 화산처럼 폭발한 대표적인 항쟁이 바로 순조 11년에 일어난 홍경래의 난이었다.

김조순은 혼비백산하여 겨우 그 반란을 진압했다. 그러나 그는 국정 책임자로서 반성하기는커녕 척족戚族의 세도정치를 유지해 나가는 일에만 급급했다. 순조는 김조순의 지나친 간섭과 독단에 진

절머리를 냈다. 하지만 본성이 유약하고 우유부단한 임금으로선 그를 제지할 능력도, 기력도 없었다. 순조는 스스로 물러나려고 마음먹었다. 본래 건강이 좋지 않았던 순조는 정양(靜養)을 이유로 열여덟 살이 된 효명세자에게 대리 청정이라는 편법으로 왕위를 물려주었다. 그것이 정권을 거머쥐고 왕권까지 마음대로 농락하는 김조순 일파에 대한 소극적인 저항이자 견제 방책이었다. 즉 효명세자의 처가 세력인 풍양 조씨들을 등장시킴으로써 너무나 비대해진 안동 김씨들의 독주에 제동을 걸려는 의도가 내포되어 있었던 것이다. 그리고 순조 자신은 골치 아픈 정치 문제에서 벗어나 수원부에 별궁을 짓고 그곳으로 옮겨 가서 조용히 지낼 생각이었다.

하지만 그것도 뜻대로 되지 않았다. 효명세자가 갑자기 피를 토하는 병을 앓다가 스물두 살의 젊은 나이로 요절했기 때문에 순조는 어쩔 수 없이 친정하기에 이르렀다. 가뜩이나 임금 노릇 하기에 염증을 내는 터인데, 이번에는 치열해진 당파 싸움이 순조를 더욱 괴롭혔다. 효명세자가 대리 왕좌에 앉아 있던 몇 해 동안 세력을 단단하게 구축한 풍양 조씨들이 김씨 세도에 만만찮게 도전하기 시작했던 것이다.

순조는 길게 탄식했다.

"근래 조정을 들끓게 하는 모든 물의는 탄핵과 살인에 관한 것뿐이다. 신하로서 진심으로 왕을 보필하려는 이는 하나도 없고 모두 짐에게 주토(誅討)만을 바라고 있다."

결국 순조는 자기 힘으로 나라를 바로잡지 못한 채 마흔다섯 한창 나이에 세상을 하직하고 말았다.

　홍경래의 난 이후에도 전국 각처에는 해마다 역모와 민란이 꼬리를 물고 일어나서, 순조의 재위 기간 삼십사 년 동안 한 해도 평온하게 넘긴 때가 없었다. 민생고 또한 절정에 이르러서 순조가 승하한 그해 1월에 한양의 삼영三營 군사들이 길가에서 얼어 죽은 시체를 치운 것만도 천 구가 넘었으며 해골도 팔백여 개나 됐다. 하물며 전국 지방에서는 또 얼마나 많은 백성들이 굶주리고 병들어 죽어갔으랴.

5

 절망한 백성들은 새 세상이 오기를 갈망했다. 그래서 사람들은 『정감록』에 마음을 사로잡혔고 『토정비결』에서 한 가닥 위안을 얻으려 했다. 가는 곳마다 무당들이 성업을 이루는가 하면, 절간에서 내놓은 부적들이 날개 돋친 듯 팔렸다. 그렇듯 내일이 없는 어두운 세태였는지라 그동안 사도로 배척만 하던 천주교에도 차츰 관심을 갖게 됐다. 사람들이 모인 장소에서는 자주 천주교가 화제에 올랐다.

 "천주학쟁이들은 굶어 죽는 일이 없다는구먼. 하느님을 믿으면 살 길이 생긴다는 게야."

 "정말 이상한 노릇이지. 오 서방네를 보라고. 그 집에 양식이 떨어졌다는 말을 들은 지가 오래인데 아직도 멀쩡하게 지내잖아? 겨울이 가기 전에 쪽박을 차고 동네에서 떠날 줄 알았는데 말이야."

"우리 동네에도 천주학 믿는 집이 있어. 날품팔이로 목구멍 풀칠하기도 바쁜 형편에 굴비 한 두름을 어물전에서 주워 가지고 몇 시간을 허비하여 주인을 찾아주었다더군."

"사실 말이지만, 천주학쟁이치고 나쁜 짓을 하는 사람은 없는 것 같네. 그들이 믿는 도道가 엉터리는 아닌 모양이야."

"뭔가 좋으니까 믿겠지 나쁜 것을 가르치면 믿겠나?"

"그럼 나라에서는 왜 금하는 게야?"

"그야 조상의 제사를 안 지내니까."

"참 알다가도 모를 일이야. 천주학꾼들을 가만히 살펴보면 한결같이 착한 마음씨를 가졌는데, 제 부모의 제사는 어째서 반대하누?"

"절에서는 사람이 죽으면 땅에 묻지 말고 화장하라지 않는가. 종교마다 조금씩은 틀린 구석도 있게 마련일세."

"어쨌거나 살기 어려운 세상에 천주학 믿는 사람들은 가난 속에도 웃으며 살아가는 모습이 달리 보이네. 그들이 부럽게 여겨질 때가 있구먼."

"사람이 무엇을 믿고 의지하며 산다는 것은 큰 힘이 되는 모양일세. 어린아이가 제 어미 옆에서는 아무 걱정을 하지 않듯이 말이야."

"하긴 그렇구먼. 천주학쟁이들이 얼마나 많이 손가락질을 받으며 천대당하는가. 그런 가운데도 꿋꿋하게 살아가는 것을 보면 그들이 믿는 도에 뭔가 있긴 있는 것이 틀림없어."

사람들의 입에서 나오는 그런 이야기는 과거와 크게 달라진 것이었다. 그들이 핍박과 모멸로써 천주교인을 대하던 사람들이라는 것을 생각하면 놀라운 변화가 아닐 수 없었다. 미운 것은 사모 쓰고 병거지 쓴 도둑놈들이지 가난 속에도 정직하게 살아가는 그들이 아니었기 때문이다.

천주교도는 대부분 가난하게 살았다. 신유년 대박해 때 목숨을 부지하기 위해 집과 재산을 버린 채 피신하여 깊은 산속이나 인가가 없는 곳에 터전을 잡고 맨손으로 새 삶을 시작한 신자들이 많았다. 멀리 도망가지 못하고 다른 동네로 이사해서 신분을 숨기며 지내는 신자들도 가난하기는 마찬가지였다. 그러나 어느 정도 여유가 있는 신자들은 고생하는 교우들을 돕는 일에 인색하지 않았다. 어느 곳에 굶주리는 교우가 있다는 소식을 들으면 좁쌀 한 됫박이라도 퍼 가지고 찾아가서 나눠주며 격려했다. 그런 교우 간의 우애가 무서운 환란의 시대에도 천주교가 뿌리 뽑히지 않고 살아남은 밑바탕이 됐던 것이다. 언제나 화평하고 인내하며 소망을 잃지 않고 열심히 살아가는 신자들의 모습이 사람들의 마음을 흔들었다. 그리하여 신유년에 쑥대밭이 됐던 조선의 천주교가 다시금 숨통을 트면서 신자의 숫자도 서서히 불어나기 시작했던 것이다.

시대도 천주교에 유리하게 흘렀다. 순조의 뒤를 이어 왕위에 오른 헌종 역시 여덟 살밖에 안 되는 어린 나이라 수렴청정이 불가피했다. 이때 왕의 할머니로 대왕대비가 된 순원왕후가 섭정을 맡았는데, 그녀는 전부터 천주교에 동정심을 가지고 있었다. 친정아버지 김조순의 책략으로 대궐에 들어온 후 그녀는 고난과 파란으로 점철된 남편 순조의 일생을 곁에서 지켜봤다. 또한 문란한 국정과 거듭되는 천재지변으로 국토가 황폐한 것도 잘 알고 있었다. 순원왕후는 늘 마음속으로, 나라에 재난이 끊이지 않는 것은 순조 원년元年에 죄 없는 천주교인들을 대량으로 학살하여 하늘의 노여움을 샀기 때문이라고 생각해 왔다. 또한 그녀가 천주교에 너그러운 태도를 보인 것은 친정이 본래 시파라는 사실도 작용했다. 사실 김조순도 죽기 전까지 가문 중심의 세도정치는 했을망정 천주교를 탄압한 일은 없었다.

또 하나, 순원왕후가 천주교에 호감을 갖게 된 직접적인 동기가 있었다. 부왕 순조의 하명을 받고 대리 청정을 하던 효명세자가 중병으로 생명이 위태로울 때, 그녀는 궁중의 전의들을 믿을 수가 없어서 정약용을 불러온 적이 있었다.

그 무렵 정약용은 전라도 강진에서 십구 년 동안 긴 유배 생활을 하다가 풀려난 뒤에 고향 마재로 돌아와서 지냈다. 그는 의술에도 조예가 깊어 이미 『마과회통麻科會通』이란 의학 서적도 펴낸 바 있었다.

순원왕후는 왕비 이전에 한 어머니로서 세자의 생명을 구하려고 밤잠을 못 자며 조바심했으나 끝내 허사가 되고 말았다. 정약용이 입궐했을 때는 효명세자의 병세가 너무 깊어져 소생할 가망이 없던 것이다.

그리고 몇 해 후 순원왕후는 순조의 병석에도 정약용을 불렀다. 그때는 정약용이 대궐 안에 머무는 시간이 많았으므로 그녀와 접촉할 기회가 자주 있었다. 내시와 상궁만 있는 자리에서 두 사람은 많은 대화를 나누었다. 순원왕후는 최상의 예우로 정약용에게 존경심을 나타냈다. 이미 고희古稀가 문턱에 이른 백발의 정약용은 속세를 초월한 신선처럼 우러러보였다.

그 자리에서 정약용은 천주교에 관해 직접 말하지는 않았으나 조심스럽게 영혼불멸설과 영생을 설파하여, 젊은 아들을 잃고 이제 남편까지 먼저 보낸 순원왕후의 마음에 일시적이나마 커다란 위안을 주었다. 일찍이 신유박해 때는 예수를 부인하고 자기 목숨을 건져 귀양살이를 떠났으나, 이제 인생의 종말을 눈앞에 둔 말년의 정약용은 누구보다 진지한 신앙인으로 돌아왔던 것이다.

그러나 섭정의 자리에 있는 순원왕후가 천주교에 관대할 수밖에 없었던 더 중요한 까닭이 있었다. 바로 그녀의 오라버니 황산 김유근 때문이었다. 김조순이 사망한 후에 세도정치의 대권을 이어받은 김유근은 절대적인 권력을 행사할 수 있는 위치에 있었으나, 그 자신은 정치보다 학문과 예술을 더 사랑하는 사람이었다. 그는 철학적 고담준론高談峻論을 좋아하고 풍류를 즐겼다. 그와 가장 절친하게 지내는 벗 중의 하나가 추사 김정희였다. 명필과 금석학으로 첫손 꼽히는 김정희와 최고의 세도가 김유근 사이에는 바람처럼 맑고 꽃처럼 향기로운 우정이 오랫동안 지속됐다.

그러나 김유근의 아우 김홍근과 김좌근은 김정희를 미워했다. 김정희의 집안이 경주 김씨였을뿐더러 그가 풍양 조씨들의 참모장 격인 조인영과 가까운 사이였기 때문이다. 조인영은 안동 김씨들이 가장 두려워하는 존재였다. 그의 지략과 정치적 비중은 형인 조만영보다 한 수 위였다. 김조순이 살아 있을 때도 그랬지만 지금 헌종의 섭정을 맡고 있는 순원왕후도 누구보다 그를 경계했다. 십여 년 동안 김씨들의 세도정치를 무너뜨리려고 온갖 책동을 계속해 온 조씨들의 도전은 모두가 조인영의 진두지휘 아래 이루어졌다. 그런 조인영 역시 문장과 글씨, 그림에 능하여 김정희와는 젊어서부터 교분이 두터웠다. 그로 인해 김정희가 견원지간犬猿之間으로 싸우는 두 외척 세도 사이에 양다리를 걸치고 있는 것으로 보였기 때문에 안동 김씨들의 소장파少壯派는 그를 기회주의자로 낙인찍고 미워했던 것이다.

그러나 김유근과 김정희는 청풍명월처럼 순수한 우정을 나누었다. 학문과 예술을 사랑하는 마음이 그들을 가깝게 만들었을 뿐이다. 그리하여 두 사람은 되도록 대궐 출입을 줄이고 김유근의 사처私處인 삼청동 백련사에서 어울려 지내는 날이 많았다.

삼청동은 도교에서 받드는 태청太淸, 상청上淸, 옥청玉淸의 삼위三位를 모시는 사당 삼청전三淸殿이 있는 까닭에 붙은 이름이다. 그러나 후세 사람들은 산청山淸, 수청水淸, 인청人淸으로 말했다. 그만큼 산이 수려하고 물이 맑으며 인심이 좋았기 때문이다.

삼청동 백련봉 밑에 김유근의 집이 있었다. '백련사'라는 현판은 김정희가 직접 써서 대문에 걸어주었는데, 그 당호는 집 뒤에 있는 멧부리의 이름을 땄다기보다 더욱 깊은 의미가 담겨 있었다.

중국 춘추전국 시대에 동진의 명승이던 혜원이 여산에 동림사를 세우고 서방정토西方淨土로 가는 정토문淨土門을 열어 많은 사람들을 불러 모았다. 그 동림사에는 흰 연꽃이 많이 피었다. 그리고 여기에 모인 사람들은 극락왕생을 위한 순수한 염불 수행자들이라 세속과 명리에 물들지 않은 고결한 인품들이 많았다. 더러운 연못 물속에서도 깨끗하고 우아하게 피어 있는 연꽃에 비유하여, 세상 사람들이 동림사의 결사結社를 가리켜 백련사라고 불렀던 것이다.

김정희가 그런 해설과 함께 큰 붓을 움켜잡고 '白蓮社'라는 현판 글자를 정성스럽게 써놓자, 집주인 김유근은 크게 기뻐하며 그의 두 손목을 잡았다. 그리고 그런 당호에 걸맞게 어지러운 세상사와는 되도록 멀리하며 시를 짓고 그림을 그리며 청담清談으로 많은 날들을 보냈다. 그 시절에 김정희의 유명한 묵죽도墨竹圖와 묵란도墨蘭圖가 거침없이 쏟아져 나왔다. 글씨에는 어찌 김정희와 견주랴만, 그림에는 김유근도 일가견이 있었다. 특히 바위그림은 누구도 김유근을 따르지 못했다. 그가 황해도 해주에 갔을 때 그린 청성묘중수비清聖廟重修碑의 그림은 뛰어난 걸작이어서 김정희도 누차 감탄한 바 있는 작품이었다. 김유근이 그린 그림에 김정희가 글씨를 써넣는 것이 그들만의 재미고 풍류였다.

김정희는 젊어서부터 실학사상에 관심이 많았다. 그의 스승은 『북학의北學議』를 펴낸 박제가였다. 박제가는 일찍이 청나라에 자주 드나들면서 새로운 문물을 받아들이려고 힘썼던 대표적인 실학자 중 한 사람이다. 그런 스승 밑에서 배운 김정희도 마침내 연경에 가볼 기회를 얻었다. 스물네 살 때 사신으로 가는 아버지 김노경을 수행하게 됐던 것이다.

연경에 들어가서 저명한 청나라 석학들과 교유하며 학문을 토론하는 동안 그쪽 학자들 간에 김정희의 명성이 자자하게 퍼졌다. 김정희가 일필휘지로 휘두르는 붓글씨에 모두 감탄했을 뿐만 아니라 나이에 비해 해박한 지식과 뛰어난 통찰력을 지닌 것을 보고 혀를 내둘렀다. 김정희는 그 여행에서 많은 것을 배웠다. 청나라는 역시 중원의 대국이었다. 일찍부터 천주교를 비롯한 서양 문화가 들어와 있는가 하면, 중앙아시아나 남양南洋의 여러 나라들과도 활발히 교역하여 다채로운 문화가 형성됐다. 그 무렵 청나라에 성행한 학풍은 고증학이었다. 송, 명 시대의 유학이 너무 공리공론을 일삼았음에 반대하여, 실증적인 정신과 과학적인 연구 방법을 토대로 하는 고증학이 일어났던 것이다. 이 고증학이 우리나라 학자들의 실학사상에 지대한 영향을 미친 학풍이었다.

김정희는 귀국하여 『실사구시설實事求是說』이라는 책을 저술했다. 그 저서는 수백 년 동안 주자학에만 빠져 있던 조선에 한바탕 퍼붓는 소낙비처럼 시원한 청량제가 아닐 수 없었다. 김정희의 영향을 받은 김유근도 차츰 유학의 두꺼운 껍질을 깨고 새 사조의 물결에 눈을 뜨게 됐다.

특히 김유근은 천주교에 관심이 많았다. 신유년 옥사가 일어났을 때 그는 열여섯 살의 소년이었다. 그런데 누이 순원왕후가 섭정하면서 실질적인 집권자의 위치에 있던 그에게 가끔 난처한 일이 생겼다. 지방 관아에 잡혀 있는 천주교인을 처벌하는 문제였다. 형조로 그런 보고서가 올라올 때마다 조정은 논란에 휩싸였다. 사학죄인이 사대부나 양반 계층이면 문제로 삼겠지만, 이따금 지방에서 잡히는 신자는 대부분 하류 천민 출신들이라 관할 기관에서는 하찮은 사건으로 취급하며 귀찮게 여기는 풍조였다. 그래서 곤장 몇 대를 때리고 그들을 내쫓기 일쑤였으나 간혹 배교하기를 거부하는 신자도 있어서 골머리를 앓았다. 신유년에 선포했던 국법이 아직도 엄연하게 효력을 발생하고 있는 터인데, 스스로 천주교인을 자처하며 배교하지 않는 신자가 있으니 그냥 풀어줄 수도 없는 노릇이었다. 그렇다고 조정에서는 옛날처럼 극형으로 다스리려 하지도 않았다. 그런 어정쩡한 시대라 전주 감영을 비롯한 몇몇 지방 관아에는 십 년 이상 옥살이를 계속하는 신자들이 있었다.

　김유근은 천주교에 외경의 마음을 품었다. 세월이 많이 흘렀어도 그 뿌리가 약해지지 않고 무식한 천민 사회까지 파고들며 맥맥이 이어지는 것을 보고 찬탄과 두려움이 교차되는 심정이었다. 그는 나라를 통치하는 집권자의 처지에서 천주교가 진교인지, 사교인지 분명하게 밝혀둘 필요성을 느꼈다. 그래서 한번은 김정희에게 그 문제를 놓고 진지하게 토론하기를 청했다. 그런데 의외로 김정희는 손을 저으며 사양하는 것이었다. 그는 서양에서 전파되어 온 천주교를 수박 겉핥기로 알고 있을 뿐 그 교리의 핵심을 깊이 알지 못한다고 솔직하게 고백했다. 며칠 후 그는 역관으로 있는 유진길이라는 천주교 신자를 김유근에게 소개해 주었다.

　추사 김정희와 유진길의 사귐은 역사가 깊다. 김정희가 사신행차를 따라 처음 연경으로 갈 때 약관의 유진길도 역관인 그의 아버지를 수행했다. 역관 집안은 대를 이어 역관을 하기 때문에 유진길은 중국의 문물도 익힐 겸 중국어를 실습하려고 따라갔던 것이다. 연경에서 두 사람은 자주 어울려 다녔다. 나이는 김정희가 네 살 위였다. 김정희는 역관의 아들 유진길의 학문이 매우 깊은 것을 알고 기특하게 여겨 청나라 학자들과 만나는 자리에도 가끔 데려갔다. 그럴 때마다 유진길은 큰 자극을 받았다. 그는 새파랗게 젊은 김정희가 명성을 떨치는 청나라의 이름난 학자들과 어울려 거침없이 필담으로 토론하는 광경을 보고 감탄과 부러움을 함께 느꼈다.

그때부터 벌써 삼십 년 가까운 세월이 흘렀으나 두 사람의 우정은 변함이 없었다. 그런 중간에 유진길이 천주교에 입교했고, 그 사실을 알고 있던 김정희가 백련사로 그를 초대한 것이다.

백련사를 찾아온 유진길과 하룻밤을 꼬박 담론하고 나서 김유근은 무척 탄복했다. 일개 역관 신분에 지나지 않는 사람이 동서고금의 종교에 통달한 것을 보고 그는 놀라움을 금치 못했다. 유진길이 불교와 도교는 물론 천주교의 교리에 대해 도도히 흐르는 강물처럼 막힘없이 설파해 나갈 때, 곁에서 함께 듣던 김정희도 찬탄해 마지않았다. 특히 김유근은 서양에 여러 나라가 있고 문명이 발달했다는 이야기에 많은 관심을 보였다. 유진길은 연경 성당에 있는 서양인 신부들을 자주 접촉했기 때문에 유럽에 대해 비교적 많이 알고 있었다.

그 후부터 유진길도 자주 백련사를 드나들게 됐다. 김유근은 지체나 계급을 파탈하고 유진길을 실학파의 학자로 대접해서 한 동아리로 스스럼없이 대해 주었다.

이 무렵부터 조선 천주교는 재건의 활기가 넘쳤다. 섭정 순원왕후가 천주교를 동정하고 절대적인 영향력을 행사하는 김유근까지 천주교를 이해하고부터 호의를 보이고 있으므로 옛날 같은 탄압은 없을 것으로 확신했다. 그래서 정하상을 중심으로 한 천주교 지도자들은 조선으로 성직자를 모셔 오는 일을 더욱 적극적으로 추진하여, 마침내 프랑스 출신 신부 두 사람과 주교가 차례로 입국하게 됐다. 비록 신부들이 숨어서 활동하긴 했지만 그들이 조선에 들어온 후 교세가 급격히 불어나기 시작했다. 천주교로선 희망이 넘치는 태평성대와 같은 시기였다.

그러나 모든 일이 어찌 뜻대로만 이루어지랴. 김유근이 갑자기 중풍으로 쓰러지고 말았다. 그에게 의지하여 나라를 다스리던 순원왕후의 충격도 컸겠으나, 그녀 못지않게 놀란 사람들은 유진길이나 정하상 같은 천주교 지도자들이었다.

처음에는 전화위복轉禍爲福처럼 보였다. 중풍으로 쓰러진 김유근이 바깥출입을 못 하고 방에만 칩거하게 되면서 천주교에 귀의할 뜻을 비쳤기 때문이다. 그동안 천주교를 이해하고 호의적인 태도를 보이기만 했던 그가 이제 죽음과 정면으로 대결하는 처지에 놓이자 점점 종교에 매달리는 심정으로 바뀌었던 것이다.

유진길이 백련사로 자주 불려 갔다. 그는 그곳에 갈 때마다 눈물을 흘리고 누워 있는 김유근에게 하느님의 진리를 가르치며 영생의 길을 깨우쳐주었다.

그렇게 이 년이 넘도록 방에만 누워 지내는 동안 나날이 병세가

악화되어 김유근은 혀까지 굳어버려 말을 못 하게 됐고 대소변도 누운 채로 받아 냈다. 그는 숨만 붙어 있는 산송장이나 다를 바 없었다. 세도가 안동 김씨들에겐 대들보가 내려앉은 셈이었고, 천주교로선 거센 파도를 막아주던 방파제가 무너진 셈이었다.

6

 모시전골은 도성 한복판에 자리 잡은 큰 동네로 예로부터 상업이 번성한 곳이었다. 서쪽으로 북달재를 넘으면 명례방과 이어지고, 청계천 쪽으로 내려가면 수표교에 닿았다. 이곳에 모시를 거래하는 점포들이 모여 있어 모시전골로 불렸으나, 실제로는 청포전과 피물전이 주종을 이루었다. 모시는 여름 한철 옷감이라 초여름부터 시작해서 중복쯤 되면 벌써 거래가 끝나기 때문에 일 년 중에 겨우 두 달 장사하는 셈이었다. 그래서 찬바람이 나기도 전에 모시는 자취를 감추고 본래의 청포전이나 피물전으로 돌아갔다.
 청포전은 압록강을 건너오는 당물화唐物貨를 취급하는 곳이었다. 중침中針, 세침細針, 수바늘부터 청포靑布, 홍포紅布, 화포花布 같은 석새(삼승포), 비단, 몽고에서 나오는 회회포回回布, 그리고 짐승 털로 짠 담요,

털모자, 양털 등을 팔았다. 또한 각종 고약膏藥과 민강閩薑, 오화당五花糖, 연환당軟環糖, 옥춘당玉春糖 같은 사탕도 벌여놓아 단것을 좋아하는 사람들의 군침을 넘어가게 했다.

청포전은 본래 육주비전六注比廛의 하나였다. 내어물전內魚物廛과 어울려 종로 육의전의 한몫을 담당했는데, 정조 18년에 주비전의 자격을 잃고 말았다. 그때 내쫓긴 청포전 상인들의 일부가 종로와 가까운 모시전골로 옮겨 와서 다시 점포를 열었다.

모시전골은 예전부터 피물전이 자리 잡고 있던 곳으로 모피를 구하려는 사람들이 많이 찾았다. 팔도의 사냥꾼들이 잡아 올리는 곰, 사슴, 노루, 여우, 너구리, 수달, 그리고 족제비에 이르기까지 각종 짐승의 모피가 집산했다. 몇몇 모피상은 호피虎皮도 가지고 있었다. 그러나 호피는 금새가 없었다. 임자를 만나야 천금을 받았다. 그러므로 호피를 가지고 있는 상인은 중개인을 놓아 권세를 누리는 사대부나 부상대고富商大賈 중에 살 만한 사람을 물색했다.

호피가 사랑방에 앉아 있는 주인의 보료로 특상품이라면 고대광실 안방마님들이 가장 탐내는 모피는 돈피獤皮였다. 돈피란 담비 가죽인데 흔히 초피貂皮라고 불렸으며, 사피斜皮 혹은 서피黍皮라고도 일컬었다. 그 종류는 세 가지로 나누었다. 검은담비의 모피를 '잘'이라고 해서 상등품으로 쳤고, 노랑가슴담비와 노랑담비의 모피는 중등품, 그리고 흰담비의 모피인 백초피白貂皮가 하등품이었다.

호랑이를 잡아먹는 담비라는 말이 있다. 함경도와 강원도의 높은 산악 지대에서만 떼로 몰려 사는 담비들은 호랑이 같은 맹수도 능히 공격하는 앙칼진 성질을 지녔다. 사나운 성깔에 비해서는 그 털이 보드랍고 아름다워서 용맹한 사냥꾼들이 담비를 노리고 줄기차게 쫓아다녔다.

모시전골에서 북달재로 넘어가는 길목에 '사피장네'로 불리는 모피 상점이 있었다. 주인 김주만은 이 동네 토박이였는데, 그의 할아버지와 아버지가 사피장斜皮匠 노릇을 했기 때문에 지금도 '사피장네'로 통하는 것이다. 사피장은 상의원尙衣院에 소속된 경공장京工匠의 하나로, 초피를 가지고 갖가지 의류를 만들어 대궐에 바치는 사람들이었다. 김주만이 자기 아버지 대까지 하던 사피장 노릇을 않게 됐으나 그 연줄로 모피상을 차렸다. 이 집에 가끔 좋은 초피가 걸리는 것도 그런 인연 때문이었다.

사피장네 바로 앞집은 몽고 삼승포를 전문으로 취급하는 점포였다. 중국에서 들어오는 고급 비단은 종로 입전立廛에서 팔았고, 올이 굵은 석새 피륙은 청포전에서 다른 수입품들과 함께 판매했는데, 그 집은 몽고 지방에서 생산하는 청포, 홍포, 화포, 회회포 등을 들여다가 진열했다.

그 점포가 앉은 위치는 큰길에서 약간 외진 구석이고, 취급 물종 역시 외국에서 들어온 수입품들이라 다른 점포들에 비하면 고객이 별로 찾지 않는 편이었다. 웬만한 점포에는 으레 여리꾼이 밖에 서 있다가 기웃거리는 사람을 얼렁뚱땅 안으로 끌어들여 배 맛처럼 싹싹한 태도로 온갖 비위를 맞추며 흥정을 붙였으나, 이 점포에는 그런 여리꾼도 없었다. 점원들은 가게를 찾아오는 손님들에게 공손하고 친절히 대할 뿐 헤픈 웃음으로 굽실대거나 하나라도 더 팔려고 허풍스럽게 떠벌리지도 않았다. 그래서 이곳 붙박이 상인들은 그 점포를 양반집이라고 불렀다. 점원들의 행동거지가 장사꾼답지 않게 얌전하기도 했지만, 실제로 그 점포의 주인이 양반인 줄 알았기 때문이다. 주인 내외가 점포에 나앉아 있는 일은 거의 없었다. 사람들은 그것을 체면상 직접 나서서 장사를 못 하는 처지로 이해했다.

시장 바닥이 사람들로 들끓고 있는 한나절, 양반집으로 불리는 그 점포에 장옷을 쓴 중년 여인이 들어섰다. 점포에 앉아 있던 두 점원이 벌떡 일어나면서 인사하자, 그 여인은 미소로 살포시 답례하고 초록색 장옷을 벗었다. 그녀의 옷차림은 소박했으나 첫눈에도 보통 여염집 아낙이 아니었다. 그녀의 몸 전체에서 의연한 기품이 풍겼다.

"들어가십시오."

얼굴이 여자처럼 하얗고 얌전하게 생긴 젊은 점원이 안채로 통하는 쪽문을 열어주었다. 여인은 사뿐히 안으로 자취를 감추었다.

바깥채 점포에 비해 살림집으로 되어 있는 안채는 규모가 훨씬 컸다. 겹집으로 된 구조에 방이 여러 칸이고, 아래채는 강당으로 쓰는 널따란 방과 곳간 들이 나란히 붙어 있었다. 기와지붕 추녀가 낮은 데다가 사방이 건물로 둘러싸여 전체적으로 음침했고, 안마당에는 우물과 장독까지 있어 옹색한 느낌마저 주었다. 뒷골목으로 난 대문은 언제나 빗장이 걸려 있었다. 주인이나 점원이나 점포로만 드나들기 때문에 대문 밖에서 보면 항상 빈집처럼 조용했다. 그러나 어두운 밤과 이른 새벽이면 그 대문으로 몰래 출입하는 사람들이 있었다. 언제나 상제 차림으로 방갓을 깊숙이 눌러쓰고 다니는 서양인 주교와 그 수행원들이었다. 이 집은 주교가 거처하는 숙소인 동시에 조선 천주교의 본당이었다.

방금 안채로 들어온 여인은 장옷을 팔뚝에 걸치고 서서 조용히 귀를 기울였다. 건넌방에서 바깥주인의 글 읽는 소리가 나직하게 흘러나왔다. 그것은 조선 말소리가 아니라 서양 말소리였다. 여인은 미소를 머금은 채 그 말소리에 도취한 듯 귀 기울이고 있었다. 방에서 글을 읽는 사람은 정하상이었다. 점포의 주인인 그는 서양 사람들조차 어렵다고 머리를 내두르는 라틴어를 읽고 있었다.

삼 년 전에 서양인 성직자로는 최초로 모방 신부가 입국했다. 이듬해 샤스탕 신부, 그리고 지난해는 앵베르 주교가 차례로 조선에 들어왔다. 모방 신부는 입국하자마자 장래 신부가 될 수 있는 똑똑한 조선 소년들을 선발하려 애썼다. 선교사가 새 전교지에 들어가면 그 나라 출신의 사제들을 양성하는 것이 가장 중요한 임무였다. 여러 교우들의 추천과 엄격한 시험을 거쳐 최종적으로 세 명의 소년들을 선발했다. 경기도 과천 수리산 골짜기에 사는 최경환의 아들 최양업, 용인 골배마실에 사는 김제준의 아들 김재복, 충청도 홍주에 사는 최한지의 아우 최방제로 모두 열대여섯 살의 앳된 소년들이었다. 그들은 그해 겨울 압록강을 건너 광활한 중국 대륙을 여덟 달 동안 여행한 끝에 지금은 마카오에서 신학 공부를 하고 있었다.

그러나 지난해 조선에 들어온 앵베르 주교는 입국하자마자 어른 신학생 네 명을 더 선발하여 가르쳤다. 조선 교회가 십 년 후에나 신품을 받고 귀국할 소년들을 느긋하게 기다릴 처지가 아니었기 때문이다. 서양인 신부들은 언제 어디서 발각되어 잡힐지 아무도 모르는 일이었다. 그들이 잡히면 끝장이었다. 조선 천주교는 또다시 목자 없는 양 떼들만 남게 될 것이었다. 어떤 불행한 돌발 사태가 일어나더라도 천주교 신도들을 이끌어갈 성직자는 있어야 했다. 그러기에 신도들을 이끌 만한 어른 중에서 인재를 뽑아 속성으로 교육하게 된 것이었다.

사십 대 장년 정하상이 첫번째로 지목됐다. 그는 실질적인 조선 교회의 지도자일 뿐만 아니라 독신이라 더할 나위 없는 적임자였다. 그리고 이재용, 이문우, 문성준 세 명도 발탁됐다. 그들은 모두 신심이 깊고 지성을 갖춘 서른 살 전후의 젊은이들로 조선 천주교를 이끌어갈 만한 능력을 가지고 있었다. 앵베르 주교는 조선 교구장의 권한으로 그들에게 신학을 가르쳐서 사제로 만들 계획이었다. 모두들 머리가 좋고 열성이 넘치는 터라 라틴어를 비롯한 학업 성적이 매우 뛰어났다. 주교는 앞으로 이삼 년 안에 그들에게 신품을 줄 수 있을 것이라면서 자못 기대가 컸다.

점포 일은 갑녕이 맡아서 운영했다.

요즘 천주교에 대한 조정의 움직임이 심상치 않으므로 앵베르 주교는 신도들의 신앙심을 다지려고 공소 순회 중에 있었다. 이재용과 이문우는 주교를 수행했고, 문성준은 서사 일을 보다가 낮에는 갑녕을 도왔다.

토방에서 미소 띤 얼굴로 귀 기울이고 섰던 여인이 잔기침을 두어 번 하며 입을 열었다.

"형님, 계시오?"

글 읽는 소리가 뚝 멎었다. 안방 문을 열고 마흔 남짓한 곱살스러운 안주인이 나오며 반색했다.

"어서 와요. 그렇잖아도 오라버니가 무척 기다리시던데……."

여인이 낮은 목소리로 물었다.

"주교님은 안 계시오?"

"아직도 공소를 순회하고 계신다오. 모레쯤이나 귀가하신다는 전갈이 왔어요."

안주인은 건넌방 방문 앞으로 가서 착 가라앉은 목소리로 말했다.

"오라버니, 박 상궁이 오셨어요."

"알았다."

정하상이 방을 나왔다. 그를 오라버니라고 부른 안주인은 누이동생 정정혜였다. 동네 사람들은 그들 남매를 부부로 알고 있었다. 천주교인이 아닌 사람들 앞에서는 절대로 오라버니라는 말을 입 밖에 내지 않고 부부인 양 행세했기 때문이다.

세 사람은 안방으로 들어갔다. 정정혜가 바느질하던 반짇고리를 치웠다. 박 상궁은 자리를 잡고 앉자마자 입을 열었다.

"조금 전에 효임이와 그 동생이 도착했습니다."

"왜 늦었다고 하오?"

박 상궁이 웃음기 담은 눈으로 대답했다.

"형편이 그렇게 됐더군요."

"모방 신부님은?"

"주어사에서 무사히 출발하여 충청도로 다시 내려가셨을 것이랍니다."

정하상이 안도의 한숨을 내쉬었다.

"뒷소식을 몰라 궁금했더니만……."

"효임이와 효순이는 소내에서 오늘 새벽에 배를 얻어 타고 떠났답니다."

"그럼 사흘 동안 주어사에 묵었던 것이오?"

"분원 외가까지 와서 숨어 있었답니다."

"숨어 있었다니?"

정하상이 깜짝 놀라는 눈으로 쳐다봤다.

"그날 주어사에서 내려오다가 마주친 포교 일행 중에 한량목도 있었다지요?"

"그랬지요."

"포교와 포졸 들은 허탕 쳤다면서 즉시 하산했는데, 한량목은 동행한 청년 한 명을 데리고 주어사에 올라와서 그날 밤을 묵었답니다."

박 상궁은 김효임 자매가 겪었던 자초지종을 그대로 전했다. 정하상도 어이없다는 듯 너털웃음을 지었다.

"한량목 그 녀석이 우리 효임이에게 빠진 모양이구먼."

"천하의 난봉꾼이 아닙니까? 효임이 같은 미인을 그냥 지나칠 사내가 아니지요."

"처녀기 아닌 유부녀 행세를 했는데노?"

"호호……, 회장님은 한량목이라는 사내를 잘 모르시는군요. 소문난 난봉꾼이 처녀, 유부녀를 가리겠습니까? 오죽하면 궁녀까지 후려냈을라고요."

"궁녀까지?"

정정혜가 놀랍다는 표정을 지었다.

정하상이 씁쓸한 미소를 머금고 고개를 끄덕였다.

"호조판서로 옮겨 앉은 이기연의 서자라고 하더구먼."

"그렇지요. 우의정 이지연 대감이 백부가 됩니다."

"듣자니까 우의정은 우리 천주교에 적대감이 많다던데……. 묘당 회의에서 누구보다 신도 색출을 강력하게 주장했다고 하오."

"어디 우의정뿐이겠습니까? 대왕대비 측근을 제외하면 조정은 거개가 우리 적이라고 봐야지요."

"황산 대감이 중풍으로 누워 있는 동안 조정의 공기가 우리에게 나쁜 방향으로 흐른다니 걱정이오."

"그러게 제가 입궐하여 대왕대비를 만나뵙겠다고 하지 않았습니까? 지금 이대로 그냥 있다가는 어떤 날벼락이 우리에게 떨어질지 모릅니다. 올해 들어 극심한 박해가 일어날 조짐이 조야에 팽배한 실정입니다. 신부님들이 조선에 들어와 있다는 소문이 우리 생각보다 더 널리 백성들 간에 퍼져 있어요. 포교들이 앵자산에까지 나타난 것으로 보아 이제는 관에서도 눈치 챈 것이 분명합니다. 언제까지 신부님들이 숨어 지낼 수는 없는 일일뿐더러 조만간에 정체가 드러나겠지요. 그렇게 되면 대왕대비의 입에서도 박해 명령이 떨어질 수밖에 없습니다. 그런데도 속수무책으로 환난을 기다리고만 있을 것입니까?"

박 상궁은 답답하고 안타깝다는 시선으로 신랄하게 추궁했다.

"박 상궁의 뜻을 모르는 바가 아니오. 하지만 주교님이 허락하지 않으시니……."

"주교님이 조선 조정의 실정을 어떻게 아시겠습니까. 주교님이 납득하실 수 있도록 설득해야지요."

"이미 말씀은 충분히 드렸소. 주교님도 생각하시는 바가 있으니 보류하고 계시겠지요."

"그래서 제가 효임이를 주어사로 뒤쫓아 보냈던 것입니다. 조선에 여러 해 계셨던 모방 신부님이 좀더 정확히 판단하실 것 같아서요."

"뜻밖에 포교들이 나타나는 바람에 우리도 그런 문제를 의논할 겨를이 없었소. 갑녕 대부님이 모방 신부님의 의견을 가지고 올라오실 것이니 그때 이 문제를 다시 의논해 봅시다."

"지금은 태풍 전야라는 것을 명심하세요."

박 상궁은 오금을 박듯이 그 말을 강조하고 자리에서 일어났다. 정하상은 꼼짝 않고 그 자리에 그냥 앉아 있었다. 박 상궁이 남기고 간 '태풍 전야'라는 말이 비수처럼 그의 가슴에 꽂혔던 것이다.

밖으로 나온 박 상궁은 맞은편에 있는 모피전 사피장네로 들어갔다. 마침 혼자 앉아 있던 주인 김주만이 반갑게 맞았다.

"어쩐 일이십니까. 제 집에 다 들러주시고……."

넓적한 얼굴에 거다란 눈을 껌벅이며 사뭇 황송해하는 빛이다.

박 상궁은 사방에 주렁주렁 걸려 있는 짐승 가죽들을 둘러보다가 속삭였다.
"좋은 초피 있소?"
"초피요?"
"조선에서 제일 상질인 초피가 필요한데……."
김주만이 약간 어리둥절한 표정으로 물었다.
"어디에 쓰시려고요?"
"대궐에 가져갈 것이오."
"대궐에요?"
"대왕대비에게 바칠 선사품으로 초피가 적당할 것 같아서……."
김주만이 싱긋 웃었다.
"그렇다면 정말 조선에서 가장 좋은 초피가 필요하겠구먼요."
"물론이오."
"초피라면 잘이 최고인데, 잘 중에도 또 상하가 있습니다. 제 집에 있는 것은 하등품에 속하지요. 잘 상등품은 일 년에 몇 개 구경하기가 어렵구먼요."
"어떻게 구할 수 없겠소?"
"글쎄요……."
김주만은 입맛을 쩍 다시면서 잠시 생각하는 눈치였다.
"제가 아는 모피상 하나가 전날 판서를 지냈던 어느 대감 댁에서 내놓은 잘을 가지고 있다는 말을 들었는데……, 직접 보지 않은 터라 어느 정도인지는 모르겠습니다."

"남의 손때가 묻은 것은 안 됩니다. 되도록이면 사냥꾼이 직접 가져온 새것을 구해 주시오."

"알았습니다. 제가 사방으로 알아봅지요. 좋은 잘을 가지고 있는 모피상들은 대부분 알고 있으니까요."

박 상궁은 문 쪽으로 흘깃 눈길을 보내고 나더니 나지막한 목소리로 말했다.

"우리 천주교를 위해 사용할 것이니 특별히 성의를 다하여 구해 주시오."

"그래요?"

김주만이 긴장감 어린 커다란 눈으로 쳐다봤다. 그도 천주교 신자였다.

"일간 한번 들르겠소."

"힘닿는 대로 구해 보겠구먼요. 그럼 안녕히 가십시오."

장옷을 쓰고 나가는 박 상궁의 뒤에서 김주만이 정중히 인사했다.

7

 박 상궁의 이름은 희순이고 교명(敎名)은 루치아였다. 박 상궁은 열세 살에 입궐하여 이십 년이 넘도록 몸담았던 궁중 생활을 청산하고 퇴궐하여 지금은 신앙에만 전념하며 지냈다. 그녀는 하마터면 후궁이 될 뻔했던 일이 있었다.

 박희순이 열여덟 살 되던 해 봄이었다. 어느 날 꽃밭에 있다가 인기척이 나서 뒤돌아본 그녀는 소스라치게 놀랐다. 대궐 안을 산책하던 임금이 빙그레 미소 짓고 있었던 것이다.

 "꽃밭의 꽃들보다도 네 모습이 더 어여쁘구나."

 임금의 입에서 그런 말이 나왔으나 박희순은 경황없이 허리를 굽힌 채 감히 얼굴을 들지 못했다. 아닌 게 아니라 막 피어난 한 떨기 꽃봉오리같이 그녀의 자태는 아름다웠다.

그날 밤 임금은 갑작스럽게 수정전(壽靜殿)으로 납셨다. 뜻밖에 발걸음 한 임금의 거동으로 몹시 당황하던 궁녀들은 임금이 나인 박희순을 찾자 한층 더 놀랐다. 임금이 밤늦게 납시어 궁녀를 찾는 것은 침석(枕席)을 마련하라는 뜻이 아닌가. 당시 순조의 보령은 스물아홉, 젊은 궁녀들이 흠모할 만한 청년 제왕이었다.

그런데 임금이 부르는데도 박희순은 보이지 않았다. 여러 궁녀들이 이 방 저 방으로 찾아다녔다. 박희순은 맨 구석방에 쪼그리고 앉아 오들오들 떨고 있었다. 제조상궁이 건너오자 그녀가 매달리며 애원했다.

"저는 가고 싶지 않습니다. 상감마마가 그대로 돌아가시도록 아뢰어주세요. 부탁드립니다."

"어느 명이라고 거역한단 말이냐?"

"도와주십시오."

박희순은 두 손으로 얼굴을 감싸면서 울음을 터뜨렸다. 제조상궁은 너무 어이가 없어 훌쩍거리고 있는 가냘픈 두 어깨를 내려다봤다.

박희순의 태도는 참으로 뜻밖이었다. 궁녀가 자유롭게 대할 수 있는 남성은 내시뿐이었다. 내시가 아니면 누구도 궁녀의 처소에 접근해서는 안 되는 엄한 규율 속에 단 한 명의 예외자가 있었다. 바로 임금이다. 온 나라가 임금의 것이고 대궐은 임금의 처소이니 궁녀들도 전부 임금의 것이다. 임금만 궁녀들을 향유할 수 있고 그녀들과 사랑할 권리가 있다.

대궐 안이 온통 꽃밭인데도 나비는 한 마리뿐이었다. 그래서 각

양각색의 꽃송이들은 그 나비가 자기에게 날아와 주기를 갈망하며 지낸다. 나비가 한 번이라도 앉았던 꽃은 영광의 자리에 오르고 뭇 꽃들의 부러움을 사게 마련이다. 실제로 임금과 하룻밤 동침한 궁녀는 당장 이튿날부터 내명부內命婦 종이품 벼슬인 숙의淑儀를 봉작받았다. 임금이 총애하여 부실副室로 교명문을 내리면 소의昭儀, 귀인貴人, 빈嬪으로 격상하여 당당한 후궁이 된다. 게다가 어제까지 상전으로 모시던 위 상궁들을 거꾸로 하녀처럼 부려먹을 수 있고 친정집까지 부귀영화의 길로 끌어올리게 된다. 그러니 어느 궁녀가 임금의 침소에 들기를 열망하지 않으랴.

그런데 나인 박희순은 한사코 그 앞에 나서기를 거부하는 것이었다. 처음에는 그녀의 태도에 당황하여 화를 내던 제조상궁도 차츰 감동하는 마음으로 바뀌었다. 그녀를 측근에 두고 남달리 귀여워하며 아끼던 터라 제조상궁은 어린것의 심충을 헤아릴 수 있었다. 박희순은 후궁이 되기를 꿈꾸는 영악한 나인이 아니었다. 그녀에겐 다른 궁녀들과 미모를 견줘보는 허영심도 없었다. 늘 상냥하고 부지런하며 진실했다. 시샘과 질투와 모함이 난무하는 대궐에서 산전수전 다 겪으며 늙어온 제조상궁인지라, 후궁의 자리가 가시 방석이라는 것을 누구보다 잘 알고 있었다. 제조상궁은 박희순의 오늘 행위가 새삼스럽게 돋보이고 갸륵하다는 생각으로 가슴이 뭉클해져 왔다. 그리고 엄청난 운명의 갈림길에서 떨고 있는 어린것을 보호해 주어야겠다는 의협심이 솟았다. 잠시 착잡한 시선으로 바라보고 섰던 제조상궁은 이불을 내려 아랫목에 폈다.

"이불을 덮고 누워 있거라. 지금부터 너는 배앓이를 하느니라. 땀까지 흘리면서 끙끙 앓고 있어야 한다."

그 말을 남기고 밖으로 나간 제조상궁은 임금이 기다리는 방문 앞에 가서 아뢰었다.

"상감마마, 아뢰옵기 황공하오나 박 나인은 저녁 먹은 것이 관격이 들려서 심히 고통을 겪고 있사옵니다."

마음씨 착한 임금은 깜짝 놀라는 빛이었다.

"그럼 어서 내의원에 알려 병구완을 시키도록 하여라."

"황송하옵니다."

그날 밤, 임금은 매우 실망하여 그냥 돌아갔다.

며칠 후 내시 한 명만을 거느리고 은밀히 수정전을 다시 찾아온 임금은 그때까지 박희순이 병석에 있다는 말을 듣고 몹시 화를 냈다.

"어째서 내의원 약을 쓰지 않았단 말이냐? 아랫것의 신분일지라도 생명의 귀중함은 마찬가지가 아닌고. 하루속히 효험 있는 약을 써서 건강을 회복시켜 놓아라."

그날도 임금은 몹시 언짢은 심기로 발걸음을 돌렸다. 전에 볼 수 없었던 노한 용안 앞에서 수정전 궁녀들은 얼이 달아나도록 황망한 모습들이었다.

제조상궁은 난감했다. 임금이 박희순에게 품은 연충(戀衷)이 깊다는 사실을 확인한 이상, 봇물 터지는 것은 막을지언정 임금의 마음 길을 막을 방도는 없었다. 그렇다고 순결을 보존하려는 어린것을 맹수에게 먹이 던져주듯 내모는 일도 차마 못할 안쓰러운 일이었다.

이튿날 제조상궁은 박희순을 목욕시키고 새 옷을 입혀서 데리고 나갔다. 다른 궁녀들의 눈에 띄지 않도록 조심해서 중전이 있는 대조전大造殿으로 들어가 알현을 요청했다. 그리하여 임금이 두 차례 찾았던 일과 나인 박희순의 심정을 낱낱이 아뢰었다. 박희순의 자태를 유심히 굽어보면서 이야기를 다 듣고 난 중전 순원왕후는 밝은 얼굴로 웃었다.

"호호……, 너는 참으로 특이한 아이구나. 요즘 몇몇 궁녀들이 상감 앞에서 추파를 보인다는 말을 듣고 있는데, 네 행실은 기특한지고. 정녕 네 뜻이 그러하다면 내가 마땅히 돌봐 줘야지. 오늘부터 이곳 대조전으로 옮겨 와서 지내거라."

중전의 분부가 떨어지자 박희순은 무엄하게도 손뼉까지 칠 듯이 기뻐했다.

다음 날 임금과 한자리에 마주 앉은 중전이 말했다.

"상감마마, 수정전에 있는 박 나인이라는 아이를 대조전으로 데려다 놓았으니 필요하실 때는 언제라도 불러 가십시오."

그 말을 듣는 순간 임금은 용안까지 벌게지면서 궁색한 변명을 했다.

"아니요. 머리가 무거워서 산책을 하다가 잠시 그곳에 들렀을 뿐인데……."

말이 임금이지 나라 정치는 장인 김조순이 도맡아 좌지우지하는 터라, 성품이 유약한 순조는 매사에 우유부단하며 소극적이었다. 심지어 그는 김조순 일파의 간섭과 잔소리가 싫어 후궁조차 마음대로 못 두는 처지였다.

어쨌거나 후궁이 될 뻔했던 나인 박희순은 그 일로 중전 순원왕후의 곁에서 나날이 두터운 신임을 받으면서 상궁이 되더니 어느새 중전의 오른팔 같은 위치가 됐다. 박 상궁은 순조가 승하하자 그 위패를 돌보는 특별한 소임까지 분부받았다. 어린 헌종이 즉위하여 순원왕후가 대왕대비로서 섭정을 맡게 되자 박 상궁의 역할은 더욱 커졌다. 이제 박 상궁은 대왕대비의 지밀상궁으로 부러울 것이 없는 몸이었다. 호의호식하며 권세까지 누릴 수 있는 위치에서 생활했지만 그녀는 자꾸 대궐이 싫어졌다. 그것은 그녀가 천주교를 알게 되면서 시작된 정신적 변화였다.

박 상궁은 서른 살이 되던 해부터 교리서를 읽기 시작했는데, 그것은 선배 상궁 전경협이 빌려준 『칠극七克』이라는 책이었다. 숨겨 가지고 다니기 좋게 만든 손바닥만 한 그 교리 책에 담긴 내용들을 처음 읽은 박 상궁은 엄청난 충격을 받았다. 사람의 도리를 가르치는 것으로 이제까지 들어본 일이 없는 새 진리의 말씀들이 그녀의 가슴에 세찬 진동을 일으켰다.

그때부터 박 상궁은 대궐 생활이 싫어졌다. 그녀가 바깥세상을 모르고 조롱 속에 갇힌 새처럼 가련한 신세라는 것을 어느 때보다 절감했다. 더구나 먼 나라에서 신부가 직접 조선에 들어와 있다는 말을 듣고부터는 하루빨리 세례를 받고 싶어 몸살이 날 지경이었다. 그녀는 날마다 대궐을 벗어날 생각에만 사로잡혀 지냈다. 쉰 살이 넘은 전 상궁은 병을 핑계로 어렵지 않게 대궐을 떠났으나, 대왕대비 순원왕후의 각별한 신임을 받는 박 상궁은 그럴 수가 없는 처지였다. 박 상궁은 여자 몸으로 섭정을 맡아 나라를 다스리기에 고달픈 순원왕후를 뿌리치고 떠나려는 것이 한편 죄스럽기도 했지만 어찌하랴. 몹시 목마른 사람에겐 아무것도 보이지 않는 법이다. 오직 물 한 모금이 절실할 뿐이다.

박 상궁은 대궐을 떠나겠다는 결심을 굳히고 나서 굶기 시작했다. 배고픔을 억지로 참으면서 하루에 밥 한 그릇도 다 먹지 않았다. 그런 생활을 한 달 이상 계속하자 그녀의 몸이 눈에 띄게 수척해져서 병객의 모습이 완연한 것을 보고, 순원왕후는 한적한 창녕위궁昌寧尉宮으로 내려가 정양하도록 하명했다. 그러나 여전히 건강이 회복될 기미가 보이지 않는 박 상궁이 퇴궐을 청원하자 순원왕후는 어쩔 수 없이 허락하고 말았다.

박 상궁의 본가는 평민치고는 부유한 편이었다. 그러나 딸이 천주학 믿는 것을 알고 아버지가 노발대발하여 박 상궁은 숭례문 밖 복숭아골에 사는 조카 집으로 가서 지냈다. 그때부터 그녀는 먹는 것, 입는 것, 잠자는 것을 절제하면서 스스로 고신극기苦身克己하는 생활을 했다. 그리고 풍요와 사치 속에 허송세월한 지난날의 궁중 생활을 깊이 참회했다. 교인의 본분을 열심히 지키는 박 상궁의 모범적인 생활을 보고 감동한 조카네 식구들도 오래지 않아 모두 입교했다.

박 상궁은 먼저 대궐을 나온 전 상궁과 합자하여 살리뭇골에 집을 한 채 장만하고 그곳에서 천주교 신자 집안의 딸들을 모아 교리를 가르쳤다. 일찍이 대궐에서 나어린 궁녀들에게 공부를 가르친

경험이 있는 박 상궁은 그런 일에 능숙했다. 보통 육칠 명의 처녀들을 합숙시키면서 날마다 정한 시간에 함께 기도하고, 첨례(瞻禮) 날을 지키며, 교리 강론도 했다. 아직 글을 모르는 처녀에겐 언문도 가르치고 여자가 지켜야 할 예절도 지도했다. 그곳에서 박 상궁을 도와 공부와 수예를 가르치는 노처녀가 한 명 있었다. 며칠 전 앵자산에서 만난 후에 한량목이 무뢰배를 풀어 찾고 있는 김효임이 바로 그녀였다. 김효임은 절색인 데다 행실 또한 요조숙녀로 나무랄 구석이 없었다.

첨례 날에는 대궐에서 궁녀들 몇 명이 나와서 그들과 함께 미사를 드렸다. 궁중에 매인 몸들이라 한꺼번에 대궐을 나오지 못하더라도 번갈아 두세 명은 꼭 찾아와서 축일 공동 미사를 봤다. 그 궁녀들은 박 상궁이 대궐에 있을 때부터 전도하여 착실한 신자가 된 동정녀들이었다. 이웃 사람들은 별로 의심하지 않았다. 박 상궁이 대왕대비의 지밀상궁으로 있다가 나와서 심심풀이로 어린 처녀들에게 글을 가르치는 정도로 여겼다.

모시전골에서 정하상을 만나고 돌아오는 박 상궁은 마냥 발걸음이 무거웠다.

'포교들이 어떻게 알고 앵자산까지 쫓아갔을까?'

그 생각이 자꾸만 박 상궁의 가슴을 짓눌렀던 것이다. 마치 그들은 적을 모르는데 적은 그들의 형편을 환히 들여다보고 있는 것 같은 불안감이 엄습하여 그녀는 초조했다.

'교난을 막으려면 대왕내비에게 매날리는 방법밖에 없어.'

박 상궁은 스스로 다짐하듯 혼자 중얼거렸다. 갓우물골을 지나 청계천을 끼고 계속 걸었다. 살리뭇골은 새경 다리에서 멀지 않았다.

대문 앞에 이르러 걸음을 멈춘 박 상궁은 또 속말을 중얼거렸다.

'이 집을 조선의 첫번째 수녀원으로 만드는 것이 내 소망인데…….'

신부들에게 서양의 수녀원에 대한 이야기를 들을 때마다 박 상궁은 무척 부러웠다. 동정녀들이 모여서 오로지 천주에게 찬미를 드리며 경건하고 정결하게 지낼 수 있는 성전을 언제쯤 가져볼까. 이 땅에도 수녀원을 세워서 초대 원장이 되고 싶은 것이 박 상궁의 유일한 꿈이었다.

대문을 밀치고 들어가니 부엌에서 신평댁이 쫓아 나왔다.

"왜 빗장을 안 걸었소?"

"아이고, 내 정신 좀 보게. 큰상궁 마마가 출타하실 때 그냥 들어왔네."

"항상 문단속을 잘해야 하오. 여자들만 있는 집이니 낮에도 문을 건다고 해서 남들이 이상하게 여기지는 않을 것이오."

"그렇잖아도 이웃 사람들에게 몇 번이나 말해 두었구먼요. 낮에 도둑이 들어와 빨래를 자주 걷어 가서 대문에 빗장을 걸어둔다고……."

뒷방에서는 김효임이 여섯 소녀들에게 '성모 승천 찬미경'을 읽어주고 있었다.

"마리아 죽으실 때 아무 괴로움이 없으시고, 장사 후에 썩음이 없으시고, 사시기도 온전히 사랑으로 사시고, 죽으시기도 온전히 사랑으로 죽으심을 찬미하나이다. 구하오니 성모는 천주께 전달하여, 우리에게 사랑의 순전함과 정결의 아름다움을 주시게 하사, 우리로 하여금 온전히 주께 합하고 세속을 끊고, 몸을 더럽히는 모든 유감과 죄악을 떠나게 하소서……."

김효임은 낭독을 중단했다. 그리고 소녀들에게 '성모 영보領報 찬미경'을 외우라고 지시한 후에 안방으로 건너갔다. 방에 앉아 버선을 벗고 있던 박 상궁이 물었다.

"전 상궁은 어디 가셨느냐?"

"패물을 파시려고……."

"벌써 쌀이 떨어졌어?"

김효임은 대답 대신 미소만 지었다.

박 상궁은 궁을 떠날 때 대왕대비에게 적잖은 패물들을 하사받았는데, 오늘 전 상궁이 마지막 남은 옥가락지를 팔러 나간 모양이었다. 소녀들 십여 명과 공동생활을 하므로 먹새가 드세었다. 앵베르 주교가 연경을 통해 들어오는 선교 자금에서 조금 도와주고, 천주교인들이 거둔 성금으로 매달 얼마간의 식량을 대주었으나, 항상 그 양이 모자라는 편이라 그때마다 박 상궁의 패물을 팔아 메워왔다.

"정 회장님을 만나서 상의하셨습니까?"

"모방 신부님을 모시고 간 대부님이 돌아오셔야 결론이 날 것 같구나."

"정 회장님은 포교가 앵자산에 나타난 일을 어떻게 말씀하십니까?"

"그분도 알 수 없는 노릇이라고 거듭 말씀하셨다."

"저는 김 요한의 입에서 새어 나간 것 같습니다."

옷을 갈아입던 박 상궁이 놀라는 눈으로 김효임을 쳐다봤다.

"어째서?"

"남자가 입이 가볍습니다. 아무 데서나 신부님들의 이야기를 떠벌리기 좋아하지요. 주교님과 신부님들이 자기를 대단하게 봐주는 것처럼 말하기 일쑤이고요. 이번 일도 충청도로 내려가기 전에 여기저기 다니면서 헤프게 말했기 때문에 새어 나간 듯싶습니다."

"그래도 믿을 만한 교우들에게 이야기했을 테지."

"낮말은 새가 듣고 밤말은 쥐가 듣는다고 했습니다."

"네 이야기를 들으니까 터무니없는 소리는 아닌 것 같구먼. 그러나 김 요한은 누구보다 교회 일에 열성을 바치는 사람이야. 그래서 주교님도 중요한 일을 맡기는 것이고……."

그것은 김순성을 두고 하는 말이었다.

"제 눈에는 그가 미덥지 못한 사람으로 보여요."

"김 요한은 언제나 효임이를 입에 침이 마르도록 치켜세우며 끔찍하게 여기는 것 같던데……, 효임이는 그 반대로구나."

"그 사람의 됨됨이와 저를 대하는 태도는 별개가 아니겠습니까?"

"조금 가벼이 보이긴 하지만 김 요한은 우리 신도 가운데도 똑똑한 축에 드는 교우가 아니냐. 미덥지 못한 사람이라면 정 회장님이나 대부님 같은 분들이 그를 가까이 둘까. 중대한 소임을 맡길 턱이 없지."

그 말에는 김효임도 대꾸하지 못하고 입을 다물었다. 정하상이나 갑녕이라면 천주교를 오늘날만큼 재건하느라고 만고풍상을 다 겪은 사람들이 아닌가. 그런 그들이 신임하는 사람을 김효임이 탓하는 것은 어찌 보면 주제넘은 일이었다.

마침 그 무렵 모시전골 본당에는 갑녕과 김순성이 도착하여 정하상에게 보고하고 있었다.

"첫날은 대화산 기슭 시어골 교우촌에서 묵고, 다음 날은 용인 은이골 교우촌에 날 저물어 들어갔네. 그동안 산길을 걸으면서 신부님에게 상세한 설명을 드렸네. 황산 대감은 이제 완전한 폐인이 됐으므로 그분의 도움은 더 이상 기대할 수 없다는 것, 정권을 탈취할 기회만 노려오던 풍양 조씨들이 요즘 갑자기 기세를 올리는 것 등을 말씀드렸지. 김씨 세도가 천주교에 관대한 정책을 펴왔던 사실은 모두가 잘 아는 터라, 조씨 세력이 이것을 물고 늘어지면서 섭정 대왕대비를 괴롭힐 가능성이 농후하다는 말씀도 드렸네. 결국 그렇게 되면 무서운 박해가 일어날 가능성이 크다는 것도 설명했구먼. 따라서 천주교의 운명은 대왕대비가 얼마만큼 비호해 주느냐에 달렸으며, 그 때문에 박 상궁이 대왕대비를 직접 만나 담판하고 싶어 한다는 것도 말씀드렸네."

"모방 신부님은 뭐라고 말씀하시던가요?"

"내가 구구한 설명을 하지 않더라도 앵자산까지 포교가 나타난 사실 한 가지만으로 신부님 역시 심각하게 받아들이고 계셨네. 박 상궁을 입궐시켜 대왕대비를 설득한다는 것이 매우 어려운 문제이긴 하지만, 그냥 앉은 채로 환난을 기다리는 것보다는 한번 시도해 보는 것이 좋겠다고 찬성의 뜻을 표하셨네. 이 문제는 조선 실정을 잘 모르시는 주교님의 의향보다 정 회장과 유 역관 두 사람의 합의에 따르는 것이 타당하다는 말씀도 덧붙이셨구먼."

순간 정하상의 얼굴이 굳었다. 결국 그가 조선 천주교의 운명을 짊어진 셈이 됐다. 세 선교사가 조선에 와 있는 지금도 그가 최종 결정을 내려야 하는 것이다. 조금 전 박 상궁이 남기고 간 말이 다시금 그의 가슴을 후벼 팠다.

'지금은 태풍 전야라는 것을 명심하세요.'

정하상은 지그시 두 눈을 감았다.

정월 한 달은 아무 일 없이 조용하게 넘어갔다. 그러나 정중동靜中動, 겉으로는 평온했지만 조정 일각에는 음모가 진행되고 있었다. 풍양 조씨들이 안동 김씨 세도를 타도하기 위해 본격적으로 칼날을 가는 중이었다.

조씨들이 내세운 인물은 벌써 두 해가 지나도록 의정부 삼정승 중 유일하게 자리를 지켜오는 우의정 이지연이었다. 그들은 옛날부터 같은 노론이며 지금도 벽파의 거물들이었다. 그뿐만 아니라 두 집안은 끊을 수 없는 유대 관계까지 맺고 있었다. 이지연의 큰아들 인설은 조만영의 사위고 둘째 아들 인우는 조인영의 사위였으니, 두 형제가 각각 두 형제의 사위가 된 흔치 않은 겹사돈까지 맺은 사이였다.

그들의 치밀한 정략대로 2월에 조인영이 이조판서 자리에 다시

복귀하고 조병현이 형조판서, 이지연의 아우 이기연이 호조판서 자리에 앉음으로써 풍양 조씨들이 권력의 요직을 장악하는 개가를 올렸으니, 이제 출전 나팔 소리만 울리면 모두 들고 일어날 판이었다. 그러나 상대가 섭정 순원왕후이니 섣불리 행동할 수는 없는 일이었다. 안동 김씨들의 대들보이며 섭정의 배후 인물이던 김유근이 산송장으로 누워 있는 마당에 그들이 두려워할 상대는 아무도 없었다. 그들의 공격 대상은 오로지 순원왕후였다. 어린 임금을 대신하는 대왕대비를 섭정의 자리에서 물러나게 하는 것이 유일한 공격 목표였다.

그들은 여러 날 머리를 맞대고 순원왕후의 약점을 찾아내는 숙의를 거듭했다. 그리하여 조인영과 이지연이 내린 마지막 결론이 쌍호정의 음모였다. 좌포도청 포교 손계창이 불려 갔던 것도 그 일환이었다.

'대궐에 있는 궁녀들 중에서 천주교인을 색출하라.'

그런 밀명을 받은 손 포교가 어깨에 바람을 날리며 행동을 개시했으니, 이제 천주교는 바람 앞의 촛불 같은 운명에 놓이게 됐다. 손계창이라면 귀신도 묶어 온다는 민완 포교가 아닌가.

광풍이 휘몰아치고

1

 한량목은 앵자산 절간에서 놓쳐버린 소복의 여인을 찾지 못해 안달이 났다. 벌써 열흘이 지나도록 거처를 알아내지 못했으니 그 성미에 열통이 터져 안절부절못했다. 하루에 몇 차례씩 홍인문으로 달려가 쇠돌치를 몰아세우면서 빨리 찾아내라고 성화를 부리는 통에, 그 바닥의 무뢰배는 얼이 달아날 지경이었다. 한량목에게 독촉받은 쇠돌치가 제 수하의 부하들을 몰아치며 들볶기 때문이었다.
 무뢰배 열 명이 날마다 발바닥에 불나도록 쏘다녔다. 그들은 한량목이 찾는 여자에 관해 귀 아프게 들었다. '여자의 나이는 스물대여섯, 귀티 나는 용모에 아담한 몸매, 양반은 아니지만 가풍 있는 집안 출신, 얼마 전에 소복 차림으로 여동생과 앵자산 주어사에 불공을 드리러 갔음'과 같은 내용을 좔좔 외우고서 홍인문 부뢰배가 여러 동네를 샅샅이 뒤지고 다녔다. 홍인문 밖 붕어우물골, 인숫골, 자줏골, 정자말, 우산각골, 한우물골, 새말, 도꼬말, 제터골 등 서북으로 탑골승방에서 동북으로 청량리 근처까지 찾아봤지만 모두 허탕치고 말았다. 동네마다 젊은 과부들도 있고 인물 좋다는 유부녀들도 있었으나 그들은 한량목이 찾는 여자가 아니었다. 한번은 한 녀석이 우산각골에서 그런 여자를 발견했다고 허풍 치는 바람에 한량목이 직접 달려가서 확인해 본 적도 있었다.

아무리 낯가죽 두꺼운 무뢰배라고 하지만, 그들이 집집마다 직접 들어가 볼 수는 없는 일이라 저마다 꾀를 냈다. 어느 동네나 빈들거리면서 놀고먹는 건달들이 있었는데 그런 놈들일수록 인물 반반한 젊은 여자에게 관심이 많기 마련이라, 어떤 자들은 그들에게 막걸리를 사주면서까지 알아봤다. 또 어떤 자들은 방물장수를 구슬려 캐물었다. 갖가지 화장품, 머리빗, 댕기, 수실 등속을 가지고 젊은 부인이나 혼기를 앞둔 처녀 들이 있는 집을 수시로 드나드는 그들이야말로 알짜배기 소식통이었다. 또 다른 자들은 젓갈 장수, 두부 장수, 매파, 여자 신발을 만드는 갓바치 등 닥치는 대로 붙잡고 수소문하며 다녔기 때문에 한량목이 어떤 여자를 찾는다는 소문이 짜했다. 동네 우물가나 빨래터마다 아낙네들이 입방아 찧는 소리가 요란했다. 나라에서 채홍사(採紅使)가 나온 것도 아니고, 싸움질이나 일삼는 우락부락한 사내들이 개백정 퍼지듯 쏘다니며 젊고 인물 좋은 과수를 찾으니 화젯거리가 아닐 수 없었다.

그들이 그토록 혈안이 되어 발 벗고 찾는 데는 그만한 까닭이 있었다. 차츰 다급해진 한량목이 소복의 여인을 찾는 사람에게 집 한 채를 주겠다고 약속했던 것이다. 주먹심 하나만 밑천으로 쇠돌치 수하에서 얼쩡거리며 빌붙어 사는 사내들이니 제 집칸이나마 지닌 자가 몇 명 없었다. 처자식을 다독거리며 살림에 재미 붙이고 살기는 애당초 글러먹은 족속이라 한 푼 생기면 두 푼 쓰는 것이 그들의 기질이었다. 그런데다 배포만 커서 시시한 푼돈으로는 간에 기별도 안 간다는 생각들을 하는 것이 한결같은 병폐였다. 그러나 이번에 한량목이 현상금으로 내건 다섯 칸짜리 기와집은 그들의 눈깔을 희번덕거리게 하고도 남았다.

그뿐이랴. 한량목의 직속 부하로 들어갈 수도 있는 기회가 아닌가. 그들은 한량목의 집안이 나라 안에서 손꼽히는 고관대작이라는 것을 잘 알고 있었지만 그 사실에는 별로 관심을 두지 않았다. 한량목이 서자인 까닭도 있으나 그를 통해서는 잘 실감할 수 없었기 때문이다. 그들에겐 오직 눈앞에 보이는 한량목이 있을 뿐이었다. 한량목은 똘마니 무뢰배가 감히 말 한마디 붙여보기도 어려운 존재였다. 담뱃대와 쌈지를 들고 그의 뒤만 쫓아다니며 시중들 기회만 얻더라도 평생 먹고살 걱정은 없을 터였다. 그런 한량목이 애간장을 태우며 여자를 찾고 있는 것이다. 그러니 저마다 눈에 쌍심지를 켜고 눈 내려앉은 날개들처럼 발목이 시도록 쏘다닐 수밖에 없었다.

한량목은 가만히 앉아 있으면 더욱 역증이 나서 날마다 애마 설희를 타고 사정으로 나갔다. 그는 활시위를 당기며 시간을 보내다가 문득 생각이 나면 홍인문으로 달려가서 반가운 소식이 있는지 확인했다. 그가 나타날 때마다 쇠돌치는 죽을상이 됐다. 처음에는 한량목도 벅벅 소리치며 화도 냈지만, 그래 봐야 무슨 소용이 있을까. 그는 더욱 열심히 여자를 찾아보라고 당부하고는 다른 활터로 말을 몰았다. 활을 쏘는 것이 목적이 아니라 콩 튀듯 하는 마음을 가라앉히는 것이 목적이므로, 그는 전에 잘 다니지 않던 곳들도 두루 찾아다녔다.

한양에는 유명한 활터가 많았다. 그중에도 필운동의 등과정登科亭, 누상동의 백호정百虎亭, 옥동의 등룡정登龍亭, 삼청동의 운룡정雲龍亭, 사직동의 대송정大松亭은 서촌의 오처사정五處射亭이라 일컬을 만큼 이름난 곳이었다. 이런 활터에는 으레 내로라하는 명문거족의 양반집 자제들이 자리를 차지하고 터줏대감 행세를 하므로 어지간한 한량들은 거기에 낄 수도 없었다. 한량목은 가끔 활 잘 쏘는 동료들을 거느리고 그런 곳에 가서 한바탕 휘젓곤 했는데, 서출이라고 그를 경멸하는 빛이 역연하면서도 누구도 감히 정면에서 방자하게 굴지는 못했다.

한량목은 서자라는 말을 들을 때마다 불같이 격노했다. 그에겐 그것이 포한抱恨 맺힌 가장 아픈 상처였기 때문이다. 여러 해 전까지만 해도 적서가 엄연한 자리라고 맞대 놓고 삿대질하여 한량목의 발밑에서 묵사발이 된 자가 더러 있었다. 누군가 적서 문제로 말썽을 일으키면 한량목은 앞뒤 물불을 가리지 않고 발로 짓이겨 반죽음을 시켜놓았다. 그런 한량목의 험악한 협박 앞에 모두들 자라목처럼 움츠러들었다. 한량목은 무지막지한 무뢰배를 휘하에 둔 자가 아니냐. 상놈 앞에서 곤댓짓이나 잘했지 본바탕은 심약하기 짝이 없는 치들이라, 자칫하다가는 무뢰배의 손에 귀신도 모르게 죽을 판이므로 더럭 겁을 먹는 것이었다.

그런 일이 몇 번 있은 뒤로는 한량목을 대하는 태도들이 판이하게 달라졌다. 서자라고 하지만 한량목의 아버지가 판서요, 큰아버지는 의정부를 혼자 독점한 우의정이었다. 한량목의 재력도 무시하지 못했다. 그가 싸놓은 재산은 없어도 돈 씀씀이로는 장안에서 첫째라고 호가 난 사내 아닌가. 돈만 가지면 처녀 불알도 사고 귀신도 된다는 세상에 그까짓 도포짜리들을 휘어잡기는 여반장이었다. 지금도 한량목이 활터에 나타나면 아예 상종하기 싫다는 듯 비실비실 꽁무니를 빼는 자들이 있긴 했지만, 태반이 기생집 공짜 오입이라도 얻을까 하고 아첨을 떨었다. 같은 노론 집안입네 활 동문입네 하면서 살갑기가 평양 나막신 같았다.

한량목이 평소에 잘 가는 활터는 장충단의 석호정石虎亭과 마포의 화수정華水亭이었다. 그는 활터를 서너 군데 돌아보기만 하고 석호정으로 와서 활을 잡았다. 그는 특출한 무예가 없었으나 소년 시절부터 익힌 활쏘기 하나는 잘하는 편이었다. 화살 다섯 개를 1순이라고 한다. 과녁을 향해 화살을 날려 오시오중五矢五中하는 것은 석팔 같은 친구의 실력이고, 한량목은 보통 삼중三中, 기분이 좋으면 사중四中의 솜씨를 보였다. 그는 한 번 사대射臺에 오르면 보통 10순을 쐈는데, 요즘은 명중률이 반에도 미치지 못했다. 역시 정신을 활쏘기에 온전히 집중하시 못하는 낫이리라.

한량목은 활을 쏘다 말고 남산 기슭을 붉게 물들인 진달래꽃에 시선이 멎었다. 앵자산에서 그가 소복의 여인을 만날 때는 진달래가 꽃망울을 터뜨리며 막 피기 시작했는데, 어느새 흐드러지게 피어 온 산을 분홍 물결로 뒤덮고 있었다.

'꽃이 피면 임 생각난다는 노래 구절을 이제야 실감하겠구나.'

하지만 한량목의 가슴속 여인은 임도 아니요, 정인情人은 더더구나 아니었다. 산길에서 우연히 만나 포졸들로부터 구해 주었고, 절간에서 하룻밤을 보냈으되 정답게 말 한마디 못 나누었던, 소복 입은 과수일 뿐이었다. 게다가 인사말 한마디 없이 종적을 감춘 괘씸하기 짝이 없는 여자가 아닌가. 그런데도 흐드러진 진달래꽃 무더기를 보니 그리운 사람은 그 여인뿐이라 한량목은 스스로 생각해도 기가 찼다.

'내가 속았지. 용머리에 산다는 말을 곧이곧대로 믿었다니……. 녀석들이 여태껏 못 찾는 것을 보면 홍인문 밖에 산다는 말은 거짓말이었어.'

불쑥 한량목은 온 장안을 뒤져서라도 반드시 여인을 찾아내고 말겠다는 결의를 다지다가도 금세 의기소침해졌다.

'모래강변에 섞인 좁쌀 한 알 찾기지. 한양에 살지 않는지도 모를 일이 아닌가. 홍인문 밖 몇 동네만 뒤졌는데도 괴상한 소문들이 파다히 퍼지고 있는데, 무뢰배를 풀어 온 장안을 들쑤시고 다니면 세상의 웃음거리가 되는 것은 두말할 나위 없고, 한성부나 포도청 같은 관가에서도 가만히 있지 않을 게야. 당찮은 짓이지!'

한량목의 입에서 한숨이 푹 나왔다. 이제는 포기할 수밖에 없다고 생각하니, 그 여인을 한 번이라도 더 만나고 싶다는 아쉬움을 좀처럼 떨쳐버릴 수가 없었다. 한량목은 지금 마음 상태로는 아무 일도 손에 잡힐 것 같지 않았다. 그는 도무지 세상 살아갈 맛이 날 것 같지 않았다. 분원에서 돌아온 이후에 그는 기생집에도 발을 끊고 이모님과 하인 내외가 지키는 붓골 집에 가서 밤마다 혼자 자는 버릇이 생겼다. 본처가 포천 친정으로 아주 가버린 후 육 년 만에 처음 있는 일이었다. 그러다가 어제는 그가 집에 들어가니까 이모님이 자기 방으로 부르더니 서찰을 내주면서 묻는 것이었다.

"채봉이가 누구냐?"

"누군 누굽니까. 다 그렇고 그런……."

"그 아이도 기생이냐?"

한량목은 대답 대신 피식 웃었다.

"겉봉에 제 이름을 버젓이 명토 박아 하인 편에 보냈기에, 나는 양반집 조신한 청상이라도 되는 줄 알았구나."

겉봉에는 '彩鳳'이라는 두 글자가 정성스레 쓰여 있었다.

"인각아, 게 앉거라. 오늘은 나와 이야기 좀 하자."

"무슨 말씀을 하시려고……."

"글쎄, 앉으래도……. 말로는 나를 친어미처럼 생각한다면서 네가 언제 어미 대접을 해준 일이 있느냐?"

전에 없이 화내는 이모님의 어조에 한량목은 당황한 듯 주저앉 있다.

"나는 요새 네가 날마다 집에 들어와서 자는 것을 보고 마음이 얼마나 기쁜지 모른다. 네 얼굴이 어두운 것을 보면 필시 곡절이 있을 테지만 더는 캐묻지 않겠다. 다만 내가 당부하고 싶은 말은, 이제 마음을 잡고 한 여자만을 아내로 삼아 집에 들여앉혀야 하지 않겠냐는 것이다. 지금 네 나이가 몇이냐? 스물 안 자식이고 서른 안 재산이라고 했다. 그런데 나이 서른이 지나도록 눈먼 아들자식 하나 없으니 한심스럽기 짝이 없구나. 말 그대로 바람이란 한때 지나가면 그만인 법인데, 어째서 네 바람은 십 년이 한결같단 말이냐. 그만하면 기생 안방도 신물 날 법하건만."

다른 때 같았으면 넉살 좋게 엄벙뗑하며 넘겨버리고 말 텐데, 오늘따라 한량목은 수긋이 앉아 귀를 기울였다.

"친정에 가 있는 금난이 어미와는 살이 끼어 서로 못 살고 헤어진 것이니 다시 불러다 살라고는 하지 않겠다. 아직 네 나이로 보나 인물로 보나 가풍 있는 집안 얌전한 규수에게도 얼마든지 새장가를 갈 수 있어. 지금이라도 마음을 고쳐먹고 새사람을 들이거라. 나도 늘그막에 손자 안아보는 재미가 있어야 할 것이 아니냐."

그런저런 훈계를 한 시간이 넘도록 듣고 자기 방으로 건너온 한량목은 잠을 이룰 수가 없었다. 이모님은 마치 그의 심중을 꿰뚫어 보기라도 한 것처럼 정곡을 찔렀던 것이다. 그 밤에는 그가 찾는 여인의 얼굴이 캄캄한 천장에 더욱 또렷이 나타났다. 앵자산 절간 법당에서 하얀 두 손을 포갠 채 고요히 앉아 있던 여인의 모습이 좀처럼 사라지지 않았다. 그는 밤이 깊도록 잠을 못 이루며 뒤척이다가 벌떡 일어나 앉았다.

"젠장맞을……, 채봉이한테나 가볼까."

채봉은 의녀 출신으로 장안에 떠르르한 일패 기생이었다.

나라에는 두 종류의 의료 기관이 있었다. 내의원은 왕실을 위해 궁중에 두었고, 혜민서는 일반 백성을 위해 궁 밖에 설치했다. 그곳에는 오늘날의 간호사와 같은 의녀들이 여러 가지 일을 보살폈는데, 개중에는 의술이 뛰어난 의녀들도 적지 않았다. 내의원에는 의녀들이 열두 명밖에 없었으나, 일반 백성을 상대하는 혜민서에는 칠십 명의 의녀들이 들끓었다. 그중 총명하고 나어린 의녀들에겐 의서醫書『동인경銅人經』, 『찬도纂圖』 등을 가르쳐서 의술을 연마시켰다.

그런데 호색 방탕한 연산군이 대궐 잔치에 기생들과 함께 가무를 하도록 지시하면서부터 의녀들도 타락의 길을 걷기 시작했다. 궁중 연회가 있을 때마다 의녀들도 참석하여 노래와 춤으로 기생들과 어우러지니, 약방기생藥房妓生이라는 이름이 붙으면서 차츰 관기官妓로 전락하고 말았다. 의녀들은 의무醫務와 가무를 병행했으나 사회적인 천시는 면할 길이 없었다. 그중에 인물이 뛰어난 의녀는 재주껏 몸을 빼내어 아예 시중에 기생집을 차렸는데, 채봉이 그런 대표적인 여자였다.

다방골에서 콧대 높기로 소문난 채봉도 한량목과 하룻밤 동침하고 나더니 살림을 차려 들어앉겠다고 앙탈을 부렸다. 한량목을 혼자 독점하겠다는 속셈이었다. 그러나 그것이 될 법한 일인가. 한량목은 이미 한 여자의 소유물이 될 수 없는, 장안 뭇 기생들의 공동

애인이었다. 애당초 그를 독차지하려는 마음을 품는 것 자체가 과욕이었다.

기생들이 한량목이라면 사족을 못 쓰는 까닭이 있었다. 그가 인물 잘나고 돈 잘 쓰고 호탕하게 놀기 때문만은 아니었다. 그는 어느 기생에게나 따뜻이 대해 주었다. 노류장화라고 함부로 모독하지도 않고, 하룻밤 데리고 노는 노리개로 취급하지도 않았다. 근심이 있으면 함께 걱정해 주고, 몸이 아프면 약을 사다 주고, 슬픈 일이 있으면 마음을 풀어주려 애썼다. 자기 집을 찾아준 것만으로도 감지덕지할 판에 진심으로 다정히 대해 주니 어느 여자인들 감읍하지 않으랴.

가까운 친구들조차 기생들에게 베푸는 한량목의 그런 친절을 이해하지 못했다. 그것을 그저 여자들을 낚는 하나의 수단쯤으로 여겼다. 하지만 거기에는 한량목만 지니고 있는 깊은 상처가 숨겨져 있었으니, 그를 낳아준 어머니가 바로 기생이었던 것이다.

과거에 급제한 후 홍문관 부수찬副修撰이 된 이기연은 장래가 촉망되는 젊은 관원이었다. 출세의 첫째 요건이라고 할 수 있는 문벌이 당대의 어느 가문보다 못하지 않았다. 세종대왕의 다섯째 아들 광평대군의 14대 후손이니 왕손이 아닌가. 게다가 큰형님 이지연이 그때 벌써 참판 자리에 앉았으므로 배경도 든든했다.

그런 이기연이 벽초碧初라는 기생을 사랑하게 됐다. 한때의 정분이 아니라 서로 죽고 못 사는 사이여서 이기연은 벽초를 정식 소실로 맞아 살림을 차렸다. 그러나 그 때문에 온 집안이 들고 일어났다.

특히 맏형 이지연이 노발대발했다. 천기(賤妓)를 소실로 들여앉히면 가문에 흠칠한다는 것이었다. 그뿐만 아니라 한참 학문에 정진해야 할 젊은 나이에 요사한 계집에게 미혹하여 두 집 살림을 하면 장래를 망친다고 극구 만류했다.

큰형님의 말이라면 부모 말처럼 어렵게 알던 이기연이 이번에는 순종하지 않았다. 그는 차라리 출세를 포기할지언정 벽초를 버릴 수 없다는 결연한 태도를 보였다. 벽초가 없는 부귀영화는 아무런 의미가 없다는 순수한 애정이었다. 이기연이 그렇게 나올수록 집안의 압력과 학대는 한층 거세어져서 벽초는 도저히 견디지 못하고 스스로 물러날 생각을 하기에 이르렀다. 하지만 차일피일하다가 그만 그 시기를 놓치고 말았다. 벽초가 뱃속에 아기를 잉태했던 것이다.

벽초는 다시금 마음을 모질게 먹었다. 서출 자식이 될망정 아기를 아비 없는 자식으로 만들 수는 없었다. 그녀는 본가 대방 마님인 맏동서를 찾아가서 눈물로 호소했다. 내방으로 들어가지도 못하고 방문 밖에 꿇어앉아 눈물을 철철 흘리는 그녀의 가련한 모습을 찬찬히 쏘아보던 맏동서가 방으로 불러들였다. 벽초는 말로 듣던 바와 달리 사내를 홀리는 요물단지가 아니었다. 그녀를 요모조모 뜯어볼수록 요스러운 구석은 한 군데도 찾을 수 없었다. 커다란 눈이 흠이라면 흠이랄까, 눈물로 젖어 있는 얼굴이건만 깨끗하고 아리따운 미색에 맏동서조차 마음속으로 찬탄했다.

'내가 남자라도 너에게 마음을 빼앗기지 않을 수 없겠구나.'

그날 밤, 맏동서는 남편 이지연을 설득했다. 뱃속에 이씨 가문의 핏줄을 가졌으니 내칠 수는 없지 않느냐는 부인의 말에 완고한 이지연도 더는 말하지 않았다.

그 후부터 벽초는 며칠에 한 번씩 가회동 본가로 가서 문안을 올렸다. 맏동서는 날이 갈수록 푸근한 미소로 반겨주었으나 이기연의 본실은 거들떠도 보지 않았다. 그녀는 본래 말이 적은 여자이지만 달다 쓰다 아무런 내색이 없었다. 시앗을 보면 부처도 돌아앉는다지 않던가. 그럴수록 벽초는 죄인이 된 심정으로 본실을 잘 섬기려고 무던히 마음을 썼다. 이씨 집안은 삼 형제인데, 둘째 이회연은 분가하여 따로 살고, 막내 이기연의 가족은 본가 드넓은 담장 안에 있는 별채에서 살았다. 그래서 벽초는 맏동서에게 문안하러 가면 본실도 찾아볼 수밖에 없었다. 그러나 본실이 번번이 외면하고 일언반구도 없으므로 벽초는 그녀가 보든 말든 혼자 절을 올린 후에 물러 나오곤 했다.

소실도 그 나름이라 집안 노복들까지 천기 출신의 벽초를 은근히 멸시했다. 이미 굳게 각오한 터이기에 벽초는 어떤 모멸도 참고 견뎠다. 그러자 차츰 노복들의 태도가 달라져갔다. 본실이 안 보는 자리에서는 고분고분하게 벽초를 상전으로 대접해 주고 그녀에게 친절을 베풀려는 호의가 여실히 나타났다.

벽초가 마음의 고초를 심하게 겪은 것은 아들 인각이 대여섯 살이 된 무렵부터였다. 하필이면 본실 자식과 둘째 집에도 동갑내기가 있었는데, 인각은 그들과 만나기만 하면 싸움하고 때려주어 집안을 발칵 뒤집어 놓았다. 싸움의 사단은 언제나 사촌과 이복형이 일으켰다. 잘 놀다가도 무슨 트집만 있으면 갑자기 적실 소생의 위세를 부리면서 서자인 인각을 억누르고 구박하려 들었기 때문에 그도 어린 마음에 분개하여 불끈 달려들며 주먹질했던 것이다. 힘과 꾀로는 인각과 상대가 안 되니 번번이 맞는 쪽은 큰집 아이들이었다. 아무리 철부지들이라고 해도 서자가 적자를, 더구나 형뻘에게 폭력을 행사했으니 용서할 수 없는 일이었다. 그럴 때마다 가통이 바로 서지 않는 일이라고 어린 인각만 어른들에게 가혹한 벌을 받았다.

가회동 본가는 이씨 가문의 종가이므로 조상을 받드는 봉제사가 거의 매달 있었다. 제삿날에는 집안 아이들이 다 모이기 마련이다. 그럴 때 인각은 개밥에 도토리처럼 따돌림 받을 수밖에 없었다. 제사를 지낼 시각이면 어른부터 아이까지 남자들은 전부 육간대청에 모여 나이 순서로 도열하는데, 말석을 차지한 아이들 사이에 티격태격 시비가 벌어졌다. 여럿이 인각을 밀어내려 하고 인각은 안 나가려 버티는 싸움이 어른들의 눈에 띄었다. 그때 집안 종손 인설이 다가와서 인각의 덜미를 바싹 추켜들고 뜰에다 팽개치듯 던졌다.

"이놈아, 너는 뜰아래에서 절하라고 일렀는데, 왜 말을 안 듣느냐?"

여섯 살짜리 인각은 섬돌 아래에서 코피가 터져 선혈이 낭자한 얼굴을 쳐들고 대청의 어른들을 원망스럽게 쳐다봤다. 부엌에서 그 광경을 엿본 벽초는 뒤란으로 달려가서 찢어지는 가슴을 부여안고 오열했다.

미인박명이라고 했던가. 이듬해 벽초는 서른한 살의 나이로 죽었다. 몸이 붓고 오줌을 못 누는 병으로 여러 달 고생하더니 어처구니없이 숨을 쉽게 거두었다. 이기연은 벽초의 시체를 끌어안은 채 서럽게 대성통곡했다. 그 소문이 밖으로 새어 나가서 그는 여러 친구들의 빈축을 샀다. 사대부는 조강지처가 죽어도 눈물을 보이면 수치스러운데, 하물며 소실의 죽음 앞에서 체통 없이 큰소리를 내어 울었으니 조소를 받지 않을 수 없었다. 이지연도 방바닥을 치면서 가문의 명예를 훼손하는 아우를 꾸짖었다.

어머니를 잃은 인각은 죽지 부러진 새처럼 풀이 꺾였다. 그동안은 서자로서 수다한 곤욕을 당해도 그를 달래고 위로해 주던 어머니의 따뜻한 품이 있었으나, 이제 그는 의지할 나뭇가지 없는 외로운 새였다. 일곱 살의 어린 나이로는 감당하기 어려운 슬픔이었다. 남이 보는 앞에서는 머리 한 번 쓰다듬어주지 못하는 아버지의 속사랑도 인각의 멍든 가슴을 풀어주기에 너무 미흡했던 것이다.

그래도 큰집에서 인각을 귀여워해 주는 사람은 큰어머니 한 사람뿐이었다. 그녀는 은밀하게 인각을 불러서 군것질 거리도 챙겨주고 열심히 글을 읽으라고 격려해 주었다. "자꾸 볼수록 어미를 많이 닮았구나. 사내자식이 너무 곱게 생기면 큰일을 못하는 법인데……" 하면서 인각을 꼭 끌어안을 때도 있었다.

집안에 아이들이 여럿이므로 사랑채에 독선생을 앉혔다. 인각은 언제나 윗목 맨 구석이 자기 자리라는 것을 잊지 않았다. 이젠 다른 아이들과 다투고 싸우지도 않았다. 그는 억울하게 발에 차여도 대거리를 피하며 꿀꺽 참았다. 누가 가르치거나 그리하라고 시키지도 않았지만, 그는 자기 안전을 도모하는 방법을 스스로 체득한 것이었다.

그러나 뼈마디가 여물어가는 열대여섯 살부터 밖으로 나돌기 시작하면서 인각은 성격이 거칠어져갔다. 그는 날마다 거리의 부랑아들과 싸움판을 벌였고 얼굴이 깨진 채로 들어오는 날이 많았다. 그런 때는 안채로 들어가지도 못하고 청지기들의 방에 끼여 잤다. 그러곤 아침 일찍 뛰쳐나가서 어제 맞은 분풀이를 하기 위해 상대를 찾아다니다가 또 한바탕 싸움을 벌였다. 인각이 날마다 찾아와서 끈질기게 달려드니까 덩치 큰 놈들이 처음에는 그를 우습게 봤다가 나중에는 아주 학질을 뗐다. 그가 나타나기만 하면 그들은 두 손을 회회 내저으며 그만 싸우고 친구가 되자고 사정했다. 그렇게 사귄 친구들이 늘어나면서 인각도 이젠 한다하는 싸움패가 됐다. 집안 어른들이 불호령을 내려도 그는 이미 고삐 풀린 망아지처럼 행동했다.

이기연은 아들 꼴을 보고 개탄했다. 조용한 자리에 인각을 불러서 마음잡고 글을 읽으라며 간곡히 타이르기도 했지만 그의 대답이 걸작이었다.

"서출이 글은 읽어 무엇 합니까? 벼슬길에도 못 나갈 것을."

인각이 그렇게 내쏘면 이기연은 할 말이 없었다. 그 말이 틀리지 않았기 때문이다.

"초나라 항우 같은 장수도 대장부는 제 성명 석 자만 쓸 줄 알면 족하다고 했답니다. 아버지, 소자 때문에 너무 심려하지 마십시오. 소자가 나쁜 사람이 되지는 않을 것입니다."

제법 그런 말로 인각은 제 아버지를 안심시키려 들었다.

이기연은 아들이 거리의 무뢰배와 휩쓸려 다니며 집에 들어오지 않는 날이 많아지는 것을 심히 염려한 끝에 장가보낼 생각을 굳혔다. 그는 여러 방면으로 색싯감을 물색하다가 포천에서 명문 집안으로 알려진 윤씨 가문과 줄이 닿았다. 규수의 할아버지가 이조참판을 지낸 뼈대 있는 집안이었다. 윤 진사는 가회동에 와서 인각을 만나보고 첫마디에 사위 삼겠다고 승낙했다. 처음에는 서자 사윗감이라고 하여 내심 모욕감마저 느끼고 체면만 살릴 요량으로 가회동까지 발걸음 한 셈인데, 막상 당사자를 보고는 입이 쩍 벌어졌다. 열여덟 살의 훤칠한 미장부가 그에게 큰절을 올릴 때는 행여 다른 집안에 사윗감을 빼앗길까 봐 조바심까지 들었다.

 그해 초겨울, 인각은 혼례식을 올리고 신접살림을 차렸다. 이기연이 예측했던 대로 아들은 마음을 잡고 무뢰배와 어울리는 대신 활터로 나가 한량들과 교유했다. 며느리는 인물도 흠잡을 곳 없었지만, 싹싹하고 바지런하여 집 안에 먼지 하나 없도록 정결하게 가꾸어 나가는 것이 여간 흡족하지 않았다. 동갑내기 부부의 금실도 더없이 좋아서 이웃 사람들이 모두 부러워한다는 말이 들릴 때마다 이기연은 하인들을 시켜 양식과 시탄을 넉넉히 보내주었다.

 그러나 인각의 생활이 문제였다. 사정에 나가 활 쏘는 일 외에는 달리 할 일이 없었다. 글 읽기는 일찌감치 걷어치웠고, 그렇다고 시전의 장사치로 나설 수도 없는 노릇이었다. 참으로 명문대가의 서자들이 발붙일 땅 없는 사회가 조선이라는 나라였다.

 인각은 무과라도 본답시고 날마다 사정에서 과녁을 향해 화살을 열심히 날렸다. 그가 꼭 욕심나는 벼슬자리가 하나 있긴 했다. 바로 포도대장 자리였다. 그러나 당장 포도대장을 하게 해준다면 몰라도 수십 년을 벙거지 쓰고 봉직해야만 앉을 자리고, 그나마 서자에겐 거기까지 기어 올라가는 진급도 시켜줄 리가 만무했다.

낮에는 활터에서 그럭저럭 소일하고, 해가 설핏하면 다른 한량들과 어울려 기생집을 출입하는 것이 인각의 일과가 됐다. 인각이 나타나면 기생들은 환호성을 올리며 법석을 떨었다. 서로 그의 옆에 앉으려고 자리싸움 벌이는 것은 어느 기생집에 가더라도 마찬가지였다. 그는 어머니가 기생 출신이라는 것을 알기 때문에 처음에는 서먹서먹하여 점잖게 굴었는데, 그럴수록 기생들에게 인기가 더욱 높아졌다.

기생집 출입이 잦아지자 인각은 돈의 필요성을 절감했다. 그에게 돈 만지는 요령을 가르쳐준 사람들은 시전의 상인이었다. 호조참의에 앉아 있는 아버지에게서 이권을 얻어주면 뭉칫돈을 듬뿍듬뿍 안겨주겠다는 것이었다. 지극히 사랑했던 벽초가 낳은 아들이므로, 어미 없이 설움 속에 자란 아들이므로 이기연은 인각에게 약했다. 인각이 이런저런 구실을 붙여 부탁하면 상인들의 농간인 줄 알면서도 이기연은 그의 부탁을 들어주곤 했다. 한두 해가 지나면서 머리 좋은 인각은 아버지에게 매달리지 않고 직접 이권을 해결하는 요령을 찾아냈다. 아버지는 물론 판서 자리에 있는 큰아버지의 이름을 적당히 팔아 하급 관리들과 결탁하는 것이었다.

인각은 나이 스물에 엄청난 돈을 주무르게 되니 호탕한 기질이 발현되면서 한양 장안을 좁게 보기 시작했다. 그는 세상에 무서울 것도, 겁날 것도 없었다. 다방골 같은 기생촌을 쓸고 다니는 그의 뒤에는 이름깨나 알려진 상인들이 줄줄 따라다니며 서로 돈을 쓰려고 다투는가 하면, 오입쟁이로 소문난 사내들이 그를 상석으로 깍듯이 모셨다. 그리고 어느 때부터인가 힘꼴깨나 쓴다는 무뢰배가 그를 호위하고 다녔다.

인각이 집에 들어오지 않는 날이 점점 많아지자 부부간의 불화가 커졌다. 남달리 질투심이 강한 아내는 술이 곤드레한 채로 들어온 남편의 멱살을 잡고 눈이 시퍼렇게 포달을 부렸다. 인각이 끝내 참지 못하고 그녀를 밀치면 방바닥에 벌렁 넉장거리로 까무러치기가 일쑤였다. 그런 이튿날부터 그녀는 이불을 푹 뒤집어쓰고 일어나지 않았다. 나중에는 단식투쟁으로 나오는 그녀에게 질려버려 인각이 무릎을 꿇고 빌었다.

하지만 그것도 며칠을 못 갔다. 바깥세상이 인각을 가정으로 돌려보내지 않는 것이었다. 치열한 부부 싸움이 또 일어나고 한동안 가라앉고, 여러 해 동안 그런 생활을 되풀이하다가 부부 사이를 아주 갈라놓은 싸움이 벌어졌다. 포달을 부리던 아내가 인각에게 해서는 안 될 말을 했던 것이다.

"피는 못 속이지. 남의 눈에 눈물 내게 하고 남편을 가로챈 기생년 몸에서 태어난 자식이 어디 가려고!"

인각의 몸이 흠칫하면서 경직됐다. 그는 아내를 무섭게 쏘아봤다. 아내를 부르르 후려갈기려던 그의 주먹이 갑자기 툭 떨어졌다. 그는 한동안 천장만 멍청하게 올려다보다가 아무 말 없이 방을 나갔다.

한 달, 두 달, 반년이 지나도록 인각은 집으로 돌아오지 않았다. 아내가 용서를 비는 눈물의 편지를 몇 차례나 인편에 보내 왔지만 그는 거들떠보지 않았다. 아내가 대들보에 목을 매어 죽을 뻔했다는 소식을 듣고도 그는 꿈쩍하지 않았다.

결국 인각의 아내는 딸 하나를 데리고 포천 친정으로 돌아갔다. 그것이 육 년 전, 그가 스물여섯 살 때의 일이었다.

그 후 인각은 방탕의 세월을 보냈다. 매일 밤 술자리와 잠자리를 바꾸면서 기생집을 순례했다. 차츰 그와 어울리는 사람들도 바뀌어 갔다. 활 쏘는 한량들이 아니라 남을 뜯어먹고 사는 무뢰배가 그의 곁에 모여들었다. 하잘것없는 상민으로 태어나서 배운 것도 없고 재산도 없고 뒷줄도 없어, 주체할 수 없이 뻗치는 젊은 용력을 주먹심 하나에 담아 거리를 누비는 그들이 배포가 맞았다. 그들은 망종 취급을 당하는 무뢰배 소리를 들을지언정 도포짜리처럼 간교하지 않고 아첨할 줄도 몰랐다. 그리고 그들은 뒤에서 남을 비방하거나 모함할 줄도 몰랐다. 그저 정면으로 부딪쳐서 자기보다 힘센 자에게 서슴없이 굴복하며 형님으로 깍듯이 모셨다. 그들의 세계에는 복종과 의리가 있을 뿐이었다.

누가 맨 처음 이인각을 그렇게 불렀는지 모를 일이다. 어느새 그에게 한량목이라는 별호가 붙었다. 한량목閑良目, 무뢰배의 두목 한량이라는 뜻일 것이다.

2

 오간수 다리에서 조산 깍정이 두 놈이 행패를 부리고 있었다. 행인들의 앞을 가로막으면서 술값을 내고 가라는 것이었다. 사람들은 그들이 길을 막으면 기절초풍하고 달아났다. 여자들은 말할 것도 없고, 점잖은 선비도 당황하여 뒷걸음질하다가 얼른 그 자리를 피해 갔다. 그럴 것이 그들의 주제꼴을 보면 저절로 몸서리가 쳐졌다. 다 풀린 머리는 봉두난발에, 꾀죄죄한 낯짝과 너덜거리는 옷자락은 굴뚝 막은 덕석보다 더 시커멓고 더러웠다. 게다가 술 취한 시뻘건 눈알을 굴리면서 때가 더께로 앉은 솥뚜껑 같은 손을 내밀고 "술값 좀 보태줍쇼", "한 푼 적선합쇼" 하면, 무심히 걷던 행인은 열이면 열 기함하듯 소스라치게 놀랐다. 그리고 산짐승이 포수 옆을 빠져나가듯 냅다 튀어 그곳을 벗어났다. 여자들이면 낄낄거리며 웃지만, 남자들이면 걸쭉한 욕설을 퍼부어 댔다.

"제기랄, 한 푼 아껴서 여편네 개짐 채워주려나."

"그 돈으로 오입하면 논다니 배꼽 위에서 혀 빼물고 뒈질라."

깍정이 두 놈이 다리 위에서 설치는 것을 보더니 저만큼 오던 여자들은 아예 다른 길로 돌아가려고 발길을 돌렸다. 그들은 근처 조산 움막에 거처하는 막돼먹은 무법자들이었다.

영조 시대에 바닥이 높아진 청계천을 파내는 대규모 토목공사가 있었다. 수만 명의 인원을 동원하여 준천濬川 사업을 벌인 대역사大役事였는데, 흙을 파내는 것까지는 좋았으나 엄청난 양을 갖다 버릴 곳이 마땅치 않았다. 성 밖에 멀리 내다 버리자니 빈약한 운송 수단으로는 엄두도 못 낼 일이었다. 결국 오간수 다리 근처의 넓은 공토(국립의료원 일대) 한두 장소에 흙을 모았는데, 금방 커다란 산이 생겼다. 사람들은 그곳을 조산이라고 불렀다.

수십 년의 세월이 지나면서 조산은 빗물에 깎여 많이 낮아지고 편편해졌다. 나라에서는 그곳에 나무와 꽃을 심었다. 거대한 흙더미가 경관을 해칠 뿐만 아니라 더 이상 빗물에 씻겨 내리지 않도록 하려는 방책이었다. 봄이면 꽃이 만발하고 여름에는 수목으로 시원한 그늘이 생기면서 그곳은 차츰 거지들의 집합 장소가 됐다. 수십 채나 되는 움막이 들어앉았다. 바야흐로 한양 장안의 모든 거지들을 통솔하는 총본산이 탄생했던 것이다. 힘없고 능력 없는 거지들은 거기서도 쫓겨났다. 팔도에서 모여든 내로라하는 꼭지들만 우거하다 보니 어느새 조산은 범법자들의 집합소로 변하고 말았다. 살인범을 비롯하여 온갖 흉악한 범죄자들이 조산으로 기어 들어와 신분을 감추고 살았다. 세상과 등져 버린 막판의 인간들이므로 아무렇게나 생활했다. 그들은 훔치고 빼앗고 구걸하면서 되는 대로 하루하루 살아갔다. 그런 밑바닥 사회일수록 힘이 지배하는 엄격한 규율이 있기 마련이라 군대가 무색할 지경으로 위아래 서열이 엄중했다. 그래서 포교들이 살인범을 잡기 위해 그곳에 오더라도 좀처럼 뜻을 못 이루었다. 그 바닥에서 배신은 곧 죽음을 의미했고 배신자는 잔인하게 척결됐다.

오간수 다리에서 행인들에게 행패 부리는 두 놈은 중간급의 꼭지였다. 우두머리 꼭지딴이 봤다면 당장 끌려가 넙치가 되도록 맞을 짓이었다. 바로 지척이 조산 아닌가. 그 언저리에서는 누구도 행악을 못 하게 되어 있었던 것이다.

"에구머니!"

"히히히……."

젊은 아낙 하나가 비명을 지르면서 신발이 벗겨진 줄도 모르고 달아나자 두 놈은 어깨를 들썩여가며 웃었다. 그러다가 갑작스러운 말굽 소리에 뒤돌아본 그들이 움찔 놀랐다. 장충단 쪽에서 한량목이 오고 있었다.

"한량목 나리, 안녕하십니까요."

봉두난발된 머리가 땅에 끌리도록 허리들을 굽히고 인사했다. 말을 멈춘 한량목이 두 눈을 부라렸다.

"이놈들아, 왜 나와서 부녀자를 희롱하느냐?"

한 놈이 누런 이빨을 드러내고 능청을 떨었다.

"히히, 가운뎃다리가 뻐근해서 눈요기라도 하려굽쇼."

"예끼, 이놈. 그런 꼬락서니로 눈요기가 되느냐. 이리 오는 여자도 걸음아 날 살려라 쫓으면서……."

"길게 눈요기하면 뭐 합니까? 달아나는 엉덩짝이나 보면 됐지."

"겨우내 물 근처에도 안 간 놈들이구나. 그 상투라도 제대로 잡아매거라."

"히히……, 상투 맬 기운도 없구먼요. 기운이 전부 가운뎃다리로 뻗쳐서……."

"이놈이 자꾸 가운뎃다리 타령하는 것을 보니 어디서 유부녀를 겁탈할 공산이로구먼."

몸집 뚱뚱한 그놈이 펄쩍 뛰는 시늉을 했다.

"아닙니다요. 그런 말씀일랑은 아예 맙시오. 급하면 저도 해결할 계집은 있구먼요."

"너 같은 놈에게도 몸을 주는 여자가 있어? 별 희한한 소리를 다 듣겠구나."

"마루 밑 헌 짚신도 짝이 있다는데 저라고 없으려굽쇼."

"거 듣던 중 반가운 소리구나. 그래, 어떤 여자와 잤느냐?"

"자긴 뭘 잡니까요? 왕십리 밖 다리 밑에서 자는 년 아랫도리 홀랑 벗기고 강제로 박았지요."

"이 자식아, 그런 소리 하지 마. 그년이 또 오라고 했구먼."

"하하하……, 잘했다. 너 아니면 거리의 마님은 누가 객고를 풀어

주겠느냐. 어지간하면 아주 살림을 차리거라."

"그래도 명색이 살림이라면 두 몸뚱이 끼고 자빠질 방 한 칸은 있어야지 않겠습니까요?"

"너희 움막이 있지 않느냐?"

"큰일 나게요. 거기로 데려갔다가는 물바가지에 참깨 엉기듯 수십 놈이 그년한테 달라붙을 것이구먼요."

"이 자식이 거지 년 놓고 천하일색이라도 되는 것처럼 말하네."

큰 놈이 비웃는 얼굴로 내뱉자 작은 놈이 정색했다.

"이 자식아, 고대광실 안방에 자는 년이나 다리 밑에 자는 년이나 그 구멍 맛은 마찬가지야."

"하하하……, 그만들 하고 길을 비켜주어라. 저쪽 여자들이 겁먹고 쭈뼛거리며 못 오지 않느냐."

"한량목 나리, 기생 오입 좀 시켜줍시오. 다방골에서 육덕이 제일 푸짐한 년으로……."

"어려울 것 없지."

"정말인갑쇼?"

"그런데 조건이 하나 있다."

"뭡뎁쇼?"

"갓 쓰고 도포 입는 꾸밈새야 안 되겠지만 배오개 장사치 정도로는 행세해야지. 그 옷을 벗고 한강에 뛰어들어 삼 년 묵은 때를 말끔히 벗겨라."

"때 벗기는 일이야 어렵지 않으나 입성을 구하기가 난감한뎁쇼."

"몸뚱이만 건사하고 오면 옷 한 벌은 내가 사 입혀 데려가마."
"좋습니다요. 내일 당장 찾아뵙겠구먼요."
한량목은 염낭을 열고 엽전 몇 닢을 꺼냈다.
"몇 푼 안 되지만 저녁들이나 사 먹거라."
"고맙습니다요."
큰 놈이 두 손을 벌리면서 넙죽 절했다.
"안녕히 가십쇼. 내일 꼭 찾아가겠습니다요."
"그래, 내일 만나자."
한량목은 말고삐를 채면서 그곳을 떠났다. 그는 기생과 오입시켜 달라는 놈들이 내일 오지 않으리라는 것을 뻔히 알고 있었다. 그들은 천성이 게으른 놈들이라 제 몸뚱이에 있는 때 벗기는 것을 금 칠갑 벗기는 것보다 더 무섭게 알았다.

홍인문을 눈앞에 두고 한량목은 왼쪽으로 말머리를 돌려 청계천을 끼고 나아갔다. 쇠돌치가 조용한 것을 보니 그에게 가봐야 소용없는 짓이었다. 답답한 가슴에 화증만 솟을 뿐이라 한량목은 수진방골 채봉에게 가는 길이었다. 방금 조산 깍정이 놈의 말마따나 육덕 좋기로야 채봉만 한 계집도 드물 것이었다. 한량목은 그 알몸뚱이를 끼고 농탕치면서 여러 날 쟁여둔 욕정을 전부 쏟아버릴 심산이었다. 그것은 곧 소복의 여인을 찾겠다는 집념을 포기하는 셈과 같았다. 한 가닥 아쉬움으로 그의 얼굴이 침울했다. 난잡하게 살아온 생활을 청산하고 오붓한 가정을 꾸미고 싶은 소망이 그라고 어찌 없었으랴. 방랑이 오랜 사람일수록 더욱 정착을 갈구하듯 한량복노 그런 심정이었다. 그러나 가정이란 남녀가 만나서 몸과 마음이 하나 되는 온전한 일심동체일 때 정녕 행복한 보금자리가 될 터였다. 그의 비극은, 한 몸뚱이로 어우러진 여자들은 헤아릴 수 없이 많았어도 마음까지 준 여자는 단 한 명도 없다는 데 있었다.

'놓친 고기가 더 크게 보이고, 놓친 새가 더 예뻐 보이는 법이야. 별것도 아닌 과부 년을 가지고 마치 월궁에서 내려온 상아(嫦娥)라도 찾듯 내가 너무 법석을 떨었지. 계집들이란 팥과 녹두 차이로 거기서 거기일 뿐 언제 특별한 년이 있었나.'

그는 소복의 여인을 찾지 않기로 단호히 마음먹었다. 그러나 막상 그 여인을 찾길 단념하려니까 세상에서 가장 가련하고 외로운 사내가 바로 자기라는 생각이 드는 것은 웬일일까.

남녀의 첫 만남이 운명이듯 재회도 운명이다. 한량목이 청계천을 따라 말을 타고 새경 다리를 지나치고 있을 때, 거기서 가까운 살리뭇골의 박 상궁 집에는 그가 꿈속에서도 못 잊고 찾는 여인 김효임이 다른 여자들 십여 명과 함께 미사를 보는 중이었다. 첨례를 지키려고 대궐을 빠져나온 궁녀들 세 명도 한방에 모여서 나직한 음성으로 '천주 성삼 도문'을 외우고 있었다.

어느새 한량목의 애마는 수진방골 낯익은 골목으로 제가 알아서 들어가고 있었다. 한량목이 대문간으로 들어서기도 전에 말굽 소리를 들은 채봉이 버선발로 뛰어나왔다.

"서방님, 정말 와주셨군요."

채봉이 다짜고짜 매달리며 한량목의 어깨를 안고 어린아이처럼 팔짝팔짝 뛰었다.

"어허, 문간에서 왜 이러느냐."

한량목은 분내가 물씬 풍기는 채봉의 몸을 떼어놓으며 점잖게 나무랐다. 그러나 채봉은 더욱 파고들며 쫑알거렸다.

"상사병 든 년이 누구 체면 보게 생겼습니까."

채봉의 하얀 목덜미를 굽어보던 한량목이 빙긋 웃었다. 섬돌 위에 사내의 큼직한 미투리 한 켤레가 보였다.

"누가 왔느냐?"

"들어가 보시면 압니다."

미닫이문을 열고 석팔이 나왔다.

"아니, 자네……."

"여러 날 만이오, 형님."

"미안하이. 여주에 못 갔어."

"안으로 들어가서 말씀하세요."

채봉이 두 손으로 한량목의 등을 떠밀었다. 방 안으로 들어간 한량목은 도포 자락을 걷으면서 아랫목에 털썩 주저앉았다.

"독작하고 있었군."

방 복판에는 조촐한 다담상에 술잔 하나가 놓여 있었다.

"혼자 맨송맨송히 뭘 하겠소."

석팔도 자리 잡고 앉자 채봉이 방문에 기대서서 말했다.

"두 분이 말씀하세요. 주안상을 봐 올 테니……."

마음 같아서는 한량목의 품에 안겨 한바탕 야료라도 부리고 싶었지만, 채봉은 석팔 때문에 그러지 못하고 물러가는 것이었다. 그녀는 한량목의 밥상과 주안상만큼은 반드시 자기 손으로 직접 챙겨서 대접했다. 그런 채봉의 남다른 포근한 정성에 마음이 끌려서 한량목은 다른 기생집보다 이곳을 자주 찾았다.

"말은 어떻게 하고 왔는가?"

"붓골 집에 두었소."

"붓골에 들렀어?"

"형님이 오늘 여기에 들를 것이라고 이모님이 일러주십디다."

한량목은 가볍게 한숨을 내쉬었다.

"그동안 쭉 집에서 잤다면서요?"

"오늘 처음 이쪽으로 나왔네."

석팔이 목소리를 낮추면서 물었다.

"앵자산에서 만난 여인은 어떻게 됐소?"

"……."

"왜 대답을 못 하오?"

"우리가 속았어."

"속다니요?"

"용머리에 그런 여자는 없네. 홍인문 아이들을 풀어 그 일대를 서캐 훑듯이 뒤져봤지만 헛일이었어."

"그럼 그날 분원에서는 못 만난 것이오?"

"귀신이 곡할 노릇이지. 말을 타고 뒤쫓았으나 머리카락 한 올 못

봤네. 분원에도 안 왔고……. 사기봉사와 장가라는 녀석에게 나루터를 지키게 했지만 끝내 나타나지 않았네."

"그래요……?"

"사는 집을 찾으려고 십여 일 동안 애만 태우다가 이젠 포기했네."

"포기라니요? 그 여자를 아주 잊겠다는 뜻이오?"

"그럼 없는 년을 어쩌겠나."

"안 됩니다."

"엉?"

"어떻게라도 그 여자를 찾아서 형님의 배필로 삼아야 합니다. 그 후로 형님이 쭉 붓골 집에 들어가서 잤다는 말을 듣고, 저는 내심 얼마나 기뻤는지 모릅니다. 비로소 형님의 인생에 커다란 변화가 찾아온다고 여겼는데, 아직 여자를 못 찾았다고 이렇게 쉽사리 포기하다니요."

"이 사람아, 하늘의 별을 봐야 딸 것이 아닌가."

"성의와 열성이 필요합니다."

"성의와 열성?"

"그 여자를 평생의 반려자로 맞을 마음을 먹었다면 그만한 공을 들여야지요. 아이들 장난이 아니지 않습니까."

"내 딴에는 입술이 다 부르트고 불면증까지 생겼네."

"한 달이 걸리든 일 년이 걸리든 찾아보시오. 그 여자는 분명 한양에 있소."

"모래알처럼 많은 인총 속에서 어찌 찾나? 나는 열불이 일어나서 더는 그런 짓을 못 하겠네."

"내가 도와줄 테니 단념 마시오."

"자네가?"

"포교들은 깊이 숨어 있는 살인범도 잡아내는데, 야간 포도대장 소리를 듣는 한량목이 그만한 일도 못 한대서야 어디 말이 됩니까?"

순간 한량목의 얼굴이 활짝 펴지면서 눈에 생기가 넘쳤다.

"그렇지! 포교들이 살인범 찾듯 하면 무슨 단서라도 얻을 수 있을 게야."

"오늘 밤에 여기서 잘 생각 말고 나와 함께 붓골로 갑시다."

3

 미사를 다 마친 궁녀들이 돌아갈 차비를 했다. 그때 박 상궁이 다락문을 열고 백자 항아리 두 점과 초피 한 장을 내려놓았다.
 "어머나!"
 궁녀들은 호기심에 가득 찬 눈빛으로 바라봤다. 백자는 김효임이 분원에서 가져온 것이고, 초피는 모피상 김주만이 구해 준 것이었다.
 "어떠냐? 내일모레 대왕대비에게 드릴 선물인데 괜찮은가?"
 "훌륭합니다. 이렇게 좋은 잘을 어디서 구하셨습니까?"
 배 상궁은 초피에 먼저 관심을 보였다. 그녀는 윤기가 반지르르한 검은담비의 털을 손바닥으로 쓰다듬으며 말했다.
 "대왕대비가 초피를 좋아하시는 것을 알고 잘을 마련하셨군요?"

"암!"

"이 항아리들은……."

"초피는 또 구할 수도 있지만 이 백자들은 보기 드문 수작이야. 똑같은 백자가 있을 수 없는, 이 세상에 단 한 점뿐인 귀중품이지."

"이 세상에 단 한 개뿐이라니요?"

나이가 제일 적은 성 나인이 의아한 표정으로 쳐다봤다.

"비슷한 백자들이야 얼마든지 많겠지. 그러나 도공이 똑같은 물건을 만들고 싶어도 그것이 불가능하다는 게야. 가마에서 나올 때는 어디가 달라도 조금씩은 다르다는구먼. 내가 아는가. 효임이가 한 말을 옮긴 것뿐일세."

그러자 궁녀들이 모두 김효임을 쳐다봤다.

"골롬바는 어떻게 백자에 대해 그리 잘 아는가?"

배 상궁의 물음에 김효임은 약간 수줍어하며 말했다.

"저도 분원에 계신 외삼촌에게 조금 얻어들은 소리입니다."

"분원?"

"외삼촌은 백자에 그림을 그리는 화배공이시지요."

"오! 그러니까 이 백자 항아리들은 골롬바가 얻어 온 것이구먼."

"외삼촌이 가장 아끼시는 백자들인데, 대왕대비에게 선사하고 싶다니까 선뜻 내주셨습니다."

"배 상궁, 잘 보게나. 다른 백자들과 달라. 나도 처음에는 대수롭지 않게 여겼는데, 이 백자들을 보면 볼수록 내 마음이 빨려 들어가는 기분이 드는구먼."

"직접 만든 화배공이 가장 아끼는 백자라니 어디가 달라도 다르겠지요."

영리한 성 나인이 하는 말이었다. 김효임이 미소 짓는 눈으로 성 나인을 쳐다봤다. 스물한 살의 성 나인은 김효임을 무척 따랐다.

"지난번에 언니가 준 베갯모 수(繡)를 보더니 우리 궁의 나인들이 야단이에요. 저희도 얻어달라고요."

"그런 소리들 말라고 해. 효임이는 대궐에 들어가는 수만 놓다가 세월을 다 보내란 말인가."

박 상궁의 핀잔하는 말투에 모두들 웃었다.

"그래서 언니의 수를 얻어다 준다는 약속은 하지 않았어요. 수놓는 솜씨보다 수놓은 사람이 훨씬 더 아름답다고 자랑했답니다. 그랬더니 모두들 언니를 한번 만나보고 싶어 하던걸요."

"왜 쓸데없는 소리를 하고 그래?"

"내가 뭐 거짓말했나요? 나는 사실대로 말했을 뿐인걸."

"호호……, 골롬바 소문이 오래지 않아서 대궐 안에 다 퍼지겠구먼. 나도 재색을 겸비한 여염집 처녀가 놓은 수라고 자랑해서 다른 상궁들의 부탁을 많이 받곤 하는데……."

"아이참, 다시는 배 상궁 마마가 부탁하는 수를 안 놓을 것입니다."

"그럴 때는 꼭 열아홉 살 처녀 같네. 얼굴 붉히는 것이……."

"호호호……."

궁녀들은 한바탕 웃고 자리에서 일어났다. 배 상궁이 다짐받듯 박 상궁에게 물었다.

"모레 꼭 오시겠지요?"

"아무렴, 대왕대비 뵙는 것을 정 바오로 회장님도 승낙하셨어. 그러니 모레 미시$_{未時}$쯤 궐문 밖에 나와 있게. 틀림없이 시각을 맞추어 갈 테니……."

"알겠습니다. 대왕대비도 퍽 반가워하실 것입니다. 저희를 모아 놓고 꾸중하실 때는 박 상궁의 말씀을 많이 하셨지요. 본 좀 받으라고……."

박 상궁은 소리 없이 미소 지었다.

"그럼 이만 돌아가겠습니다."

"조심들 하게."

"언니, 잘 있어요."

말수가 적은 허 나인이 김효임의 손을 꼭 잡으며 속삭이듯 인사했다.

벌써 해가 인왕산 위에 걸렸다. 세 궁녀는 걸음을 재촉하여 골목길을 빠져나갔다. 살리뭇골에서 대궐로 가자면 좌포도청 뒷길을 지나게 된다. 좌포도청은 창덕궁의 돈화문이 곧바로 보이는 위치에 있었다. 궁녀들이 종로 큰길을 건너 좌포도청 뒷길로 막 들어섰을 때 그들 뒤에서 '게 섰거라' 하는 소리가 났다. 갓 쓴 사내 하나와 패랭이 쓴 하인 둘이었다. 패랭이 쓴 두 놈은 궁녀들의 앞뒤로 길을 막고, 갓 쓴 한 놈은 허리춤에서 통부를 끄르더니 불쑥 내밀었다.

"나는 손 포교라는 사람이오."

궁녀들의 낯빛이 핼쑥해졌다. 배 상궁이 얼른 정색하며 야무지게 물었다.

"그런데 왜 우리 길을 막소?"

"포도청으로 모셔 가려고요."

"무슨 말을 하는 것이오? 사람을 잘못 봤소."

"그럴 리가 있겠습니까. 대궐에 계신 분들이라는 것을 잘 압니다."

궁녀들은 또 한 번 주눅이 팍 들었다.

"그리 잘 알면서 어찌 이럴 수가 있소? 대왕대비를 모시는 사람에게 포도청으로 가자니, 댁들은 모가지를 몇 개나 달고 다니기에 뱃심이 그리 크오?"

"이년! 아가리 닥치고 빨리 앞장서거라. 남들이 보면 노상에서 계집들 붙잡고 낮걸이라도 통사정하는 줄 알겠구먼."

배 상궁은 얼굴색이 하얗게 질리면서 더는 입을 뻥긋하지 못했다. 패랭이 쓴 진 포졸과 백 포졸도 두 나인을 우악스럽게 떠밀면서 포도청으로 몰고 갔다.

그들은 포도청 맨 구석방으로 세 궁녀를 떠밀어 넣었다. 어둑한 방에는 노을빛으로 창문이 발갛게 물들어 있었다.

"너는 다른 놈들이 이 방에 출입하지 못하도록 단속해라."

"예."

백 포졸이 방문을 열고 나갔다. 손 포교는 배 상궁이 머리에 쓴 장옷을 홀링 잡아채서 방바닥에 내동댕이쳤다. 진 포졸도 두 나인의 장옷을 차례로 벗겨버렸다. 배 상궁은 태연하려고 애썼으나 성 나인과 허 나인은 사시나무 떨듯 와들와들하고 있었다.

"이 상궁 마마님을 뒤에서 모셔라."

진 포졸이 손 포교가 하는 말을 알아듣고 배 상궁의 두 팔을 뒤로 젖혀서 깍지 끼듯 꽉 잡았다.

"이놈들아, 이게 무슨 행패냐? 말로 조사하면 될 것이 아니냐?"

배 상궁이 버둥거리면서 악썼으나 손 포교는 느긋하게 그녀의 두루마기와 저고리 고름을 풀어 헤치고 뭉클거리는 젖가슴 사이로 손을 쑥 집어넣었다. 그리고 꼭 동여맨 치맛말기에서 얄팍한 책 두 권을 끄집어냈다. 진 포졸이 깍지를 풀자 배 상궁은 털썩 주저앉아 울음을 터뜨렸다. 분노와 수치심이 뒤섞인 울음이었다. 서른두 살이 되도록 어느 남자의 손끝도 닿은 일 없는 배 상궁의 몸이 오늘 무참하게 짓밟혔다.

"너희가 가진 것도 전부 내놓아라."

두 나인은 지체하지 않고 얼른 돌아서서 꿈지럭거리더니 부들부들 떨리는 손으로 교리 책 한 권씩을 내밀었다.

"이것뿐이냐?"

"거짓말하면 빨가벗겨 놓고 조사해 볼 테다."

"나리, 믿어주세요. 정말 더는 없습니다."

나인들은 당장 사내들이 달려들기라도 할까 봐 고슴도치처럼 몸을 움츠리고 징징 울었다.

"내가 묻는 말에 바른대로 대답만 하면 점잖게 대해 주겠다."

손 포교는 부드러운 말투로 한 번 얼러놓고 심문을 시작했다.

"너희는 서양에서 온 신부를 몇 번이나 만났느냐?"

신부 이야기가 나오자 궁녀들은 소스라치게 놀라는 얼굴이 됐다. 한쪽에서 소리 죽여 울고 있던 배 상궁조차 고개를 번쩍 쳐들었다.

"나는 다 알고 있다. 양놈이 세 명이나 조선에 잠복해 있다는 것을……."

궁녀들의 얼굴이 망연자실한 표정으로 바뀌었다. 그들은 고개를 떨구었다. 그러나 손 포교가 아무리 엄포를 놓아도 그들은 대답하지 않았다. 실제로 배 상궁 말고 두 나인은 신부들이 숨어 있는 곳을 몰랐다.

"오늘은 이쯤 해두겠다. 내일도 말하지 않으면 형틀을 차릴 것이니 밤새도록 잘 생각해 두어라. 너희 신상부터 보전해야 할 것이 아니냐."

손 포교는 부하들에게 다른 포교가 접근하지 못하도록 단단히 이르고 퇴청했다. 좌포도청 밖으로 나오다가 그는 넓죽이와 오목눈이와 마주쳤다. 야근 차례가 되어 번(番)을 서러 들어오는 그들에게 경고했다.

"안에 대궐의 것들을 잡아두었으니 절대로 손대지 말거라. 만약 그들을 희롱하거나 함부로 손댔다가는 너희 모가지가 온전치 못할 게야."

두 놈은 영문을 몰라 어리둥절한 표정으로 손 포교를 멀거니 쳐다보다가 좌포도청으로 들어갔다. 그들은 여자 죄수들에게 잔학한 짓을 잘하기로 평판이 난 악명 높은 자들이었다.

바깥은 벌써 캄캄하여 지척을 분간하기 어려웠다. 손 포교는 제

집으로 돌아가지 않고 교동에 사는 이조판서 조인영을 찾아가고 있었다.

쌍호정에서 조인영에게 밀명을 받은 후, 손 포교는 곧바로 천주교 믿는 궁녀들에 대한 조사에 착수하여 대강 신원을 파악해 두었다. 오늘 잡은 궁녀들 셋 말고도 서넛을 더 알고 있었으나, 그는 대왕대비 측근에 있는 배 상궁 한 명만을 철저히 추적하여 살리뭇골에 사는 박 상궁의 거처를 알아냈던 것이다. 그러나 그의 진짜 표적은 서양인 신부들이었기 때문에 그곳을 덮치지 않고 감시하기만 했다. 박 상궁이라는 여자의 비중으로 보아 서양인들과 빈번히 접촉하리라고 판단했기 때문이다. 그가 포도청으로 잡아들인 궁녀들을 취조하면서 살리뭇골에 대해서는 한마디도 입 밖에 내지 않은 까닭도 거기에 있었다. 그런데 그가 서양인들에게만 관심을 쏟다 보니 엊그제 밤에는 조인영의 하인이 찾아와서 밀서 한 장을 전하고 가는 일까지 있었다. 천주교에 빠진 궁녀들을 빨리 잡아 올리라는 독촉 내용이었다. 자칫하면 다른 포교에게 이 일을 넘겨버릴 것 같아서 손 포교는 오늘 일차로 궁녀들 셋을 잡아들인 것이다.

"대감은 부원군 댁에 가셨습니다."

대문을 열고 얼굴만 빼쭉 내민 청지기가 말했다.

"알았네."

손 포교는 즉시 거기서 멀지 않은 재동으로 향했다. 풍은 부원군 조만영은 백송(白松)이 있는 집에 살았다. 우리나라에 몇 그루 없다는 희귀한 백송이 재동에 한 그루 있었는데, 그곳의 고루거각이 헌종의

외가였다.

풍은 부원군의 집에 당도한 손 포교는 움찔 놀랐다. 대문 앞에 빈 교자가 대여섯 채나 됐다. 교자를 메고 온 놈들이 차가운 밤공기를 피해 전부 행랑채로 들어가서 왁자하게 떠드는 품이 술판을 벌인 모양이었다. 젊은 청지기 한 놈이 팔짱을 낀 채 대문 밖을 서성거리고 있다가 손 포교에게 얼굴을 바싹 들이대면서 의심스러운 눈자위로 물었다.

"뉘시오?"

"여기에 이판 대감이 오셨느냐?"

"그렇소만……."

"포도청에서 은밀히 뵈러 왔다고 전갈을 올리게."

"예, 득달같이 알립지요."

세도가 문지기들이란 눈치 하나는 빨라서 들일 사람인지 쫓을 사람인지 금세 알아냈다. 젊은 청지기도 손 포교의 말이 떨어지기가 무섭게 문둥이 본 아이처럼 대문 안으로 잽싸게 뛰어 들어갔다.

"오늘은 또 무슨 모의들을 하고 있는고. 고관대작이라는 것들이 밤낮 모여서 정권 싸움에만 바쁘니 나라 꼴이 말이 아니지. 제기랄, 저런 자들의 주구 노릇을 해서라도 출세하려는 나는 또 무엇인가."

마당 여기저기 놓여 있는 빈 교자들을 바라보면서 손 포교가 혼잣말로 씨부렁거리고 있을 때, 그 젊은 청지기가 다시 나오더니 별채의 조용한 방으로 안내했다. 담배 한 대 피울 시간도 안 되어 두 사람이 그 방으로 들어왔다. 조인영과 조만영의 장남 조병구였다.

큰절을 올린 손 포교가 자리를 잡고 앉기도 전에 조인영이 물었다.

"그래, 알아냈느냐?"

손 포교는 대답 대신 두 권의 교리 책을 꺼내어 그 앞에 디밀었다.

"이것이 무슨 책인가?"

"천주학쟁이들이 보는 사서邪書입니다."

"어디서 났는가?"

"대조전 소속의 배 상궁이라는 계집을 포도청에다 잡아 꿇렸습니다."

순간 두 사람의 눈이 동시에 커다래지면서 반색하고 물었다.

"대조전이라고? 정말 대조전 상궁이 분명하냐?"

"틀림없습니다."

"이 사서들이 그 계집의 몸에서 나왔단 말이지?"

"그렇습니다."

두 사람은 귀한 보물이라도 얻은 것처럼 교리 책을 들어서 이마를 맞대듯 들여다봤다. 대조전은 대왕대비 순원왕후가 거처하는 곳이었다.

"숙부님, 이젠 됐습니다. 이만한 증거품이 들어온 이상 더 지체할 까닭이 없지 않습니까?"

조인영은 두 눈을 가늘게 뜨면서 말없이 고개를 끄덕였다.

"배 상궁 말고도 나인 두 년이 더 있습니다."

"역시 대조전 아이들인가?"

조병구가 물었다.

"한 명은 배 상궁 밑에 있고, 다른 한 명은 창경궁 경춘전에 있는 나인입니다."

"자네, 참으로 수고가 많았네."

엇비슷한 연배의 조병구가 하대하니 손 포교는 과히 기분이 좋지 않았다. 하지만 조병구가 십 년 연하라도 끽소리 못하고 하대당할 처지가 아닌가. 그는 임금의 친외삼촌이요, 이제 나라 정권을 독점하려는 풍양 조씨 가문의 종손이었다.

"옥에 가둔 년들을 철저히 문초하여 내일 해가 지기 전까지 형조로 송치하게."

"내일 중으로 말입니까?"

"숙부님, 포도대장에게도 따로 명령을 내려 보내십시오. 포도청에서 오래 붙잡고 있지 못하도록……."

숙질간의 대화에서 손 포교는 그 속셈을 간파했다. 대조전에서 손을 쓰기 전에 형조판서 조병현 앞으로 죄인들을 묶어두려는 것을…….

조인영은 날카로운 눈매로 묵묵히 생각에 잠겼다가 손 포교에게 똑바로 시선을 던졌다.

"자네는 궁녀들 말고도 여항의 사도 무리를 많이 알고 있으렷다?"

"……."

"왜 대답이 없는가?"

"많이는 모르오나 그들이 모이는 장소를 몇 군데 알아두었습니다."

"사교의 뿌리가 궁중까지 침투한 사실을 확인한 이상 더는 두고 볼 수 없게 됐네. 나라 장래가 어찌 되려고 이 지경에 이르렀는지를 생각하면 모골이 송연하네. 폐일언하고, 내일부터 당장 자네가 주목하고 있는 그 무리를 모조리 잡아들이게. 궁녀 몇 명으로 묘당 회의에서 문제 삼기는 부족하단 말일세."

"……."

"내 말을 알아들었는가?"

"예."

"자네의 대답 소리가 시원찮을 수밖에 없다는 것을 내가 잘 알지. 지난 섣달에 그 무리를 여럿 잡아들였을 때 대전에서 관대히 처리하라는 명이 내려와 마음에 걸리는 모양인데, 그런 일이 다시 일어나지 않도록 이번에는 바싹 조이려는 것일세. 지금 포장이라는 놈들이 소신 있게 일하지 못하고 치마 두른 여자의 눈치만 살피는 실정이니 나라가 안으로 병들고 있지 않은가. 썩은 상처를 치유하는 것은 빠를수록 좋은 법이네. 자네 뒤에 내가 있고, 조씨 일문이 있으며, 사교를 증오하는 수십만의 유생이 있는 터에 행동을 주저할 까닭이 뭔가. 나라를 병들게 하는 사교를 퇴치하자는데 누가 앞을 막을 것이며 누가 방해할 수 있겠는가. 손 포교, 자네야말로 대의를 위해 싸우는 선봉장일세. 선봉장으로서의 용기와 지략과 신념을 보여주게."

그날 밤 제집으로 돌아가는 손 포교는 허리춤에 금붙이가 묵직하게 들어 있는 가죽 주머니를 차고 있었다.

4

모시전골 본당 바로 앞집은 교우 김주만이 경영하는 모피전이다. 그곳에서 두 집 건너 조금 후미진 위치에 작은 여숙(旅宿)이 있었다. 시골 주막과 달리 장안에 있는 여숙이어서 술은 팔지 않았다. 그 일대가 온통 피물전인지라 강원도에서 짐승 가죽을 짊어지고 올라온 포수들이 단골손님이었는데, 그들은 물건을 처분할 때까지 며칠씩 그곳에서 묵새기다가 떠났다. 하룻밤 쉬어 가려는 뜨내기 등짐장수들도 심심찮게 찾아들었다. 그러나 사냥으로 먹고사는 포수들은 늦가을부터 겨울 한철에 번갈아 몰려와서 북새 떨다가 떠나면 이듬해가지는 거의 발걸음을 끊었다. 그래서 그 여숙은 섣달만 지나면 봄부터는 숙박객이 줄어 늘 조용했다. 그런데 지난해부터 사시사철 계절을 가리지 않고 그곳을 드나드는 사람들이 부쩍 늘었다. 누가 유심히 살펴봤다면 그들 가운데 남자보다 여자가 더 많다는 사실을 쉽게 발견했으리라. 그 여숙은 천주교인들의 집합 장소였던 것이다.

주인은 젊어서부터 서 과부 혹은 홍천댁으로 불려온 쉰 넘은 노파였다. 부지런한 하녀처럼 일은 잘하나 약간 모자라는 얼뜬 며느리와 여덟 살 먹은 손자를 데리고 세 식구만 살았다. 홍천댁은 오래 전부터 친분이 두터운 이웃인 김주만의 소개로 본당 안살림을 맡고 있는 정정혜와 사귀게 됐고, 그녀에게 교리를 배운 후에 앵베르 주교가 입국하자 맨 처음으로 영세를 받았다.

본당 가까이 있는 홍천댁의 여숙은 쓸모가 많았다. 그곳은 앵베르 주교에게 성사를 받으려는 천주교 신자들의 대기 장소 역할을 했다. 또한 밤새 본당에 있던 신자들이 새벽 일찍 돌아갈 때는 그 여숙에 들러 잠시 눈을 붙였다가 한낮에 각자의 길로 한둘씩 흩어졌다. 그뿐만 아니라 주위 몇 동네 사람들이 그 집에 드나들기도 비교적 남들의 눈에 자연스럽기 때문이었다. 물론 그들은 숙박객이 찾지 않는 낮에 모였으며, 미사를 드릴 때는 아예 대문의 빗장을 단단히 걸어두었다.

거기에 모이는 천주교 신자들 중에는 영세를 받지 않은 예비 신자도 많았는데, 그런 사람들은 바로 지척에 앵베르 주교가 거처하는 본당이 있다는 것을 전혀 몰랐다. 수십 년간 과객들을 겪으며 살아온 홍천댁이 재치껏 본당을 노출하지 않고 잘 보호했던 것이다.

그날도 첨례 날을 지키려고 한둘씩 모인 신자가 십여 명이 됐다. 그 모임을 주관하는 김주만이 막 들어서자마자 별안간 한 떼의 사내들이 뒤따라 들이닥치며 소란을 피웠다. 어느새 홍천댁의 여숙 안 팎을 에워싼 그들은 신발을 신은 채로 마루에 뛰어올라 방문을 막는가 하면, 이 방 저 방의 방문들을 활짝 열어젖히면서 수색하기 시작했다. 그들은 손 포교와 그 휘하의 포졸들이었다. 방 안에 갇힌 신자들은 겁에 질린 얼굴로 벌벌 떨고 있었다.

그 소란이 밖에까지 들렸다. 그리로 지나가던 행인들이 발을 멈추고 기웃거리자 대문을 지키는 포졸이 쫓아버렸다. 그럴수록 여숙 앞에는 더 많은 사람들이 모여들었다. 집 안에서 여자들의 비명 소리가 튀어나오자 구경꾼들은 더욱 극성히 굴었다. 길 건너 점포에 있던 갑녕과 문성준이 그 광경을 보고는 안채로 뛰어 들어갔다. 혼자 라틴어를 공부하던 정하상이 직접 밖으로 나가서 자기 눈으로 확인하더니 잔뜩 긴장한 얼굴로 들어오며 갑녕에게 지시했다.

"대부님은 평소와 다름없이 점포를 지켜주십시오. 문 군, 자네는 강당에 있는 성물聖物을 모두 깨끗이 치워버리게."

"알았습니다."

문성준은 민첩하게 강당으로 뛰어들었다. 평소에는 그렇게 침착하던 갑녕이 무릎을 부들부들 떨면서 갈팡질팡 어쩔 줄을 몰랐다. 금방이라도 포졸들이 본당으로 달려들까 봐 정신이 허공에 떴다.

"주교님, 주교님, 어서 일어나십시오."

정하상이 흔들어 깨우자 눈을 부스스 뜨던 앵베르 주교가 벌떡 일어나 앉았다.

"밖에 포졸들이 와 있습니다. 어서 상복을 입으십시오."

"포졸?"

"여기를 떠나야 합니다."

앵베르 주교는 머리를 두어 번 흔들어보고는 재빨리 옷을 갈아입기 시작했다.

정하상은 다른 방으로 건너가서 이재용과 이문우도 깨웠다. 그들도 앵베르 주교와 함께 밤을 새우고 아침에 돌아와서 낮잠으로 모자란 잠을 보충하고 있었다. 지난 섣달 너리골의 권득인과 동소문 밖 교우들이 한꺼번에 포도청으로 잡혀간 후, 수원성 밖 갓등이 공소에서 서둘러 상경한 주교는 날마다 한양 신자들에게 성사를 베풀고 다녔다. 천주교 신자의 갑작스러운 체포에 동요하는 교우들을 안위했으며 예비 신자들에겐 영세를, 신앙을 이미 고백한 신자들에겐 견진과 영성체를 주었다. 갑자기 거센 박해가 일어나더라도 강한 신앙심으로 흔들리지 않게 하려 함이었다. 설날을 앞둔 섣달그믐께부터 정이월 두 달 반 동안 하루도 쉬지 않고 한양의 공소들을 전부 돌아서 이제 두세 구역만 방문하면 끝막음할 단계에 있었다.

상제로 차리고 나선 앵베르 주교를 모시고 세 사람은 뒷문으로 빠져나갔다. 정정혜와 부엌일을 맡은 홍금주 여인이 교리 책과 상본들을 감추기에 바빴다. 문성준은 미사에 사용하는 성물들을 미리 지정해 둔 창고 바닥을 파고 깊숙이 묻었다. 그때 바깥에서는 홍천댁을 비롯하여 그 여숙에 있던 신자들이 포승줄에 묶인 채 줄줄이 끌려 나오고 있었다. 점포 앞에는 구경꾼들이 백차일 치듯 몰려들어 그 광경을 지켜봤다.

저녁나절에 좌포도청으로 허위단심 달려온 삼십 대의 사내가 숨을 헐떡거리면서 문지기 포졸에게 물었다.

"아까 낮에 천주교인들이 여럿 잡혀 왔지요?"

"그렇다. 왜 그러느냐?"

"그중에 내 마누라도 끼여 있소."

"뭐야?"

"내 마누라는 진짜 신자가 아니오."

"천주학쟁이도 진짜가 있고 가짜가 있다더냐?"

"여부가 있겠소. 내 마누라는 멋모르고 그 자리에 갔다가 도매금으로 묶여 왔단 말이오."

"그런 일은 내 알 바가 아니야."

"포장님을 만나게 해주시오."

"이놈아, 포도대장이 할 일 없어 너 같은 놈을 만나고 있겠느냐."

"억울한 사람이 잡혀 왔으니 내가 이러는 것이 아니오. 어서 포장을 만나게 해달란 말이오. 어서요."

그 사내는 고함을 버럭버럭 지르면서 씨근덕거렸다. 당장 포도청 안에서 자기 아내가 매 맞아 죽는 줄 알고 그는 몹시 흥분해 있었다. 처음에는 짓궂게 느물거리던 포졸도 그가 충혈된 눈으로 하도 펄펄 뛰며 설쳐대자 슬그머니 꽁무니를 빼며 안에다 통기했다.

그 사내는 변갑철이라는 예비 신자로 지독한 의처증 환자였다. 변갑철은 항상 아내가 몰래 외간 남자와 통정할까 봐 의심했다. 그래서 평소에 아내가 바깥출입을 못 하도록 엄격하게 나스렸다. 아내가 자기 모르게 이웃집에라도 다녀온 일이 발각 나면 그는 속으로 접어두었다가, 그날 밤에 술을 진탕 마시고 들어와서 몽둥이질로 무섭게 닦달했다. 낮에 어느 놈과 만났느냐고 잔인하게 매질하면서 술이 다 깰 때까지 아내를 들볶는 것이었다. 그런 그를 견디다 못한 아내는 몇 번이나 도망치려 했으며 자살까지 시도하기도 했다. 그러나 아내가 끝내 그에게 붙잡혀 사는 것은 어린 자식들과 남편 때문이었다. 의처증이 있을망정 그는 누구보다도 자기 아내를 끔찍이 아끼고 사랑했다. 어쩌면 아내를 너무 사랑하기 때문에 의처증이 생겼는지도 모른다.

남들은 그런 남편 밑에서 아내가 매 맞고 사는 것을 동정하기보다 바보짓이라고 여겼다. 그러나 그것은 부부간의 끈적끈적한 애정을 깊이 모르기 때문에 하는 말이었다. 변갑철의 아내는 남편의 병적인 의처증을 고치려고 갖은 방법을 써봤으나 아무 효험도 얻을 수 없었다. 그러다가 그녀는 한동네에 사는 천주교인에게 입교를 권유받았다. 십계명 중에 간음하지 말라는 대목이 있음을 알고 그녀는 언뜻 지혜로운 묘안이 떠올랐다. 남편과 함께 천주교를 열심히 믿으면 자신에 대한 의심을 풀게 될지도 모른다는 생각이 들었던 것이다.

그 계산은 들어맞았다. 아내가 지성으로 졸라대자 변갑철도 교리를 배워 천주교 신자들의 모임에 참석하기 시작했던 것이다. 그러나 그는 간음이 큰 죄악이라는 교리에 어느 정도 안심하면서도 아내에 대한 의처증을 완전히 버리지 못한 채, 첨례 날에도 아내를 혼자 보내지 않고 반드시 함께 참석했다. 그래서 신자들 사이에는 변갑철 부부가 아주 유명해졌다. 오늘은 남편이 외출했다가 제 시각에 돌아오지 않아 아내가 혼자 참석했던 것이다. 저녁 무렵 집에 돌아온 변갑철은 아이들만 있는 것을 보고 곧장 모시전골 첨례 장소로 갔다. 그곳에서 전부 포도청으로 잡혀갔다는 사실을 알고 그가 이렇게 허겁지겁 달려온 것이었다.

　손 포교 앞에 변갑철이 섰다. 그 방에 다른 사람은 아무도 없었다.

"자네 처의 이름이 뭐라고?"

"손남분이오."

"응, 나와 종씨라 기억하지."

변갑철이 반색하며 매달렸다.

"그러시다면 좀 잘 봐주시오."

"개중에는 제일 젊고 반반하더구먼."

"그 여편네는 아무것도 모르는 가짜 신자입니다."

"가짜라고?"

"그렇습니다. 천주학쟁이의 꾐에 빠져서 그만……."

"이봐!"

손 포교가 꽥 소리치자 변갑철이 흠칫 놀랐다.

"자네 처는 가짜가 아니라 진짜야."

"아니구먼요. 절대로 그렇지 않습니다."

"내가 일차로 문초했는데도 잡아떼나?"

"어쩌다가 천주학쟁이들과 어울렸을 뿐이지 본심은……."

"본심이 진짜더라니까 그러네."

변갑철은 더 말을 못 하고 멍청히 쳐다봤다.

"남자가 넷, 여자가 일곱인데 그중에 자네 말처럼 가짜는 세 명이었어. 그 사람들은 포도청에 들어오자마자 자기가 천주교인이 아니라고 발뺌하기 바빴으니까."

"내 아내는 발뺌을 않더란 말이지요?"

"곤장을 칠 테면 쳐보라는 듯 당당한 태도였네."

"그 육시랄 년이 미쳤나……."

"단단히 미쳤지. 예수라는 서양 귀신한테 말일세."

"나리, 내가 그 마음을 돌려놓을 테니 풀어주십시오."

손 포교는 조소하듯 껄껄 웃었다.

"자네는 예수에 미친 사람들을 잘 모르는구먼. 우리 포도청 옥에는 벌써 몇 년째 옥살이하는 천주학 여자들이 다섯 명이나 있네. 예수에게 욕 한마디만 하면 내보내 주겠다고 해도 한사코 거부하는 나잇살 먹은 여편네들이지. 그 사람들이 예수를 위해 빨리 목 잘리길 고대한다면 자네는 믿겠는가?"

변갑철은 어처구니없다는 표정으로 대답을 못 했다. 손 포교가 그의 꼴을 보느라고 슬쩍 퉁겼다.

"내가 문초해 보니 자네 처도 자기 발로 걸어 나가기는 글렀더구먼. 자네 혼자 애태울 것 없이 새장가 들 궁리나 하게."

변갑철이 펄쩍 뛰었다.

"나리, 그게 무슨 말씀이오? 그럼 내 아내를 목 베겠다는 뜻입니까?"

"목 잘리는 천주학쟁이가 어디 한두 명인가. 본인들이 잘못을 뉘

우치고 배교하면 살려준대도 마다하는걸. 이미 미쳐버린 사람들이라 죽는 것도 무서워하지 않는단 말일세."

몸이 후끈 달아오른 변갑철이 손 포교에게 매달렸다.

"나리, 아내를 만나게 해주시오. 나를 만나면 달리 생각할 것입니다. 그년은 죽을 만큼 미쳐버린 여자는 아니오."

"오늘은 안 돼."

"한 번만 사정을 봐주시오. 예, 나리?"

"자네 처가 천주학 믿는다는 것을 진작부터 알고 있었지?"

"예……?"

변갑철은 찔끔했다.

"전부터 알았으면서 미리 막지 못하고 왜 이제 와서 통사정하는가?"

"그년이 하도 고집스러워서……."

"그 고집이 바로 미쳤다는 증거야."

"나리, 어쨌거나 한 번만 만나보게 해주시오."

"한 번 옥에 처넣으면 내일 아침까지는 내 마음대로 끌어낼 수가 없네."

변갑철은 징징 우는 낯짝으로 거듭 사정했다. 노련한 손 포교가 그의 심중을 간파하고 장난삼아 한마디 던지며 떠봤다.

"자네 처는 사내들이 색탐 낼 만큼 자색이 뛰어나더구먼. 젊은 여자라면 가리지 않고 덤벼드는 옥쇄장 놈이 하나 있는데, 오늘 밤 자네 처를 그냥 둘지 모르겠네."

아니나 다를까, 변갑철의 눈동자가 홱 돌았다.

"아니, 그게 무슨 말씀이오? 옥쇄장이 여자들을 겁탈한다는 말이오?"

"포도청에 있는 자가 죄수를 겁탈이야 할 수 있겠는가. 하지만 빈방으로 끌고 가서 옷을 벗기고 희롱하는 짓은 막을 수가 없다네. 한밤중에 저지르는 짓거리라……."

변갑철은 완전히 이성을 잃었다. 발가벗긴 아내의 몸뚱이를 이놈 저놈 마구 주무르며 농락하는 장면이 머릿속에 떠올라 그는 도저히 견딜 수가 없었다.

"나리, 내 아내를 옥에 두면 안 됩니다. 오늘 밤으로 나가게 해주시오. 내가 반드시 배교하도록 그년을 설득할 테니 어서 만나게만 해주시오, 예? 이렇게 빌겠소."

변갑철은 바닥에 꿇어앉아 두 손을 싹싹 빌었다. 그를 지그시 내려다보던 손 포교가 자못 진지한 어조로 말했다.

"일단 포도청에 한 번 들어오면 모든 절차를 밟아야만 석방하게 되어 있네. 하지만 예외가 없는 것은 아니지. 이를테면 우리에게 협조했다든가……."

"협조라니요? 어떤 협조 말이오?"

"자기가 아는 다른 천주학쟁이를 고발하면 참작하여 특별히 내보내 줄 수도 있네."

"다른 사람을 고발하면 오늘 밤에라도 즉시 내보내 준단 말이오?"

"물론, 그런 일은 내 재량으로도 가능하지."

"내가 전부 말하겠소."

"자네가?"

"사실은 나도 천주학을 조금 배웠소. 여편네 성화를 못 이겨서 그들과 몇 번 어울린 일이 있습니다."

"그렇다면 좋아. 내가 한 가지 묻겠는데, 신부라고 부르는 서양인들을 만나본 일이 있는가?"

"없습니다."

"없다고?"

"정말이오. 그들에 대한 말은 들었으나 직접 대면한 적은 한 번도 없소."

"그들을 대면한 일은 없어도 은신처는 알고 있겠지?"

"모릅니다."

손 포교가 날카롭게 쏘아봤다.

"믿어주시오. 내가 아는 천주교인들을 전부 고발하려는 마당에 신부들이 있는 곳을 알면 왜 말하지 않겠소?"

"……하여간 한번 말해 보게."

그리하여 변갑철의 입에서 천주교 신자들의 이름이 줄줄이 쏟아져 나오기 시작했는데, 그중에는 회장도 두 명 끼여 있었다. 바로 이광헌과 남명혁이었다.

해가 저물어 어둑발이 내리자 포졸들은 다시 모시전골로 몰려갔다. 그들은 김주만의 모피전으로 들어가서 분탕질을 벌였다. 점포에 주렁주렁 걸려 있는 모피들을 모조리 거두어 내렸다. 곰, 사슴, 여우, 너구리, 족제비 가죽들을 닥치는 대로 걷어서 미리 준비해 온 포대에 쑤셔 넣었다. 섬포 안쪽에 잘 보관해 둔 값비싼 조피와 수달

피 들을 발견한 놈들은 기쁨의 환성을 올렸다. 가족들이 물건을 감추지 못하도록 포졸 한 명이 낮부터 점포를 지켰던 점으로 미루어 이것은 계획적인 노략질이었다. 포졸들이 천주교 신자의 재산을 마음대로 처분하는 짓을 조정에서 묵인하는 것이 관례였기 때문에 그들은 마음 놓고 분탕질했다.

모전 다리 근처에 있는 단골 기생집 깊숙한 방에는 손 포교가 혼자 골패 놀이를 하고 있었다. 그는 촛불 아래 서른두 쪽의 골패들을 방바닥에 늘어놓고 신수 풀이를 하는 중이었다. 얼마 후에 바깥이 소란해지면서 여러 소리들이 한꺼번에 몰려들었다. 그는 벌떡 일어나서 방문을 열고 나갔다. 김주만의 점포를 털어 온 놈들이 저마다 짊어진 포대 자루를 토방에 팽개치고 있었다.

"무슨 말썽은 없었느냐?"

"아무 일도 없었습니다."

"언놈이 우리 일을 방해합니까요."

진 포졸과 넓죽이가 차례로 대답했다.

"자루들을 곳간에 넣어두고 모두 방으로 들어가거라."

포졸들 중 서넛만 곳간으로 포대 자루들을 옮기고, 나머지는 옷자락을 대충 털더니 넓은 상방으로 꾸역꾸역 들어갔다.

잠시 후 치마저고리를 날아갈 듯 차려입은 기생들이 커다란 교자상을 한 귀퉁이씩 들고 방으로 옮겨 왔다. 교자상 위에 그들먹하게 차려져 있는 산해진미는 어느 고관들의 술자리가 부럽지 않은 호화판이었다. 그렇잖아도 전쟁터에서 전리품을 잔뜩 가져온 듯 한껏 의기양양해진 포졸들의 입이 함박만 하게 벌어졌다. 교자상 두 개를 잇대어 놓고 사내 열 명이 달려들어 먹기 시작하는데, 사흘씩은 굶은 놈들처럼 게걸스럽기 짝이 없었다. 기생들은 그들 사이사이에 끼여 앉아서 싫어도 좋은 척 아양 떨며 술을 쳤다. 기생들 몸에서 풍기는 지분 냄새, 상에서 올라오는 음식 냄새, 사내들의 발에서 진동하는 고린내가 함께 어우러지면서 술잔이 오가는 자리가 점점 취흥으로 치달을 때였다. 손 포교가 갑자기 술잔을 소리 나게 내려놓으면서 기침 소리를 크게 냈다. 기고만장하게 웃고 지껄이던 포졸들이 일제히 행동을 멈추고 쳐다봤다.

"다들 듣거라. 오늘 밤에도 잡으러 갈 놈들이 있으니 너무 과음하지 않도록 조심해라."

오목눈이가 질문했다.

"어떤 놈들이요? 또 천주학쟁이들을 묶으러 갑니까?"

"그렇다."

"좋지요. 이번에는 더 커다란 점포를 털러 갑니까?"

넓죽이의 춤병대는 소리에 손 포교가 눈을 부라렸다.

"이놈아, 우리가 비적 떼냐. 남의 것을 털러 다니게……. 그동안 너희를 너무 고생만 시킨 듯하여 이번에는 내가 큰맘 먹고 허락한 일이야. 너희가 임무에는 소홀하면서 천주학쟁이의 재산을 터는 데만 정신을 쏟으면 내가 용서하지 않아. 알겠느냐?"

"하지만 그건 나라도 모르는 척하는 일이 아닙니까."

넓죽이기 또 벌먹은 소리를 하자 손 포교의 호통이 기듭 떨어졌다.

"그래서 네놈은 아예 천주학쟁이 집을 터는 비적으로 나서겠다는 것이냐? 이놈아, 그 짓이 나라 법으로는 엄연히 금하는 일인 줄을 알아야지."

술자리가 갑자기 얼어붙는 분위기로 바뀌어버리자 손 포교는 얼른 험악해진 표정을 풀면서 눙쳤다.

"자자, 술이나 마시자꾸나. 자기 주량껏 마시는 것은 상관없다. 어느 놈처럼 고주망태가 되어 내 멱살을 잡지만 않는다면……."

"하하하……."

금세 방 안은 웃음판이 됐다. 포졸치고는 얌전하다는 백 포졸이 언젠가 술에 취해서 상관인 손 포교의 멱살을 붙잡고 행패를 부린 일이 있었기 때문이다.

5

"문 열어라! 문 열어!"

대문을 마구 흔들며 소리쳐도 안에서는 아무 기척이 없었다. 식구들이 깊은 잠에 빠진 모양이었다. 모전 다리 기생집에서 진탕 먹고 마시던 손 포교 일당은 밤이 깊어지자 새문 밖 남명혁의 집을 습격했다.

"누가 담장을 넘어가서 빗장을 빼거라."

젊은 포졸 강차돌이 담장 위로 훌쩍 오르더니 집 안으로 사뿐히 뛰어내렸다. 그때 안방에 등잔불이 켜지면서 당황하는 목소리가 들려왔다. 강 포졸이 대문을 열어놓자 집 밖에 섰던 포졸들이 우르르 몰려들었다.

"포도청에서 나왔다. 한 명도 남김없이 모두 마당으로 나오너라."

손 포교의 매서운 음성이 고요한 밤공기를 찢었다. 포졸 몇 명이 뒤채로 돌아가서 탈출구를 막았다. 그러나 간발의 차이로 뒷문을 열고 빠져나간 세 사람이 있었다. 남명혁의 형수가 침모와 여덟 살 먹은 아들을 데리고 그 집을 아슬아슬하게 벗어났다.

제일 먼저 안방에서 나온 사람들은 남명혁 부부와 열두 살 된 아들이었다. 그들은 이미 체념한 듯 비장한 표정이었다. 포졸들이 다른 방에 자던 사람들도 끌어냈다. 그 집의 늙은 하녀와 친척들이었다. 그들은 자다가 날벼락을 맞은 꼴이라 모두 얼이 빠진 채 부들부들 떨고 있었다. 손 포교는 횃불을 환하게 밝힌 마당 한복판에 일곱 천주교인들을 꿇어앉혔다. 남자는 남명혁과 어린 아들뿐이고 나머지는 전부 여자들이었다. 등불을 들고 방마다 수색하던 포졸들이 보자기에 싼 물건들을 가지고 나왔는데, 그것을 본 손 포교가 크게 놀랐다. 횃불에 더욱 찬란해 보이는 그 물건들은 앵베르 주교가 미사를 주관할 때 입던 제의祭衣와 주교관主敎冠이었다.

"보십시오. 이것은 보통 관과 옷이 아닙니다. 이렇게 은실로 짜서 수놓은 것이며, 조선에서는 나올 수 없는 물건들이구먼요."

그것을 먼저 발견한 오목눈이가 떠들어댔다. 손 포교는 유심히 살펴봤다.

"이야! 임금님이 쓰시는 관보다 더 훌륭한 것 같구먼."

"이 옷도 임금님이 입으시는 곤룡포보다 더 좋아 보이지 않는가?"

"자네가 언제 임금님 곤룡포를 보기나 했어?"

"왜 못 봐? 선왕이 능묘로 행차하실 때 경비하다가 봤구먼."

"그 옷은 곤룡포가 아니야, 인마."

"시끄러워!"

손 포교의 일갈에 모두들 입을 다물었다.

"이 물건들에 대해서는 절대 발설치 말아라. 남들 앞에서 이러쿵저러쿵 지껄이면 주둥이를 박살 낼 것이다. 내 말을 알아들었느냐?"

"예……."

고개를 떨어뜨리는 포졸들의 대답이 시원찮았다.

"진달식, 네가 두 명을 데리고 이자들을 포도청으로 끌고 가거라. 가서 다른 말은 일절 하지 말고."

"알았습니다."

"당장 묶어."

포졸들이 저마다 허리춤에 찬 포승줄을 끌러 내리더니 천주교인 두 사람을 한 동아리로 하여 팔 한 짝씩을 묶었다. 그리고 헛간에서 새끼줄을 찾아 가지고 비웃 두름 엮듯이 다시 한 줄로 결박했다. 손 포교가 거듭 강조했다.

"포도청에 가도 여기에서 나온 수상한 물건들에 대해서는 반드시 함구해라."

"염려 마십시오."

"어서 떠나!"

진 포졸의 지휘로 세 명이 한 줄로 묶은 천주교인들을 끌고 나갔다. 남명혁 부부를 빼놓고는 전부가 저승길로 잡혀가는 사람들처럼 참담한 몰골로 비척거리며 끌려갔다. 남명혁은 주교관과 세의를 신작 치우지 못한 것을 통탄하느라고 다른 생각을 할 겨를이 없었다. 그의 아내 이연희 역시 장차 교회에 미칠 환난을 걱정하느라 꼭 정신이 나간 여자 같았다.

지난 섣달부터 한양 공소들을 순방해 온 앵베르 주교는 이제 애오개와 동막 두 지역만을 남겼다. 그런데 그곳은 오래전에 공소가 없어진 터라 천주교 신자들이 모일 장소가 마땅찮았다. 그 형편을 아는 남명혁이 자기 집을 집회 장소로 제공했다. 그의 집은 새문 밖에 있어 비교적 찾기 쉽고 넓은 편이라 첫날은 애오개 신자들이, 그 다음 날은 동막 신자들이 차례로 모이도록 알렸다. 주교는 남명혁과 수행원들에게 한 번에 이십 명 이상 부르지 말라고 일렀다.

그러나 전달이 잘 안 됐는지, 신자들이 시간을 무시했는지 이틀 동안 백 명이 훨씬 넘는 인원이 남명혁의 집에 몰려들어 큰 혼잡을 빚었다. 그 집을 찾는 신자들이 새문 밖 큰길을 우왕좌왕하고 다녔다. 순서가 없이 한꺼번에 몰려오는 신자들을 보고 앵베르 주교가 몹시 화를 냈다. 그렇다고 이미 찾아온 신자들을 쫓아 보내기도 쉽지 않아 수행원들은 쩔쩔맸다. 신자들 역시 다른 조선 사람들과 마찬가지로 도무지 질서 관념이라고는 없었다. 서로 먼저 성사를 받고 돌아가려고 말다툼까지 벌이는 통에 한층 더 엉망이 되고 말았다.

수많은 타동네 교우들을 자기 집에 받아들인 주인 남명혁 부부는 누구보다도 신경이 날카로워져서 경황없는 이틀을 보냈다. 앵베르 주교도 미사 의식을 되도록 축소하여 일단 찾아온 신자들에게 전부 고백성사를 주고, 뜬눈으로 이틀 밤낮을 보낸 뒤에 모시전골 본당으로 돌아갔다. 그러고는 낮에 잠을 자다가 이웃의 홍천댁 여숙이 손 포교 일당에게 기습받는 바람에 정하상을 따라 그곳을 피했던 것이다.

남명혁은 포졸들에게 끌려가면서 마음속으로 피눈물을 쏟았다. 앵베르 주교가 당신이 입었던 제의와 주교관을 벗어두면서 그것들을 찬우물골에 사는 교우의 집으로 옮겨놓으라고 말했는데, 그는 이틀간의 북새통에 너무 피곤한 나머지 그 일을 다음 날로 미룬 것이 그만 이 지경이 되고 말았다. 그의 아내는 계속 무슨 소리를 입으로 중얼거리며 끌려가고 있었다. 천주에게 주교를 보호해 달라고 기도하는 소리였다.

한편 남명혁의 집 안을 더 샅샅이 뒤져보게 한 손 포교는 부하들을 한자리에 불러 모았다.

"이 관과 옷은 서양 괴수가 사용하는 것이 틀림없다. 우리는 이제 완전한 증거품을 잡은 게야. 그러나 증거품만 있을 뿐 아직 장본인은 못 찾았다. 우리가 앵자산 절간까지 갔다가 헛걸음했듯이 그놈들을 잡기가 쉽지 않다는 사실을 명심해야 하느니라. 그러니 너희는 포도청에 들어가서도 다른 놈들에게 이 물건들에 대해 나발 불지 말아야 한다. 우리 일에 지장을 줄 뿐 이익이 될 것은 하나도 없으니까. 알아들었느냐?"

"예!"

포졸들은 한목소리로 우렁차게 대답했다.

"오목눈이 네가 잘 보관해 가지고 다녀라."

"알았슈니다."

"그럼 횃불을 전부 끄고 여기를 떠나자."

그들은 이웃 동네 고마청골로 갔다. 해질녘에 먼저 정탐을 나갔던 강 포졸이 앞장서서 일행을 안내했다.

한밤중인데도 이광헌의 집 안방에는 불이 켜져 있었다. 손 포교는 퍼뜩 긴장하여 부하들에게 집을 둘러싸라고 지시했다. 숙달된 일이라 댓 명이 양쪽으로 퍼지면서 집 뒤로 달려갔다.

"차돌이 네가 안으로 들어가서 소리 안 나게 대문을 열어라."

손 포교의 명령이 떨어지자마자 강 포졸은 날렵한 동작으로 담장을 뛰어넘었다. 그때 안방에서는 남명혁의 형수가 주인 내외와 교난을 걱정하고 있었다. 조금 전에 남명혁의 집을 빠져나와 도망쳐 온 곳이 하필 이 집이었다. 어린아이들은 그들 곁에 잠들었고 침모는 꾸벅꾸벅 졸고 앉았다. 별안간 방문이 벌컥 열리자 그들은 소스라치게 놀랐다. 손 포교가 허리에 차고 다니는 쇠도리깨를 한 손에 든 채 매서운 눈초리로 방 안을 둘러봤다. 여자들은 한 덩어리로 엉켜서 머리만 방문 쪽으로 돌리고 바들바들 떨었다. 이광헌만 손 포교와 눈싸움하듯 장중한 자세로 앉아 있었다.

"우리는 포도청 사람들이다. 다른 식구들을 전부 깨워서 밖으로 나오거라!"

"알겠소. 잠시 기다리시오."

이광헌이 침착한 목소리로 대답했다. 뒷방에서 처녀의 째지는 비명 소리가 들렸다. 넓죽이가 이불을 걷어차면서 깊이 잠자던 이 집 딸을 안아 일으켰던 것이다.

이광헌의 식구 다섯과 남명혁의 형수네 셋까지 여덟 명의 어른 아이들이 포승줄에 묶인 채 횃불을 밝혀 든 포졸들을 따라 캄캄한 밤길로 끌려갔다. 이광헌의 아내는 늦게 둔 세 살배기 젖먹이를 업었다.

이튿날 새벽, 손 포교는 강 포졸과 다른 두 포졸을 워렁바윗골에 산다는 이광렬의 집으로 보냈다. 그러나 그들은 입으로 불면 날아갈 것 같은 여든 노인과 일고여덟 살 난 소년, 쉰 살쯤 된 노파를 묶지도 않은 채 데려왔다. 포도청 찬방에서 잠깐 눈을 붙였던 손 포교가 입이 찢어지게 하품하면서 마뜩잖은 눈으로 쳐다봤다.

"할멈 작은아들은 어디 있소?"

"내가 어떻게 알겠소? 집에 있는 날이 별로 없는데……."

"이 아이는 손자요?"

"큰아들이 낳은 둘째 손자요."

이광헌의 노모는 체구에 비해 목소리가 카랑카랑 울렸다. 지난겨울에 그녀는 병색이 깊어 앵베르 주교가 종부성사를 주었다. 그 후에 기력을 되찾았으나 이제 험한 포도청까지 끌려오는 몸이 됐다.

"아주머니는 어떤 관계요?"

"이웃에 삽니다."

"이름은?"

"김장금이오."

"이 할멈의 작은아들이 집에 안 붙어 있는 모양인데, 신부라는 서양인을 따라다니는 것이 아니오?"

"나는 그런 것은 잘 모르오. 남정네가 밖에서 하는 일을 집에 있는 사람이 어찌 알겠소?"

손 포교는 더 캐물어 봐야 별 소득이 없으리라는 것을 알고 담뱃대를 꺼내 들며 말했다.

"할멈은 손자를 데리고 집으로 돌아가시오."

그러자 이광헌의 노모는 머리를 저었다.

"싫소. 나를 아들, 며느리가 있는 곳으로 데려다 주시오."

"지금 감옥에 있단 말이오."

"감옥 아니라 지옥이라도 좋으니 내 식구들과 함께 있게 해주시오."

손 포교는 어이없다는 표정으로 쳐다봤다.

"나만 내쫓으려거든 차라리 여기서 죽게 해주구려. 혼자 나가서는 한시도 못 살겠으니……."

부싯돌을 쳐서 담뱃불을 댕긴 손 포교가 곁에 있는 부하에게 명령했다.

"이 할멈과 아이를 식구들이 있는 옥으로 데려가거라."

"고맙구려, 포교 나리."

여든 노인이 허리까지 굽혀 인사하고 나가자 손 포교는 입맛이 씁쓸한 듯 담배만 뻑뻑 빨아댔다.

좌포도대장 남헌교는 주교관과 제의를 보고 처음에는 놀라더니 차츰 당황하기 시작했다. 손 포교의 설명을 듣고 어쩔 바를 모르는 것이었다.

"이로써 서양인들이 조선에 잠복해 있다는 풍문은 사실로 드러났습니다."

"세 놈이나 된다는 것도 확실한가?"

"그거야 아직 확인할 수는 없으나 믿어도 되실 것입니다."

"큰일 났네. 묘당에서 알면 당장 그놈들을 잡아 올리라고 할 텐데……."

"위에 보고하기는 아직 이릅니다. 제가 그 정체를 밝히려고 여러 달째 내사해 왔지만 쉽지 않았습니다."

"그러나 이 물건들을 발견하고도 모르는 척 깔아뭉갤 수는 없는 노릇이 아닌가."

"당분간은 그냥 함구하고 계셔야 합니다."

"그놈들을 잡아내도 보통 문제가 아닐세. 상감의 보령이 겨우 열둘밖에 안 되시니, 이런 사건을 누가 책임지고 처결할 수 있을꼬. 서양이 바다 건너 멀리 떨어져 있어서 우리가 자세히는 모르고 있으나, 수년에 걸쳐 서해와 남해에 가끔 출몰했던 서양 군함을 보건대 그 군세가 엄청나다는 것은 널리 알려진 사실이니, 함부로 다루기도 어려운 문제야."

"서양인들을 잡고 난 후의 문제는 조정에서 해결할 일이지요. 우리 포도청으로선 타국인의 잠복을 하루빨리 밝혀내야 합니다. 결국 모든 책임은 우리에게 떨어질 것이 아닙니까?"

"여부가 있는가. 서양인들의 입국을 막지 못한 것은 우리 책임이 아니더라도 그들의 체포는 포도청 소관이니까."

"포장님은 앞으로 이 일에만 진력하셔야 할 것입니다. 그렇다고 이 일을 떠들썩하게 공개해서도 안 됩니다. 그놈들이 더욱 깊숙이 숨어버릴 테니까요."

남헌교는 땅이 꺼져라 한숨을 내쉬었다.

"별것들이 다 들어와서 큰 걱정거리를 만들어주는구먼."

"너무 심려 마십시오. 소관이 기필코 잡아 올리겠습니다."

"손 포교, 자네가 저질러놓은 일이니 책임지고 체포하게."

손 포교는 대답하는 대신 마음속으로 욕지거리를 내뱉었다.

'젠장맞을……, 내가 저질러놓았다니!'

"어쨌거나 이 관과 옷을 집에 감췄던 놈을 데려와 보게."

"그러지요."

포승줄에 묶인 남명혁이 담담한 얼굴로 들어와서 좌포도대장 남헌교 앞에 꿇어앉았다. 그 방에는 손 포교 외에 종사관 한 명과 포졸 두 명이 더 있었다. 남헌교가 긴장된 어조로 물었다.

"듣거라. 이 관과 도포가 네 집에서 나왔다는 것이 사실이렷다?"

"그렇습니다."

"누가 사용한 것이냐?"

"신부님이 사용하시던 것입니다."

"신부라니?"

"우리 신자들의 죄를 대신해서 천주님께 보속補贖을 빌고 그 죄를 사해 주시는 분입니다."

"그러니까 너희 교주라는 말이지?"

"우리 천주교에는 교주가 없습니다."

"뭐라고? 교주 없는 교가 어디 있단 말이냐?"

"멀리 로마라는 곳에 교황이 한 분 계십니다. 그러나 그분도 교주는 아닙니다."

"교황이면 교주보다 더 높다는 뜻인고?"

"천주님과 우리 인간 사이에 교량 역할을 하시는 분으로 신부님들의 으뜸이 되시는 분입니다."

"무슨 소리인지 나는 도통 못 알아듣겠다. 아무튼 이 관과 도포는 너희가 말하는 신부가 사용한 것이 분명하렸다?"

"예."

"그 신부는 조선 사람이 아니렸다?"

"예."

"국경을 몰래 넘어온 타국인이렸다?"

"예."

"좋다. 그자가 어디 숨어 있느냐?"

"돌아가셨습니다."

"돌아갔다니? 자기 나라로 가버렸다는 말이냐, 아니면 죽었다는 뜻이냐?"

"죽었습니다."

"뭐라고……? 언제?"

"삼십팔 년 전에요."

"아니……, 네가 지금 무슨 소리를 하고 있는 것이냐?"

남헌교가 발을 쾅 구르며 버럭 소리쳤다. 그러나 남명혁은 태연하게 말했다.

"제가 태어나던 해 그분이 치명하셨다고 부모님에게 이야기를 들어 압니다."

"도대체 그놈이 누구냐?"

"신유년에 참형을 당하신 주문모 신부님이오."

"주문모?"

종사관 하영남이 아는 체 나섰다.

"그런 자가 있었지요. 의금부 문헌에도 선왕 순조 원년에 청국인 주문모가 압록강을 월경, 잠입하여 사도를 퍼뜨린 죄목으로 군문 효시했다는 기록이 남아 있습니다."

"듣자니까 나도 그런 이야기를 들은 기억이 있구나."

"그러나 이놈이 하는 말은 거짓입니다."

"거짓이라니? 무엇이 말인가?"

"저 관과 옷을 보십시오. 새것입니다. 사십 년 전에 사용하던 것이 저렇듯 산뜻할 수가 있습니까?"

"그렇고말고!"

남헌교가 고개를 끄덕이더니 두 눈을 부릅뜨면서 남명혁을 노려봤다.

"네 이놈! 여기가 어디라고 나를 능멸하려 든단 말이냐? 네 눈깔로는 내가 그렇게 어리석어 보이느냐?"

"나는 사실대로 말했소. 잘 보관해 왔기 때문에 새것처럼 보일 뿐이오."

"그래도 이놈이 거짓말을 나불대고 있구나. 주리를 틀어야 바른 대로 이실직고하겠는가?"

그때 손 포교가 남헌교 곁으로 바싹 붙어 서서 귓속말로 속삭였다.

"포장님, 저놈이 한 말을 우선 믿는 척해 두십시오. 그렇지 않고 다른 놈들이 입은 것으로 판명 나면 우리더러 당장 그놈들을 잡아내라는 명령이 떨어질 것이 아닙니까. 그놈들을 쉽사리 체포하지 못했다가는 책임만 추궁당합니다. 일단은 주문모라는 자의 것으로 인정하는 척하고 시간을 버시지요."

남헌교는 머리를 끄덕였다. 손 포교가 물러서자 그는 남명혁을 바라보면서 입을 열었다.

"그렇다면 주문모라는 자가 사용하던 의관이 어째서 네 집에서 나왔느냐?"

"작고하신 선친이 보관해 오던 것이라 내가 계속 간수했을 뿐이오."

"그 말을 어떻게 믿는고?"

"증거품이 앞에 있지 않습니까?"

남헌교는 벌컥 큰소리치려다가 간신히 참았다. 손 포교의 충고대로 자꾸 긁어서 부스럼을 만들 필요가 없었기 때문이다.

"네 말을 믿을 수도 없고 안 믿을 수도 없구나. 여하간 시간을 두고 조사할 것이니 오늘은 이만 끝낸다."

남헌교는 다시 남명혁을 감옥으로 돌려보냈다. 그는 그 자리에 손 포교만 남게 한 후 못마땅한 얼굴로 물었다.

"이번에 자네가 잡아들인 천주학 무리가 몇 명이나 되는가?"

"삼십여 명에 이릅니다."

"그렇게 많은가?"

"……."

"자네도 짐작하고는 있겠지만, 대전에서는 이 문제로 조정을 시끄럽게 만드는 것을 원치 않네."

"하지만 서양인 괴수들이 조선에 잠복한 사실을 묵인할 수는 없는 일이 아닙니까? 언제 발각되더라도 종내는 그자들의 정체가 드러날 것인데, 그때 가서는 어찌 뒷감당을 하시렵니까?"

남헌교는 오만상을 우그러뜨리며 탄식조로 말했다.

"그게 걱정일세. 자네 말도 옳아."

"그놈들이 사용하던 의관이 발견된 이상 이제 시위를 떠난 화살입니다. 그 일 자체를 되돌릴 수는 없는 노릇이니, 전력으로 그놈들의 잠복처를 찾아내는 길만 남았습니다."

"만사 제쳐놓고 자네는 이 일을 종결짓는 데 사력을 다하게."

"최선을 다하겠습니다."

"그리고 옥에 가둔 것들의 숫자를 줄이는 것이 어떻겠나? 우리 목표는 타국에서 숨어 들어온 자들이 아닌가. 그 무리를 많이 가둔다고 해도 도움 될 것이 없을 듯한데……."

"소관도 그리 생각하고 있습니다. 쓸모없는 자들은 배교시켜서 석방하는 것이 좋을 것 같습니다."

"그래그래, 자네는 참으로 판단력이 뛰어난 사람이야."

남헌교는 즉시 찬성했다. 그는 이 일을 확대하고 싶지 않았다. 섭정 대왕대비 순원왕후가 천주교도의 처벌을 못마땅하게 여기니, 이런 일로 눈 밖에 나는 짓을 했다가는 어렵게 얻은 자리에서 하루아침에 쫓겨날 수도 있었다.

손 포교는 빠릿빠릿한 부하 대여섯 명을 새문 밖 남명혁의 집으로 보냈다. 주인이 없는 텅 빈 집에 진을 치고 그 일대의 주변 마을들을 광범위하게 기찰하도록 했다. 이를테면 그곳에 서양인들을 잡는 수사본부를 차린 것이었다. 뭐니 해도 이런 문제를 해결하자면 민간인의 제보가 가장 중요했다. 그런데 백성들이란 생리적으로 포도청에 접근하기를 싫어하기 때문에 그 동네에서도 얼굴이 꽤 알려진 남명혁의 집에 진을 쳤던 것이다.

그리고 나서 손 포교는 포도청에 잡아들인 천주교인들을 문초하기 시작했다. 옆에는 인상이 험악한 형리들에게 형틀을 차리고 서 있게 했다. 한 명씩 불려 나오는 교인들은 첫 심문부터 주눅 들어 겁먹은 목소리를 냈다. 그런 문초 방법은 당장 효과를 거두었다. 제일 먼저 홍천댁 여숙에서 잡아 온 여자들이 차례로 배교를 선언했다. 감옥에서 이틀을 보낸 그들은 그새 파김치 꼴이 되어 십 년은 더 늙어 보이는 초췌한 몰골이었다. 손 포교는 압수한 예수의 초상화를 벽에 붙여놓고 거기다가 침을 뱉게 했다. 어떤 여자는 몹시 괴로운 표정을 지으면서 마지못해 침을 뱉었으나, 홍천댁의 얼뜬 며느리는 침 뱉으면 내보내 준다니까 쉴 새 없이 퉤퉤거렸다.

그러나 태문행, 내응천 부자와 죄병문은 배교를 거부했다. 김주만은 예수 상 앞에 기도하듯 두 눈을 감고 서 있었다.

"어서 침을 뱉으라니까!"

손 포교가 꽥 소리쳤다.

"꼭 침을 뱉어야만 배교를 인정하는 것입니까?"

"그럼 너는 다른 방법으로 배교하겠다는 뜻이냐?"

"대신 곤장을 맞겠습니다."

"곤장?"

손 포교가 노려봤다. 예수에게 침을 뱉지 않으려는 태도는 진심으로 배교한다는 뜻이 아니지 않은가. 그러나 손 포교는 이 사내에게 곤장을 치고 싶지 않았다. 김주만의 모피전을 깡그리 털어 크게 횡재한 마당에, 손 포교는 일말의 가책을 느끼기도 하여 처음부터 그를 관대하게 처리할 생각이었다.

"네가 곤장을 맞겠다고 자청하는 것으로 미루어 뉘우침이 깊다는 것을 짐작할 만하다. 좋아, 그 뜻을 가상히 여겨서 그냥 석방한다. 집으로 돌아가거라."

뜻밖의 처분을 받고 김주만이 어리둥절한 표정으로 쳐다봤다.

"어서 가라는데 왜 그러고 섰느냐?"

김주만은 엉겁결에 꾸뻑 절하고 급히 물러갔다. 어제 포졸들이 감옥까지 찾아와서 빈정거리는 말투로 보아 그는 자기 점포에 무슨 일이 생겼음을 짐작했다. 그는 밤새도록 잠을 못 이루었다. 먹을 줄 입을 줄 모르고 열심히 키워온 모피전이라 그는 남다른 애착을 가지고 있었던 것이다. 그는 너무 초조한 나머지 거짓 배교를 해서라도 점포에 가보지 않고는 견딜 수 없는 심정이었다. 그러나 막상 자기 모피전에 가서 포졸들에게 노략질당한 현장을 목격하면 그의 심정이 어떨까.

　예수 얼굴을 그린 화상에 끝까지 침 뱉기를 거부한 사람은 앞의 세 남자와 여자로는 홍천댁 하나뿐이었다. 홍천댁은 주리를 틀어도 항복하지 않았다. 손 포교는 우선 그 정도의 사람들만 남은 것도 성과로 여기고 일단 감옥에 다시 처넣었다. 그런데 그는 연이어 심문하면서 당황하지 않을 수 없었다. 남명혁과 이광헌의 가족들은 한 명도 자기 명령에 복종하지 않는 것이었다. 벽에 붙은 예수 화상에 침을 뱉으라니까, 그들은 엉뚱하게도 두 손을 모으면서 그 앞에 정중하게 절까지 하는 것이 아닌가. 어른들은 말할 나위 없고 아이들까지 전부 그러는 것을, 손 포교가 어처구니없는 눈으로 쳐다보고 있었다.

6

 종사관 하영남이 문초를 맡았다. 그는 좌포도청에 있는 종사관들 세 명 중에서 포도대장의 신임이 제일 두터운 자였다. 손 포교는 자기 손으로 잡아들인 천주교인들을 직접 심문하기를 기피했다. 그는 서양인 잡는 일이 더 시급하다는 핑계를 대고 임시 출장소가 된 새문 밖 남명혁의 집으로 가버렸다.

 하 종사관은 세 아이부터 끌어냈다. 이광헌의 큰딸 아가타와 아들 태성, 그리고 남명혁의 외아들 상연이 여러 가지 형구를 무시무시하게 벌여놓은 형리들 앞을 지나 하 종사관 앞에 섰다. 그들은 조금도 두려워하지 않는 기색이었다. 하 종사관은 겁주느라고 눈을 잔뜩 부라리며 질문하기 시작했다.

 "네 나이가 몇이냐?"

먼저 이 아가타에게 물었다.

"열일곱 살입니다."

"시집갈 나이가 된 처녀 몸으로 이런 곳에 끌려온 것이 부끄럽지 않느냐?"

"……."

"나리가 물으시면 지체 말고 빨리 답변을 올려라!"

형리 하나가 소리쳤다.

"너희는 몇 살인고?"

"열두 살입니다."

태성이 얼른 대답했다.

"너는?"

"저도 열두 살이에요."

상연이 하 종사관의 시선을 피하며 대답했다.

"이제 겨우 열두 살밖에 안 먹은 녀석들이 뭘 안다고 천주학을 믿느냐? 너희는 나라에 큰 죄를 지었다. 상감이 금하는 종교를 신봉했으니 의당히 벌을 받게 되느니라."

그 장소로 많은 포졸들이 모여들었다. 그들은 어린아이들이 문초를 받는다는 소리에 호기심으로 몰려온 것이다.

"너희는 철부지라 아무것도 모르고 부모가 시키는 대로 했을 뿐이라는 걸 잘 안다. 그러니 나도 너희에겐 벌을 주고 싶지 않아. 이 자리에서 너희가 받드는 예수라는 귀신을 다시는 숭배하지 않겠다고 약속히기라."

"예수님은 귀신이 아니에요."

태성이 힘찬 목소리로 항의했다. 하 종사관이 빤히 쳐다보다가 물었다.

"귀신이 아니면 뭐란 말이냐?"

"하느님의 독생자이십니다."

"하느님의 독생자?"

"이 세상 사람들의 죄를 용서하시기 위해 하느님께서 외아들을 보내셨다고요."

"너희 하느님은 아들이 하나밖에 없었다더냐?"

"하하하……."

아이들의 심문을 구경하던 포졸들이 폭소를 터뜨렸다.

"너는 지금 어른들이 지칭하는 천주를 말하는 것 같은데, 그 천주라는 것은 이 세상에 없는 존재야. 예로부터 하늘에는 옥황상제가 산다고 말하지만, 실상은 사람들이 상상으로 지어 하는 말이다."

그 말은 귓결로만 듣고 태성이 고집스럽게 주장했다.

"그렇지만 하느님은 반드시 계세요."

"뭐라? 네 눈으로 하느님을 봤느냐?"

"눈으로 안 보고는 모르나요?"

"한 번도 안 본 하느님을 어떻게 있다고 믿느냐? 어디, 그 설명 좀 네 입으로 해봐라."

태성은 답변을 못 했다. 열두 살짜리 소년이 많은 사람들 앞에서 그런 설명을 하는 것은 너무 벅찬 과제였다. 하 종사관이 비웃는 표정으로 이 아가타에게 물었다.

"나이가 더 많은 네가 말해 보거라."

이 아가타는 평소 집에서도 퍽 수줍음을 많이 타는 처녀였다. 그러나 그녀는 어린 동생의 용감한 행동에 감동한 데다가 포졸들이 자기들을 조소하는 표정에 순간적으로 의분이 끓어올라서 자신도 모르게 말이 튀어나왔다.

"관장 어른은 눈먼 소경이 해가 없다고 주장한다면 어찌하시겠습니까?"

"뭐, 뭐라고?"

하 종사관은 언뜻 대답을 못 했다.

"그 소경이 자기 눈으로 해를 본 일이 없어도 아침이면 해가 뜨고 저녁에는 해가 진다는 것을 우리는 알고 있습니다. 그러니 우리가 눈으로 본 일이 없다고 해서 천주님이 안 계신다고 말씀하시는 것은 이치에 맞지 않습니다."

하 종사관만이 아니었다. 뺑 둘러서 있던 포졸들도 할 말을 잊은 사람들처럼 잠시 멍한 표정을 지었다.

"에헴."

하 종사관이 크게 기침하며 자세를 고쳐 앉았다. 어린것들이라고 우습게 알았다가는 오히려 망신당하기 십상이라고 깨달은 모양이었다.

"그럼 너는 천주가 있다고 믿는단 말이지?"

"믿습니다."

"무엇으로 천주가 있다고 증명하겠느냐?"

"관장님이 계시고 제가 있습니다. 그리고 여기 여러 사람들이 모였습니다. 가볍게 생각하지 마시고 곰곰이 생각해 보세요. 우리 몸을 낳아준 것은 부모님이고, 부모님은 또 부모의 몸에서 태어났습니다. 이렇게 자꾸 올라가다 보면 우리 몸이 먼 조상에게 핏줄을 이어받았다는 것을 누구나 쉽게 알지요. 그러나 가장 위에 있는 조상은 누구이겠습니까? 누군가 이 세상에 있었으니까 자꾸 자손을 퍼뜨리게 된 것이 아니겠어요? 그럼 그 조상은 또 누구 몸에서 나왔겠어요?"

희한한 광경이 아닐 수 없었다. 하 종사관을 비롯한 이십 명 가까운 포졸과 형리 들이 어린 처녀의 이야기에 홀린 듯 귀를 기울이고 있었다.

"자꾸자꾸 거슬러 올라가면 필경 이 세상에는 맨 처음 사람이 있었다는 것을 알게 됩니다. 이 세상의 맨 처음 사람이므로 그에겐 부모가 있을 수 없지요."

이 아가타가 잠시 말을 멈추었으나 장내는 기침 소리 하나 없이 조용했다. 모두가 그녀의 다음 말을 기다리는 분위기였다.

"사람들은 세상의 온갖 만물을 조물주가 만들었다고 말합니다. 산과 바다, 짐승과 나무, 아주 작은 벌레나 하찮은 풀에 이르기까지 누군가 만들어주었으니까 존재하는 것이지요. 세상 만물을 만드신 그분을 조물주라고 일컫는데, 우리 천주교인들은 그분을 천주라고 부릅니다. 천주님께서는 이 세상 만물을 조성하신 후에 사람까지 만드셨습니다. 그러기에 사람은 누구나 천주님의 자식이 될 수밖에 없습니다. 저도, 여기 계신 여러분도 천주님께서 만들어주신 맨 처음 사람의 피를 이어받은 자손이기에 결국은 같은 형제가 되는 셈이지요. 이렇게 여기 우리 몸이 있는 것을 분명 볼 수 있으니, 모든 사람들은 천주님께서 계시다는 것을 믿어야 옳은 줄 압니다. 조물주가 세상 만물을 만드셨다고는 생각하면서도 어찌하여 천주는 없다고 말씀하십니까? 그럼 여러분은 그 조물주를 직접 눈으로 보셨습니까? 눈으로 본 일은 없어도 천지 만물과 사람이 존재하니 태초에 이 세상을 만든 조물주가 있었다고 믿는 것이 아닙니까? 그러면서도 우리 천주교인들이 천주님께서 계신다고 믿는 것을 어찌하여 부인하고 비웃습니까? 우리는 조화옹(造化翁)이 바로 천주님이라고 믿으며, 그 천주님을 흠숭할 따름입니다."

사위가 조용했다. 한동안 아무도 입을 열지 않았다. 벙거지 쓰고 더그레 걸친 사내들이 아직 애티가 가시지 않은 어린 처녀를 멍하니 쳐다보고만 있었다. 하 종사관도 반박할 말을 찾지 못한 채 놀란 눈으로 바라볼 뿐 더는 문초할 엄두가 안 나는 모양이었다.

그 소문은 삽시간에 장안으로 퍼졌다. 이 아가타의 논리 정연한 말에 내심 감동받은 포졸들이 가는 곳마다 떠들어댔던 것이다. 소문이란 으레 꼬리가 붙게 마련이라, 이 아가타가 마치 무슨 이인(異人)이나 되는 것처럼 과장됐다. 그 바람에 우포도청의 포졸들이 떼로 몰려서 감옥으로 구경을 오는 일까지 생겼다. 감옥 안을 들여다보면서 호기심에 가득 찬 눈으로 이상한 짐승이라도 구경하듯 처녀의 머리부터 발끝까지 살펴보는 것이었다. 이 아가타는 몸 둘 바를 몰랐다. 그녀는 자기 어머니의 등 뒤로 몸을 숨기고 얼굴을 보이려 하지 않았다. 정작 본인은 자기가 했던 말을 다 잊어버렸다. 그것은 확실한 성령의 힘이었다. 성령이 임하지 않고서는 그런 장소에서 그렇게 말할 수가 없었다. 참으로 기이한 일이었다. 이 아가타는 유난히 수줍어하는 성격이라 남은 고사하고 가족에게조차 그런 행동을 보인 적이 없었다.

나중에는 이 아가타보다 두 소년에 관한 이야기가 장안 사람들의 화젯거리로 떠올랐다. 열두 살밖에 안 먹은 두 아이가 곤장을 이십대씩 맞고도 끄떡없었을 뿐만 아니라, 주리를 틀어도 비명 소리만 낭자하게 쏟았지 끝내 배교하기를 거부했다는 말을 듣고 모두들 놀라는 것이었다. 귀신에 씌지 않고서야 그럴 수 없는 일이라고 이구동성으로 말했다. 그런 소문이 퍼질수록 사람들은 천주교에 어떤 두려움 같은 것을 느꼈다. 상식적으로는 도저히 이해할 수 없는 일이었기 때문이다.

손 포교가 한바탕 휘저은 그물질로 한양의 천주교인들은 불안에 떨었다. 앵베르 주교까지 본당에서 피해 버릴 정도였으니 모든 신도가 공포에 떠는 것은 당연했다. 어느 곳에나 겁쟁이들은 있는 법이라, 금방이라도 대대적인 검거 선풍이 일어날 것처럼 떠들고 다니면서 다른 교우들에게 더욱 겁을 주었다. 여차하면 한양을 빠져나갈 셈으로 미리부터 슬금슬금 이삿짐을 꾸려놓는 집이 많았다.

그러나 그럴수록 신앙심이 불타올라서 순교하기를 열망하는 천주교 신자들도 있었다. 그런 신자들은 교난을 두려워하지 않았다.

바로 그런 사람들이 용산 청파에 살고 있었다. 여자 신도 여섯 명이 한집에 지냈는데, 집주인은 쉰두 살인 이매임 부인이었다. 나이 많은 올케 허계임과 두 조카딸 이정희와 이영희, 그리고 오갈 곳 없는 쉰 살의 과부 부평댁 김성임과 처녀 김누시아 루치아도 함께 살았다.

한집에서 늙은 어머니를 모시게 된 이정희와 이영희는 친정집에 사는 것 같다고 퍽 좋아했다. 지난해 모방 신부가 이곳을 찾아주었다. 신앙심들이 절정에 이른 때 이광헌과 남명혁 두 회장의 가족이 전부 잡혀갔다는 소식을 들었다. 그리고 그들의 어린 자녀들이 모진 매질과 혹독한 고문을 받으면서도 굴복하지 않고 당당하게 하느님을 증거했다는 말을 전해 듣고는 모두가 크나큰 감동에 휩싸였다.

"언니, 그렇게 모진 형문을 당하면 나도 잘 참아낼 수 있을까? 어쩐지 그럴 자신이 없네."

쌈지를 만들면서 이영희가 하는 말을 듣고 얼굴 표정이 굳어지던 이정희가 핀잔했다.

"너는 십여 년 동안 천주님을 섬겨오고서도 고작 한다는 소리가 그거냐?"

"생각해 보우. 얼마나 아프고 고통스럽겠어."

"어느 사람이 매질당하는데도 아프지 않겠니? 하지만 그것이 천국의 문으로 들어가는 시험일진대 이겨내야지. 예수님께서 십자가에 못 박히신 그 고통을 생각해 봐라. 그만한 고통도 견디지 못하면 천주님의 진정한 자식이라고 말할 자격이 없어."

쌈지를 만드는 손길을 멈추지 않으면서 이영희가 말했다.

"나는 포도청에 잡혀가면 치명하지 다시 풀려나오지는 않을 거야."

"아무렴, 네가 그러리라는 것을 나도 믿지."

"내가 배교한다는 뜻으로 말한 것은 아니야. 단지 곤장을 맞을 때 그 고통스러움을 생각하면 끔찍스러울 뿐이지."

"영희 네 말은 틀렸어. 치명을 결심한 사람이라면 매질당하는 고통은 생각할 것도 없잖아."

"하긴 그렇네. 죽은 사람에게 무서울 것이 뭐가 있담."

고모 이매임도 어디에서 그 아이들의 이야기를 듣고 왔는지 사뭇 감탄조로 말했다.

"정말로 성령이 임하신 게야. 그렇지 않고서는 겨우 열두 살 먹은 아이들이 그런 용기를 보일 수 없지. 이 회장님과 남 회장님 댁 두 아들이 얼마나 매질과 주리를 잘 참아냈던가, 포졸들이 놀란 나머지 그 아이들에게 겁을 먹고 있다는구나. 귀신에 씐 아이들이라고 더 매질하기를 꺼리며 서로 미룬다는 게야."

"어쩌면!"

모두들 탄복했다. 어린 두 소년이 박해자들 앞에서 용감하게 천주를 증거했다는 이야기는 누구 못지않게 불타는 신심을 지닌 이 여인들에게 의협심을 불러일으켰다. 그 일은 타는 불길에 기름을 붓는 격이었다. 저마다 만인 앞에서 참 진리를 증거하고 싶은 충동을 억누를 수가 없었다. 그리하여 그들은 누가 먼저라고 할 것도 없이 옷을 갈아입고 한꺼번에 집을 나섰다.

7

손 포교는 수하 포졸들과 함께 며칠째 남명혁의 집을 본거지로 삼고 활발하게 움직였다. 주민들의 이야기를 통해, 일전에 타동네 사람들이 이 집을 많이 찾았는데, 이틀 동안은 잔칫집처럼 많은 수가 드나들었다는 사실을 확인하게 됐다. 그는 분명히 여기에서 서양인 신부가 신자들을 불러 모아 무슨 행사를 벌였다고 확신했다. 은실로 꾸민 그 찬란한 의관이 이 집에서 발견된 것은 결코 우연한 일이 아니었다. 오늘도 그는 이웃 고마청골로 갔다. 그 동네 사람들에게 이광헌 일가가 이사 와서부터 어떻게 지냈는지 물으면서 광범위하게 수소문하고 다니다가 다시 새문 밖으로 오는 길이었다. 그가 대문으로 들어서자 한 떼의 여자들이 대청마루 구석에 웅기중기 서 있고, 넓죽이와 오목눈이가 마루 끝에 걸터앉아 호리병을 따르며 술을 마시고 있었다.

"이놈들이 낮부터 술추렴이야!"

두 놈이 깜짝 놀라 뒤통수를 긁으며 일어섰다.

"속이 출출해서……."

"저 여자들은 웬 사람들이냐?"

손 포교가 의아하게 쳐다보자 오목눈이가 멸시하는 낯짝으로 내뱉었다.

"미친년들입니다."

"뭐야?"

"천주학쟁이 여편네들입니다."

"어디서 잡아 왔어?"

"잡아 오긴요. 저희 발로 기어들어 왔구먼요."

"으응?"

손등으로 입가에 묻은 술을 닦고 섰던 넓죽이가 떠들었다.

"정말 미친것들입니다요. 우리더러 포도청으로 데려가 달라지 뭡니까. 자수한다나요."

"자수?"

"자수하려고 예까지 찾아온 거랍니다."

손 포교가 믿기지 않는다는 눈으로 여자들을 쳐다봤다. 새파란 처녀부터 일흔이 가까운 할멈까지 모두 여섯 명이었다.

"당신들은 어디에 사오?"

태연한 얼굴로 조용히 서 있는 여자들 중에서 쉰 연배는 되어 보이는 부인이 앞으로 한 발 나섰다. 이매임이었다.

"이곳 책임자이신 포교 나리십니까?"

"그렇소."

"우리는 용산 청파에 사는데, 댁들이 찾는 천주교인이오. 천주님을 위해 치명하기가 소원인지라 다 함께 자헌自獻하는 것이니, 우리를 묶어 포도청 옥으로 데려가 주시오. 이렇게 부탁드리오."

"뭐라고……?"

손 포교가 어처구니없다는 표정으로 빤히 쳐다봤다. 자기 발로 찾아와서 자수한 자들이 있다는 말은 일찍이 들어본 일이 없었다.

"정말 자수하려고 온 것이오?"

손 포교는 도무지 믿기지 않아서 다시 한 번 물었다.

"그렇습니다."

"자꾸 물어볼 것도 없구먼요. 우리도 그 말을 믿을 수가 없어서 거듭 닦달했지만 틀림없었습니다."

"죽어도 좋으냐고 하니까 죽으려고 왔다는 데야 더 말할 게 뭐가 있습니까."

넓죽이와 오목눈이가 옆에서 한마디씩 지껄였다. 손 포교는 기가 차서 잠시 할 말을 못 찾고 있었다.

"여보시오, 아주머니들. 천주도 좋고 예수도 좋지만, 이건 너무들 하는 것 아니오?"

"우리가 너무하다니요?"

"재수 없어 잡히면 몰라도 이렇게들 자진하여 찾아올 것까지는

광풍이 휘몰아치고 … 323

없지 않소.”

"우리 뜻이 아닙니다.”

"그럼 누구 뜻이란 말이오?”

"천주님의 뜻이지요.”

"참나…….”

"손 포교님, 어서 저년들을 엮어다가 포청으로 넘깁시다.”

"가만있어, 이놈아!”

손 포교가 버럭 소리치자 넓죽이가 찔끔 뒷전으로 물러났다.

"저 할멈은 누구요?”

손 포교는 머리가 하얀 허계임을 가리키며 물었다.

"내 오라범댁이오.”

"전부 청파에 사오?”

"한집에 삽니다.”

"한집에 살다가 함께 자수하기로 의논하고 왔단 말이오?”

"맞소.”

"자수하게 된 동기가 무엇이오? 그 이야기나 들어봅시다.”

이매임은 잠시 뜸들이다가 입을 열었다.

"세상 사람들은 천주교가 나쁜 짓만 가르치는 것으로 알고 있는데, 우리 교리를 아는 사람이라면 그런 말을 못 할 것입니다. 이 세상에 둘도 없는 참된 종교이기 때문이오. 참 진리를 알지 못하고 비방하기만 하는 사람들에게 그 사실을 깨우쳐주려면, 열성적인 신자들이 나서서 증거를 보여줄 수밖에는 다른 방법이 없소. 포교 나리가 바로 이 집에 살던 식구들을 몽땅 잡아다가 포도청 옥에 넣었다고 하시는데, 그분들이 배교하고 여기에 다시 와서 살 사람들이 아니라는 것을 우리는 믿고 있습니다. 그분들은 우리보다 더 진실하게 뜨거운 신심으로 천주님을 흠숭하는 분들이니까요. 그분들의 어린아이들이 모진 매를 맞으면서도 천주님을 배반하지 않는다는 말을 전해 들었는데, 어찌 어른인 우리가 가만히 있을 수 있겠습니까."

손 포교가 나직이 한숨을 쉬었다. 앞뒤 말이 정연하니 대꾸할 여지가 없었다. 허리춤에서 담뱃대를 꺼내고 쌈지를 끌러 살담배를 천천히 재우더니 아무 말 없이 담배만 뻑뻑 빨아댔다. 그는 한참을 그러고 앉았다가 여자들을 돌아봤다.

"나라 법으로는 용서할 수 없는 일이나 오늘 일은 없었던 것으로 할 테니 그냥 집으로들 돌아가시오."

그러나 천부당만부당하다는 태도로 이영희가 얼른 대답했다.

"아니에요. 집으로 돌아갈 생각이었다면 애당초 여기에 오지도 않았을 것입니다."

손 포교가 잔뜩 화난 눈초리로 쏘아봤다.

"나리는 우리를 묶어 가기만 하면 그만인데 왜 그러시오?"

이번에는 부평댁 김성임이 던지는 말이었다. 이매임 부인이 웃음 띤 얼굴로 부드럽게 말했다.

"포교 나리가 우리를 동정하시는 것 같은데 그럴 것 없습니다. 여기에서 강제로 내쫓더라도 소용없는 일이오. 여기에 온 발걸음이 포도청 문간인들 못 찾아가겠소."

토방 섬돌에 담뱃대를 거칠게 털고 난 손 포교가 부하들에게 명령했다.

"얘들아, 이 여자들을 사관청으로 끌어가라."

"포도청이 아니라 사관청으로요?"

"그렇다니까!"

손 포교는 공연히 화냈다. 넓죽이가 포승줄로 여자들을 묶으면서 씨부렁거렸다.

"자수했으니 도망치지는 않을 테지만, 그래도 묶긴 묶어야겠지?"

"어서 가세."

손 포교에게 핀잔을 먹은 오목눈이가 기분이 상해서 먼저 나갔다. 넓죽이가 여자들을 끌고 대문 밖으로 나서자 웬 계집아이가 불쑥 튀어나오면서 "할머니!" 하고 허계임에게 매달렸다. 죽은 큰아들이 남긴 한 점 혈육 옥분이었다.

"여기 오지 말라고 했는데 왜 따라온 게야?"

이정희가 당황하면서 나무랐다.

"나만 혼자 남아서 어떻게 살아요."

"외삼촌 집으로 가라고 했지 않느냐."

"싫어요. 죽어도 할머니와 고모들 따라갈래요."

옥분은 조금도 물러날 태세가 아니었다. 넓죽이가 위협조로 말했다.

"지금 포도청으로 가는 길이다. 거기까지 따라가겠다는 말이냐?"

"그럼요. 다 알고 왔는걸요."

"원, 이런 일을 봤나……."

넓죽이가 기가 막혀 야무진 표정으로 섰는 계집아이를 내려다보고만 있자 오목눈이가 재촉했다.

"빨리 가자고! 그깟 년 따라오거나 말거나……."

그 시각에 종사관 하영남은 포도대장 남헌교가 지켜보는 가운데 남명혁을 심문하고 있었다. 그 자리에는 남자 천주교인들이 전부 끌려 나와서 무릎 꿇은 채 그 광경을 지켜볼 수밖에 없었는데, 열한 명 중에는 섣달 초하루 제일 먼저 잡혀 온 권득인의 얼굴도 보였다. 두 손을 뒤로 결박당한 남명혁 앞에는 주교관과 제의가 놓여 있었다.

"이놈아, 거짓말을 하더라도 이치에 닿아야 할 것이 아니냐. 이렇게 멀쩡한 새것을 가지고 사십 년 전에 주가라는 청국인이 사용했던 것이라고 말하면 누가 곧이듣겠느냐? 그래, 이 관과 도포를 네 집에 보관만 해두었더란 말이냐?"

"아니요."

"아니라면?"

"가끔 꺼내어 사용하기도 했습니다."

"누가?"

"나요."

"네놈이?"

"첨례 날 교우들이 우리 집으로 오면 내가 제의를 입고 미사를 올렸소."

"네 이놈! 네기 입던 옷이 아니라는 것을 아는데, 뻔뻔스럽게도 시치미를 떼고 둘러대는 게냐?"

"그럼 우리 집에 있는 옷을 누가 입겠소?"

하 종사관이 남헌교를 쳐다봤다.

"말로만 가지고는 토설할 놈이 아닙니다."

"그놈 다리를 분질러도 좋으니 이실직고할 때까지 매우 쳐라!"

형리들이 달려들어 남명혁의 사지를 형틀에 비끄러맸다.

"그놈 정강이를 내려쳐라."

하 종사관의 지시가 떨어지자 형리 두 명이 삼릉장三稜杖을 하나씩 손에 들고 야차같이 달려들었다. 매질에는 이골이 난 놈들이라 서로 죽이 맞아서 도리깨질하듯 번갈아 내려칠 때마다 남명혁의 입에서는 아픔을 참는 소리가 비어져 나왔다. 몇 대 맞지 않아 정강이 살이 터지면서 시뻘건 핏물이 사방으로 튀었다. 눈을 감아버린 교우들은 그 소름끼치는 소리에 진저리를 쳤다. 이를 악물고 견디는 남명혁의 신음 소리 또한 처절했다. 그 광경을 외면하던 남헌교가 초인적인 남명혁의 인내를 보더니 불끈 오기가 생겼는지 크게 소리쳤다.

"이놈들아, 거기만 치지 말고 아무 데나 닥치는 대로 때리거라. 갈비뼈를 부러뜨려도 상관없다."

두 놈이 삼릉장을 팽개치고 주장朱杖으로 바꾸어 들었다. 삼릉장은 정강이를 칠 때만 쓰는 모양이었다. 주장으로 허벅지에서 갈빗대까지 작신작신 조지는데 그 솜씨가 노련하여 뼈마디를 울리게 할 뿐 부러지게 하지는 않았다. 이미 탈진 상태에 빠졌던 남명혁은 급기야 혼절하여 고개를 툭 떨어뜨렸다.

"저런 독종을 봤나……."

남헌교가 벌떡 일어나서 화난 걸음으로 물러갔다. 이광헌과 권득인은 천주에게 기구하기를 멈추지 않고 있었다.

"이놈들아, 눈깔을 뜨고 봐라. 너희 친구가 당하는 꼴을 눈으로 보기는 싫은 게로구나. 차례로 저 꼴을 만들어줄 것이니 각오하거라."

다른 교우들은 참담한 얼굴로 고개를 떨구었다.

"찬물을 갖다 퍼붓고 저놈의 정신이 들거든 다시 내게 알려라."

하 종사관도 화난 거동으로 잠시 자리를 떴다. 그는 남명혁의 자백을 받지 못하여 초조했다. 남명혁이 까무러치도록 매를 맞고도 입을 열지 않으니 난감한 노릇이었다. 이번 일로 포도대장은 어느 때보다도 좌불안석인 눈치였다. 남명혁의 집에서 발견된 의관이 널리 알려지면 그 주인의 정체를 밝혀내라는 여론이 분분할 것은 당연한 일이었다. 하 종사관은 아직 서양인들이 조선에 잠복해 있다는 사실을 반신반의하고 있지만, 손 포교의 말을 듣거나 의관의 출처를 보거나 안 믿을 수가 없었다. 포도대장의 처지로는 그들을 잡아도 걱정이고 못 잡아도 걱정이었다. 이럴 때 공을 쌓아 심복다운 면모를 보여주려는 것이 하 종사관의 속셈이었다. 빠른 시일 안에 서양인들의 정체를 벗기든가, 아니면 남명혁이라는 자를 요절내어 그 의관 문제를 유야무야로 뭉개버리든가. 아마 모르긴 해도 남명혁의 숨통을 끊어놓으면 포도대장은 차라리 잘됐다고 속으로 안도할 것이 틀림없었다.

좌포도대장 남헌교의 집은 숭례문과 냉례방 중간쯤 되는 상정승

골에 있었다. 그 이웃에 사관청을 설치했으므로 남헌교는 퇴청하자마자 자수한 여자들에 대한 보고를 받았다. 손 포교가 이곳으로 보낸 까닭은 포도대장의 의도를 묻는 것이리라. 그의 집으로 끌려온 여자들 일곱 명이 사랑채 바깥뜰에 무릎을 꿇었다. 옥분이 끼는 바람에 한 명이 더 늘었던 것이다.

  방에서 나온 남헌교는 뒷짐을 진 자세로 마루에 서서 잡아먹을 듯한 시선으로 여자들을 노려봤다. 그렇잖아도 매를 맞고 기절한 남명혁의 꼬락서니를 본 뒤라 개운치 않은 마음으로 귀가했는데, 저희 발로 찾아와서 죽여달라고 자수했다니 그는 선뜻 말이 나오지 않았다. 그는 속으로 전율을 느끼고 있었다. 천주교가 보통 사교가 아니라 인간의 혼을 마비하고 정신을 바꿔놓는 불가사의한 마력이 있다는 것을 절감하지 않을 수 없었다.

  포도대장이 문초할 생각을 하지 않자, 그의 입이 떨어지기를 기다리던 포교들 중 한 명이 조심스럽게 물었다.

  "포장님, 오늘은 그냥 물러갈까요?"

  퍼뜩 고개를 든 남헌교가 뒷전에 죽 서 있는 포교들을 바라봤다. 자수한 천주교인들을 그가 어떻게 처리할지에 흥미를 가지고 사관청 포교들이 전부 나온 것 같았다. 한마디 심문도 없이 그냥 돌려보낼 수는 없는 일이라 남헌교는 여자들을 하나하나 찬찬히 내려다봤다. 그들 중 나어린 옥분에게 먼저 물었다.

  "네 나이가 몇이냐?"

  "열네 살입니다."

"성명은?"

"성은 이가이고 본명은 바르바라예요."

"발바리야?"

포교 몇 명이 킬킬 웃었다. 옥분은 똑 떨어지는 발음으로 정확하게 다시 댔다.

"바르바라입니다."

"그것이 네 이름이란 말이냐?"

"교명이에요."

"이름은 무엇이고 교명은 무엇인고?"

"집에서 지은 이름은 옥분이라 하옵고, 영세를 받으면서 얻은 교명이 바르바라입니다. 우리는 그 교명을 본명으로 여기지요."

"예끼, 그럼 옥분이가 본명이지 어째서 교명이 본명이란 말이냐?"

"천주님의 딸이므로 우리는 영세로 받은 이름을 본명이라고 합니다."

남헌교가 물끄러미 옥분을 쳐다보다가 혀를 찼다.

"넌 참으로 영악한 계집아이로구나."

아닌 게 아니라 포도대장의 물음에 대답하는 옥분의 태도가 어른을 뺨쳤다. 옥분은 어른들만 사는 집에서 귀여움을 독차지하고 자란 탓에 사내아이처럼 성격이 활달하고 생각도 조숙한 편이었다.

"그럼 여기 있는 여자들도 네가 말하는 교명을 전부 가졌겠구나."

"그렇고말고요."

"어디, 네가 차례로 말해 뵈리."

"우리 할머니와 작은고모는 막달레나, 큰고모는 저와 같은 바르바라입니다. 부평댁 아주머니는 마르타, 저 언니는 루치아, 우리를 모두 한집에 살게 해주신 고모할머니는 테레사라고 하지요."

옥분이 조선 사람의 귀에는 생소하기 짝이 없는 이름들을 술술 주워섬길 때 남헌교는 또 한 번 전율했다. 새삼 천주교도 무리가 자꾸 창궐하면 조선 사회의 윤리 도덕은 물론이고 조상 대대로 내려오는 풍속과 족보까지 근본부터 뒤흔들어 놓으리라는 무섬증이 일었다. 또한 그들이 악한 무리가 아니라도 나라의 기강을 뿌리째 무너뜨릴 것은 틀림없으니 그냥 좌시하고만 있을 일도 아니었다.

"저희 발로 걸어온 것들이니 어설프게 다룰 일이 아니다. 전부 포도청으로 끌어다가 하옥해라."

남헌교는 엄한 목청으로 명령하고 자리를 떴다.

그때 여자들을 가둔 포도청 감옥에서는 남명혁의 아내 이연희가 밖으로 끌려 나오고 있었다. 옥쇄장에게 넘겨받은 형리 두 놈이 젖가슴을 주무르며 희롱하자 이연희는 요동치듯 뿌리치며 매서운 눈초리로 소리쳤다.

"이런 못된 놈들 같으니! 너희가 아무리 배우지 못한 무지막지한 사내이기로 어디다가 손을 대느냐!"

"이년아, 떠들지 말고 어서 걷기나 하거라."

"천하에 불한당만도 못한 놈들!"

"곧 섭산적이 될 몸뚱이를 꽤나 아끼네."

"시체가 되어 개한테 뜯길망정 더러운 너희 손이 닿는 것은 몸서

리쳐진다."

 섣불리 손댔다가 두 놈이 '앗, 뜨거워라' 하고 혼났다. 대개는 고문을 받으러 끌려갈 때 정신이 반은 나가서 장난치더라도 반항할 경황이 없는데, 이연희는 매섭기가 10월 서릿발이었다. 그간 감옥에서 여러 날 시달렸는데도 서른여섯 살 그녀의 몸뚱이에는 갓 잡힌 암노루처럼 싱싱한 기운이 남아 있었다.

 고문 장소로 들어간 이연희는 남편의 처참한 몰골을 보고 숨이 콱 막혔다. 형틀에 등을 기댄 채 피투성이로 널브러져 있는 남명혁은 겨우 의식이 남아서 가냘프게 할딱이고 있었다. 종사관 하영남 앞에 꿇어앉은 이연희가 심문자보다 먼저 입을 열었다.

 "나리는 어떻게 배워먹지 못한 불쌍놈들만 부하로 두셨소?"

 하 종사관이 눈을 끔벅거리며 쳐다보다가 되물었다.

 "그게 무슨 소리냐?"

 "아무리 계집 몸뚱이에 걸신들렸기로 죄수 몸에다가 손을 대니, 내가 드리는 말씀이오."

 하 종사관이 얼른 알아듣고 두 형리를 쏘아봤다.

 "그년 엄살이 보통 아닙니다요. 우리가 팔짱을 끼고 데려오니까 제 몸에 손댔다고 길길이 날뛰지 뭡니까."

 "네놈들의 버릇을 내가 모를까 봐 변명하는 것이냐!"

 본래가 뻔뻔스러운 놈들이라 그들은 종사관의 호통을 받고도 돌아서서 찡긋 웃었다.

 "그러니 이런저런 꼴을 당하기 싫으면 시실을 털이놓고 여기서 나가는 것이 상책이다."

하 종사관의 달래는 말투를 듣고, 남은 기운을 다 긁어 올리는 목소리로 남명혁이 뒤에서 말했다.

"여보, 우리는 어린양처럼 천주님을 위해 목숨을 바칠 몸이오. 이 땅에서 받는 수모와 고통은 천당에서 보상받게 될 것이니 어떤 괴로움도 참고 이겨내시오. 이렇게 좋은 기회를 절대로 잃어서는 안 되오."

"저, 저놈이 아직도 기운이 남아서 주둥아리를 놀리느냐?"

이연희는 남편의 그 말을 듣고 성령에 감화했다. 그녀는 가슴속이 환하게 열리면서 어떤 고문을 당해도 이길 수 있다는 용기가 용솟음쳤다.

결국 하 종사관이 지고 말았다. 남편이 보는 앞에서 주리를 잔인하게 틀었지만 끝내 이연희의 입은 열리지 않았다. 남명혁이 주장한 대로 그 의관은 주문모 신부의 것이라는 대답만 할 뿐이었다. 하 종사관은 이연희 역시 기절하는 것을 보고 자리를 박차며 일어났다.

교우들은 감옥으로 업혀 간 남명혁을 간호했다. 늑골 전체가 부어올라 운신하지 못하는 골병든 몸을 보더니, 이광헌이 앞으로 사나흘을 살기가 어렵겠다고 진단했다.

한편 자기 발로 걸어 감옥으로 들어간 이연희는 교우들이 일곱 명이나 새로 들어온 것을 보고 반가운 환성을 질렀다. 처녀 때부터 그녀가 언니처럼 잘 따랐던 이매임을 얼싸안은 채 눈물을 주룩주룩 흘렸는데 얼굴에는 웃음꽃이 피어 있었다.

8

 그동안 손 포교는 이조판서 조인영의 집으로 두 번을 찾아가서 보고했다. 그는 밤에만 그곳을 찾았는데, 포교가 이조판서의 집을 출입하는 것이 외부에 알려지면 좋을 게 하나도 없었기 때문이다. 회장 두 명을 비롯하여 배교를 거부하는 신도가 사십여 명이나 된다고 보고했으나, 서양인 신부의 의관에 대해서는 일언반구도 꺼내지 않았다. 아직 시기상조였다. 처음에는 당장이라도 대왕대비 순원왕후와 김씨 세도에 도전할 것처럼 조급하게 서두르는 기색이더니 요즘 들어 조인영은 매우 신중한 태도를 보였다. 역시 왕권을 행사하는 섭정에게 도전한다는 것은 그렇게 간단한 일이 아닌 듯싶었다. 필경 조정의 여론이 자기 파당에 유리하도록 정지(整地) 작업을 하고 있으리라.
 손 포교가 느지감치 조반을 먹고 사간청에는 들르지도 않은 채 새문 밖으로 나가니 석팔이 기다리고 있었다.

"자네가 웬일인가?"

"안녕하셨소? 형님이 손 포교님을 모셔 오라고 했습니다."

"그 사람, 요즘은 통 보이지 않던데……."

"그럴 일이 있었지요. 지금 나와 함께 가실 수 있겠소?"

손 포교는 부하들에게 일을 분담시킨 후에 석팔을 따라나섰다. 한량목은 모전 다리 근처에 있는 손 포교의 단골 기생집에 앉아 있었다.

"아니, 허다한 집 놔두고 왜 하필 여기에 와 있누?"

"자네 애첩을 가로채러 온 것은 아니니 안심하게."

"한량목을 본 년이 변심하기는 붕어 뱃바닥 뒤집기지."

"그렇게 절개 없는 여자란 말인가?"

"기생 년 절개하고 노름꾼 돈주머니는 믿는 놈이 미친놈이네."

두 사람은 그런 수작을 늘어놓으면서 담배 한 죽씩을 담아 물고 천천히 연기를 내뿜었다. 이 집 주인은 퇴기 영산홍인데, 처신이 깔끔하고 입이 무거워서 손 포교가 여러 해째 자신의 개인 밀담 장소로 이용하고 있었다. 너덧 명 되는 기생들 중 제일 고참 격인 연앵의 기둥서방이 손 포교인지라, 그는 기생어미 영산홍에게 스스럼없이 장모라고 불렀다.

"간밤에 어지간히 북새들 떨었는가, 한 년도 코빼기를 안 보이는구먼."

"내가 중노미에게 슬쩍 물었더니 연앵인가 누구는 의금부 도사한 녀석이 어젯밤에 차고 나갔다던가…….”

손 포교가 픽 웃었다. 금부도사들이 포교에겐 가장 못마땅한 존재라는 것을 알고, 한량목이 그의 심기를 건드리려는 농담이었기 때문이다.

“기둥서방 주제에 일부종사를 강요할 수 없는 일이 아닌가.”

“기둥서방이 질투심은 더 많아 단속이 심하다는데 자네는 너그럽구먼.”

“언제까지 허튼소리들만 하고 있을 거요?”

그때까지 잠자코 앉아 있던 석팔이 화중 난다는 듯 한마디 했다.

“이 사람아, 주안상이라도 들어와야 본론을 꺼낼 것 아닌가.”

“무슨 일인데 뜸을 들이는 것인가? 아침나절이라 안줏감이 마련되지 않은 모양이니 이야기부터 하게.”

“그럼 그럴까.”

재떨이에 담뱃재를 털고 나서 한량목이 말을 꺼냈다.

“전번에 우리가 여주로 가다가 앵자산에서 만났을 때 말이야. 주어 고개를 지키던 자네 부하 두 녀석이 있었지 않은가. 한 놈은 양푼처럼 얼굴이 넓적하고 한 놈은 눈이 옴팍하니…….”

“응, 김덕삼이와 임치만이었지.”

“우리가 고갯마루에 올라갔을 때 그놈들이 여자 둘을 붙잡고 행패를 부리더란 말이야.”

“여자들을?”

“스물대여섯 살 먹은 청상과 귀밑머리 처녀였네. 지네기 서양인을 잡는다고 올라가다가 망신만 당하고 중도에 내려온 그 절간으로 먼저 올라갔다는 여자들이 바로 그 자매였어."

"그래?"

한량목은 이튿날 새벽에 그들이 절에서 자취를 감춘 일이며, 쇠돌치 수하에 있는 아이들을 풀어 홍인문 밖 여러 동네를 샅샅이 수색한 경위 등을 설명했다. 자초지종을 모두 듣고 난 손 포교가 빙그레 웃으며 말했다.

"기와집 한 채를 현상금으로 걸었다고? 그럼 내가 그 여자를 찾아내면 나한테 주겠다는 뜻인가?"

"여부가 있나."

"좋네, 거금이 욕심나서라도 가만히 있을 수가 없구먼."

"기와집에만 군침을 삼킬 것이 아니라 성의를 보여주게. 솔직히 고백하네만, 이젠 나도 아들딸 두고 오붓한 살림 재미를 맛보고 싶다네."

"도대체 어떤 여자이기에 천하의 한량목이 이토록 쏙 빠졌나. 그게 너무 궁금하여 한번 찾아볼 흥미가 동하는구먼."

"그 여자만 찾아준다면 내가 형님으로 깍듯이 모실 게야."

"하하하……."

"정말이라니까."

"예끼, 지금도 내가 형님이 아닌가."

"마음으로도 형님 대접을 하겠다는 뜻이지."

"한량목을 아우로 둔다면 그야말로 대단한 출세이지."

"정말 잘 부탁하네."

"이렇듯 한량목의 똥끝이 타는 것을 보고 내가 외면할 수야 있나? 조금 말미를 주면 기필코 그 여자를 찾아내어 자네의 소원을 풀어주겠네."

"손 포교님, 너무 쉽게 말씀하시는 것 같습니다. 그렇게 자신이 있소?"

석팔의 다짐 두는 어조에 손 포교가 손사래를 쳤다.

"아니, 아닐세. 지금이야 캄캄한 그믐밤 길바닥에서 엽전 줍기지."

그러나 손 포교는 벌써 그 여자가 천주교인이라고 직감했다. 그뿐만 아니라 그의 비상한 두뇌는 그 여자가 사는 집까지 점찍었다. 그가 대뜸 그런 판단을 하게 된 연유가 있었다. 앵자산에서 낭패하고 철수한 뒤에, 그는 자기 입으로 당상 역관이라고 신분을 밝힌 유진길의 신원을 내사해 봤다. 사역원 직장直長 한 명을 구슬려서 유진길이 천주교 신봉자라는 사실을 알아냈다. 아울러 유진길이 삼청동의 황산 김유근과 친분이 두텁다는 것도 파악했다. 처음 한동안은 부하를 시켜서 유진길을 미행하기도 했으나, 가끔 김유근에게 문병 가는 일 외에 별다른 움직임이 없다는 보고를 받은 후 일단 중단했다. 유진길이 천주교인임을 확인했으나 감히 그에게 손댈 생각은 못 했다. 유진길이 공직에 있는 사람이기도 하지만 김유근의 측근이 아닌가. 어설픈 짓을 했다가는 손 포교의 모가지가 날아가기 십상이었다.

유진길의 신원을 밝힘으로써 그날 절에서 함께 하산했던 무리가 동패라는 것도 추측하기 어렵지 않았다. 따라서 천주교인들이 올라갔던 절에 한양 여자가 뒤따라 올라간 사실을 우연한 일로 볼 수가 없었다. 그리고 현재 살리뭇골 박 상궁의 처소를 감시하는 백 포졸이 언젠가 보고했던 말이 생각났다. 그 집에는 청상과부로 보이는 빼어난 미인이 있다는 것이었다. 그래서 손 포교는 한량목이 찾는 여자와 그곳 여자를 연계하여 동일인으로 추리했던 것이다. 일급 포교다운 뛰어난 통찰력이 아닐 수 없었다.

손 포교가 새문 밖으로 돌아오니 마침 백 포졸이 와 있었다.

"자네, 이리 들어오게."

집주인들은 감옥으로 보내놓고 안방을 차지한 손 포교가 의젓하게 아랫목에 앉자, 백 포졸이 들어와서 윗목에 쭈그리고 앉았다.

"요즘 살리뭇골 동향은 어떤가?"

"계속 긴장하고 있는 눈치입니다. 나이 많은 상궁만 가끔 바깥출입하고 박 상궁이라는 여자는 꼼짝 안 하는구먼요. 밤중에만 외출하는지 모르겠으나 낮에는 대문을 걸어둔 채 행상 출입도 안 시킵니다."

"궁녀들을 잡고 나서 박 상궁이 돈화문 앞에서 한참 서성거리다가 돌아왔다고 했는데, 그 후에도 대궐 쪽으로 간 일이 한 번도 없었는가?"

"방금 말씀드렸지 않습니까? 그런 적 없었습니다."

"그 집에 인물 양전한 청상이 한 명 있다고 했던가? 그 용모를 자세히 설명해 보게. 키나 체격부터 이목구비까지 세세히……."

백 포졸은 약간 의아한 눈으로 쳐다보다가 자신이 본 대로 이야기했다. 손 포교가 회심의 미소를 지었다. 틀림없었다. 한량목이 말한 여자와 꼭 맞아떨어졌던 것이다.

"그런데 왜 그런 것을 물으십니까?"

"내일이면 알게 될 것일세. 오늘만 그 집을 잘 감시하게."

백 포졸은 자못 궁금한 눈치였으나 더는 묻지 못하고 물러갔다.

저녁 무렵, 넓죽이와 오목눈이가 어슬렁어슬렁 들어오는 모습을 잔뜩 쏘아보던 손 포교는 그대로 참았다. 그날 앵자산 일을 엉망으로 만든 장본인이 그들이라는 것을 이번에 알게 된 것이다. 포졸들에게 행패를 당한 두 자매가 그 절에 올라가고 나서 먼저 그곳에 가 있던 사내들이 곧 하산했다는 것은 간과할 수 없는 일이었다. 그 당시에는 그들 일곱 명 중 여섯 명만 내려왔다는, 진 포졸의 말을 대수롭지 않게 여기고 묵살했으나, 손 포교는 바로 거기에 구멍이 났음을 깨달았다. 그날 유진길에게 창피만 당하고 철수했던 일을 생각하면 넓죽이와 오목눈이를 마당에 엎어놓고 넙치가 되도록 매질해도 시원찮았으나, 그는 지나간 일을 가지고 왈가왈부하지 않는 성격이었다. 어쨌거나 그는 한량목이 찾는 여자를 자기 추리대로 쉽게 확인할 수 있어서 기분이 썩 좋았다. 그는 지금이라도 한량목을 데리고 그 집으로 가고 싶었지만, 아까 영산홍의 집에서 나온 그들의 행방을 찾자면 한참 헤매야 할 것이었다. 그보다도 박 상궁과 한집에 사는 그 여자를 한량목에게 당장 알려줘야 할지 그 문제부터 신중히 생각해 볼 일이었다.

이튿날 아침 일찍 손 포교는 붓골로 향했다. 남산 골짜기로 늘어가는 초입에 자리 잡은 한량목의 집 앞에 당도했을 때 막 햇살이 퍼지고 있었다. 대문 앞마당을 쓸던 이 집 행랑아범 공 서방이 허리를 굽혀 인사하면서 뜨악한 얼굴로 물었다.

"손 포교 나리가 이렇게 아침 일찍 웬일이십니까?"

"주인 있는가?"

"예, 아직 잠자리에 계십지요."

"내가 왔다고 알리게."

공 서방은 빗자루를 대문 기둥에 세워두고 안으로 들어갔다. 장안의 기생집에 흔전만전 돈을 뿌리고 다니는 호탕한 생활에 비하면 한량목의 살림집은 초라하다고 할 만큼 규모가 작았다. 하기야 홀아비 노릇 하며 밖에서 먹고 자는 날이 더 많으니 집치장에 관심을 둘 사내가 아니었다. 곧 공 서방이 대문 밖으로 나와서 손 포교에게 들어오라고 알렸다.

대문 안으로 들어서니 한쪽 구석 마구간에서 말 두 필이 무럭무럭 김 나는 여물을 열심히 먹고 있었다. 한량목이 먼저 타고 다니던 절따와 새로 구입한 가리온이었다.

"방 안으로 들어오지 않고 왜 그러고 섰어?"

미닫이 밖으로 얼굴을 내밀면서 한량목이 소리쳤다.

방에는 이부자리를 개키지도 않고 한쪽으로 밀어놓은 채 두 사내가 옷을 주워 입는 중이었다.

"이쪽으로 앉게. 여기가 아랫목이야."

"춥지 않네."

"좋은 소식이라도 가져왔나, 아침 댓바람에 웬일이시오?"

석팔이 옷고름을 매면서 빤히 쳐다봤다.

"한량목이 생사라도 걸린 일처럼 조바심하는 것을 보고 하루나마 더 지체할 수 없어 달려왔지."

"아니 그럼……? 그 여자를 찾았다는 게야?"

손 포교는 대답하는 대신 방긋 웃으면서 고개를 천천히 끄덕였다. 한량목이 믿을 수 없다는 듯 바싹 붙어 앉으면서 재우쳐 물었다.

"정말이란 말이야?"

"그럼 아침밥 얻어먹으려고 식전부터 남의 집에 온 줄 아는가."

"어디야? 그곳이 어디야?"

"홍인문 밖을 찾았다고 했던가?"

"그렇다네."

"홍인문 안쪽을 찾았으면 쉬웠을 것을……."

"홍인문 안쪽이라니?"

"그 여자가 살리뭇골에 사네."

"살리뭇골?"

"하하하……, 등잔 밑이 어둡다는 말은 자네 같은 사람을 두고 하는 말이야."

그러나 한량목은 아직도 믿을 수 없다는 표정이었다.

"자네는 그 여자를 직접 본 일도 없는데 어떻게 그리 빨리 찾았는가?"

"포교가 도둑놈 얼굴을 알고 잡나."

"아무리 그렇더라도……."

"내 말을 못 믿겠으면 직접 가서 확인해 보게."

"갑시다."

한량목이 벌떡 일어섰다.

"조반도 안 먹여줄 텐가?"

"지금 조반을 찾게 됐는가? 어서 일어나게."

"붓골 인심은 다 이런가."

석팔도 두루마기를 입고 갓을 내려 썼다. 세 사내는 곧 한량목의 집을 나섰다.

청계천 새경 다리를 건너 살리뭇골로 들어가는 골목길을 잠시 걷더니 손 포교가 갑자기 발을 멈추었다.

"바로 저 집일세."

한량목이 어이없다는 듯 중얼거렸다.

"이렇게 가까운 곳에 두고……."

"약속은 지켜야 하네. 그럼 나는 여기 있을 테니 둘이서 들어가 봐."

한량목과 석팔은 그 집 대문 앞에 가서 문틈으로 안을 들여다봤다. 아직 아무도 안 일어난 듯 조용했다. 석팔이 대문을 흔들었다. 그러나 역시 아무런 기척이 없었다. 대문을 더 세게 흔들어도 방문조차 열어보는 이가 없었다.

"아무도 없는 것 같지 않은가?"

석팔이 집 뒤로 돌아가서 몸을 날려 담장을 넘었다. 곧이어 대문의 빗장을 빼자 한량목이 빨려 들어가듯 안마당으로 들어서며 소리쳤다.

"주인 없소?"

신발을 신은 채로 마루로 올라간 석팔이 살며시 안방 문을 열고 머리를 디밀었다.

"으응……?"

방에는 아무도 없었다. 반닫이 위에 이불이 그냥 얹혀 있는 것으로 미루어 간밤에 안 잔 것도 같았다. 윗방, 뒷방, 건넛방 등 방마다 모조리 열어봤으나 사람은 한 명도 보이지 않았다.

"아니 이게 무슨 조화인가……."

한량목은 어리둥절하여 입을 딱 벌리고 섰기만 했다. 석팔이 뛰어나가더니 손 포교를 데려왔다. 손 포교는 한량목보다 몇 배나 더 놀라면서 어쩔 바를 몰라 했다.

"어떻게 된 노릇이야?"

한량목이 다그치는 소리도 손 포교의 귀에 들어오지 않는 듯 크게 당황했다.

"그 여자가 이 집에 살았던 것은 틀림없어?"

손 포교는 대꾸도 않고 안방으로 성큼 들어가더니 장롱을 열어젖혔다. 장롱 안에는 옷가지들이 어지럽게 흩어져 있었다.

"도망쳤군!"

"도망치다니?"

"이런 일이 있을 줄은 예상도 못 했는데……."

"젠장맞을……, 무슨 일을 이렇게 하는 것인가?"

한량목이 벌컥 화냈다. 딩장 주믹질이라도 할 것저럼 덤벼드는 그를 보면서 손 포교가 냉정한 어조로 말했다.
"내가 또 한 번 실수했구먼. 그러나 자네가 찾는 여자가 어제까지 이 집에 살았던 것은 틀림없네."
"그런데 하룻밤 사이에 도망친 까닭이 뭔가?"
"아직 자네에게 말 안 했네만, 사실은 그 여자도 천주교인이야."
"뭐라고……?"
"천주학쟁이란 말이오?"
한량목과 석팔이 동시에 놀랐다.
"앵자산 고개에서 우리 아이들이 잘 알아봤던 것일세."
두 사람은 할 말을 잃고 손 포교의 얼굴만 쳐다봤다.
"그 여자가 천주교인이라는 것을 알았으니, 이제 자네 태도를 분명히 해야 하지 않을까?"
"내 태도……?"
"그런 여자인 줄 알고도 계속 찾을 것인지?"
순간 한량목은 대답을 바로 못 하고 머뭇거리다가 입을 열었다.
"좌우간 그 여자를 만나야겠네. 나쁜 길에 빠졌으면 바로잡아 줘야지."
"하하하……."
갑자기 손 포교가 홍소를 터뜨렸다.
"이보게, 잠꼬대 같은 소리 그만 하게."
"잠꼬대라니?"
"천주교에 빠진 무리가 어떤 사람들인지 알고 싶거든 포도청 옥에 가보게. 지금 수십 명을 잡아다 놨으니……. 그뿐인 줄 아는가. 엊그제는 여자 일곱 명이 자기들 발로 와서 자수했다네."

"자수?"

"저희가 받들어 모시는 천주를 위해 목숨을 바치고 싶으니 죽여달라는 게야."

"그럴 수가……."

그들이 빈집 안마당에 서서 천주교에 대해 한참을 이야기했을 때 백 포졸이 사뭇 놀라는 눈으로 들어왔다.

"이게 어찌 된 일입니까?"

"너, 이리 와."

손 포교는 다짜고짜 백 포졸의 따귀를 후려갈겼다.

"어찌 된 일이라니? 이 자식아, 네가 모르면 누가 알아?"

대뜸 따귀를 얻어맞은 백 포졸은 한 손으로 볼퉁이를 어루만지면서 어안이 벙벙한 표정으로 쳐다봤다. 손 포교가 무섭게 노려보며 백 포졸을 추궁했다.

"네놈은 무슨 속셈으로 여기 사는 여자들을 쫓아버렸느냐?"

"아니, 그게 무슨 말씀이십니까? 제가 쫓아버리다니요?"

"이놈아! 너와 나밖에 모르는 일인데, 밤새 이 집 여자들이 달아난 것을 어떻게 해명할 게야?"

"저는 정말 모르는구먼요."

"네놈이 쉽게 자복하면 애당초 이런 짓을 저지르지도 않았겠지."

"손 포교님, 믿어주십시오. 감시를 맡은 제가 도망치게 했다니,

어디 말이나 되는 일입니까?"

손 포교가 특유의 날카로운 시선으로 자기 부하를 쏘아봤다. 백 포졸은 너무 기가 막혀서 숫제 변명하지 않겠다는 듯 시선을 떨구었다.

"네놈이 아무리 잡아떼도 책임을 면할 수가 없을 것이다. 오늘로 포졸 노릇이 끝장난 줄 알아."

백 포졸은 방문들이 모조리 열려 있는 휑뎅그렁한 빈방을 바라봤다.

"나가세. 어디 가서 해장이나 하면서 좀더 이야기 나누고 헤어지자고……."

손 포교가 뚜벅뚜벅 대문으로 나갔다. 여러 가지로 충격을 받은 한량목과 석팔도 말없이 따라 나갔다. 마당에는 백 포졸 혼자 서 있었다.

그 무렵 김효임은 배에 몸을 싣고 광나루를 지나는 중이었다. 곁에는 열너덧 살 먹은 계집아이가 보따리를 끌어안은 채 옹송그리고 앉았다.

김효임은 간밤의 일이 자꾸 머리에 떠올랐다. 그녀는 아이들에게 공부를 다 가르치고 나서 모두 잠자리에 든 후에도 혼자 등잔불 아래 수를 놓고 있었다. 삼경쯤 됐을까. 별안간 봉창으로 어른 주먹만 한 나무토막 하나가 날아들어 기겁했다. 아이들이 덮고 자는 이불 위로 떨어진 나무토막에는 흰 종이가 노끈으로 매여 있었다. 그녀는 벌렁거리는 가슴을 진정하면서 그것을 들어 가위로 노끈을 자르고 종이를 펼쳐 봤다.

댁은 여러 날 전부터 감시를 당해 왔소. 내일 해 뜨기 전에 이 집을 떠나시오. 내 말을 믿으시오.

순간 김효임의 가슴이 마구 두방망이질했다. 먼저 그녀는 안방으로 건너가서 박 상궁을 깨웠다. 낮에 출타한 전 상궁이 돌아오지 않아서 혼자 자던 박 상궁은 캄캄한 어둠 속에서 그녀를 와락 끌어안으며 무슨 일이냐고 소리쳤다. 조금 진정한 김효임이 손을 더듬거려 화로의 불씨를 찾아서는 등잔 심지에 대고 후후 불었다. 등잔불에 비춰가며 종이에 쓰인 글자들을 읽고 난 박 상궁은 의문의 표정을 지었다.

"누가 이런 것을 보냈을까……."

"누군지는 모르나 우리를 도우려는 사람이 아니겠습니까?"

"그야……."

"어쩌지요?"

박 상궁은 냉정을 되찾더니 침착한 얼굴로 생각하다가 입을 열었다.

"배 상궁이 잡혀간 후로 우리 집이 감시당하고 있다는 것은 추측했던 일이다. 어서 피신하는 것이 좋겠구나."

"내일 해 뜨기 전까지라고 했어요."

"시간은 많이 남아 있으니까 차분히 짐을 챙기자꾸나. 아이들은 깨울 것 없이 네가 각자의 옷가지들을 챙겨주렴."

"신평댁을 깨울까요?"

"어차피 잠자기는 글렀으니 우리가 다 준비해 놓고 천천히 깨우자."

"그럼 이 방에 있는 짐부터 챙기고 저 방으로 함께 건너가요. 혼자는 무서워서 못 가겠습니다."

"예수 믿는 사람이 그렇게 무섬을 타면 어찌하누."

박 상궁이 픽 웃다가는 김효임의 어깨에 손을 얹었다.

"그러자꾸나."

그들은 먼동이 트고 날이 환하게 밝아오기 시작하자, 대문을 소리 안 나게 열고 모두 집 밖으로 나갔던 것이다.

뚝섬에는 예로부터 큰 시탄장柴炭場이 섰다. 배편으로 각지에서 숯과 장작이 많이 들어오고 그것들은 다시 상인들에 의해 성 안으로 팔려 갔다. 김효임과 가순이 그곳 나루터에 당도하니 아직 해가 뜨기 전인데도 장작을 실어 왔던 강원도 배 한 척이 회정할 준비를 하고 있었다.

김효임은 분원의 외삼촌 집으로 가는 길이었다. 그녀는 가족이 있는 용머리 집으로는 갈 수가 없었다. 그 동네 사람들은 그녀가 어느 양반집의 후처로 들어간 줄 알았다. 한 달 이상을 집에서 보내면 남들이 이상한 눈으로 볼 것이 틀림없으므로 그녀는 아예 외삼촌 집에서 당분간 틀어박혀 지낼 생각이었다. 그러나 뱃전에 부딪치는 강물 소리를 들으면서 한양을 떠나는 그녀의 마음은 서글펐다. 언제까지 이렇게 쫓기면서 살아야 할까. 조선에서 하느님을 마음 놓고 흠숭하는 날이 언제쯤 올까.

한편 새경 다리 허름한 주점에서 손 포교의 이야기를 듣는 한량목의 표정은 무척 침통해 보였다. 한량목은 이제까지 천주교에 관심을 가져본 일이 없었다. 그래서 천주교를 믿는 사람들에 대해서도 아는 바가 별로 없었다. 세상 사람들의 통념대로 사교에 빠진 무식하고 어리석은 무리라는 정도로만 알고 있을 뿐이었다.

그런데 오늘 손 포교의 이야기를 듣자니 그렇게만 볼 것도 아니었다. 천주교도 중에는 유식한 사람도 많고 벼슬자리에 있는 사람도 있다니 놀라지 않을 수 없었다. 석팔이 받은 충격도 컸다. 그는 종교의 차원을 넘어서 생각했다. 주자학에 깊이 젖어 있는 나라, 오만한 양반층이 지배하는 나라, 더 이상 부패할 수 없을 정도로 구제불능인 나라, 이런 나라의 사회제도에 정면으로 반대하고 저항하는 집단이 천주교인들이 아닐까 생각하는 것이었다.

"어서 대답해 보게. 내 이야기를 다 듣고 나서도 그 여자를 꼭 찾고 싶은 생각이 남았는가?"

손 포교가 야릇한 미소를 머금고 한량목을 응시했다. 팔짱을 낀 채 묵묵히 앉아 있던 한량목이 이윽고 입을 뗐다.

"천주교인이 아니라 역적의 딸이라도 한 번 만나봐야겠네."

손 포교가 고개를 천천히 끄덕이다가 대답했다.

"그렇다면 좋아. 내가 협조하지."

"그 여자가 어디로 도망쳤는지도 모르는데 찾을 수 있겠소?"

"어떤 여자라는 것을 알고 난 이상 어려울 일은 없지. 다만 시간은 좀 걸릴 것 같구먼."

"아무리 늦어지더라도 좋으니 꼭 만나게만 해주게."

"그럼 오늘은 이만 일어날까?"

"한 가지 부탁이 더 있네."

"뭔가?"

"그 여자를 잡더라도 절대로 포도청에 넘겨서는 안 되네. 반드시 나에게 먼저 알려주게."

"하하하……, 그야 당연한 일이 아니겠나."

"내가 자금을 좀 줄까? 비용 조로 말일세."

"어허, 왜 이러는가. 나, 손계창이 그렇게 궁색한 놈으로 보이나."

"그런 뜻이 아니라……."

"그 여자를 찾고 나면 현상금으로 걸었다는 그 기와집이나 달라고."

"그거야 조금도 염려 말게. 약속은 꼭 지킬 테니까."

그들과 헤어진 손 포교는 다시 살리못골로 돌아왔다. 박 상궁이 살던 집 이웃에 있는 사람들에게 그간의 동태를 수소문해 볼 생각이었다. 그런데 그 집의 대문이 닫혀 있는 것이 아닌가. 손 포교는 약간 의아스러워 문틈으로 집 안을 살펴봤다.

"아니……?"

두 손으로 턱을 괴고 간밤에 마누라라도 죽은 놈처럼 침울한 모습으로 마루에 걸터앉아 있는 사람은 백 포졸이었다. 그를 본 순간 손 포교는 다시 혼란스러워졌다. 이 집에 있던 사람들이 도망쳤다는 것을 알았을 때 그는 즉각 백 포졸의 짓이라고 단정했지만, 한편 납득이 잘 가지 않았다. 그가 심복 부하 중에 가장 신임하는 사람이 바로 백 포졸이 아닌가. 그는 반신반의하면서 잠시 생각하다가 대문을 밀치고 들어갔다. 백 포졸은 별로 놀라지도 않고 천천히 마루에서 일어섰다.

"백 포졸, 아까는 내가 과한 소리를 한 것 같다."

백 포졸은 고개를 떨구고 선 채로 아무 말도 하지 않았다.

"내일 네 집 세간들을 전부 이리로 옮기거라. 이제 그 여자들이 다시 여기에 와서 살지는 못할 것이니 주인 없는 집이지 않느냐."

뜻밖의 제안을 받은 백 포졸이 놀라는 눈으로 쳐다봤다.

"노모까지 모시고 여섯 식구가 살기에는 네 집이 너무 옹색하더구나."

백 포졸은 눈물을 글썽거렸다.

"이 집에 살던 두 상궁이 평소에 잘 다니는 곳을 파악해 두었겠지?"

"예……."

"다른 사람은 몰라도 박 상궁이라는 여자는 반드시 잡아야 한다. 지금 이 길로 나와 함께 나가서 그 여자들이 출입하던 집을 전부 알려다오."

두 사람은 곧 그 집을 떠났다.

9

숭례문 밖 복숭아골에 사는 엄진식 부부는 어제부터 포졸로 보이는 낯선 사내들이 자기 집 근처를 배회하자 불안에 떨었다. 두 부부는 저녁밥도 몇 술 뜨지 못하고 수저를 놓았다. 날이 어둑어둑해지자 한동네의 친구가 살며시 찾아왔다.

"진식이, 몸을 피하게. 포졸들이 자네가 천주교인이라는 것을 눈치 채고 있어."

"왜 그러는가? 누가 뭐라고 하던가?"

엄진식은 가슴이 철렁하여 물었다.

"아까 낮에 문안을 다녀오는 길인데, 처음 보는 놈이 앞을 막더니 자네 집을 가리키면서 천주교를 믿는 집이냐고 묻지 않겠나. 그래서 나는 잘 모른다고 잡아뗐지만, 아무래도 가만있을 것 같지가 않구면."

"나도 불길한 생각을 하고 있었던 참인데, 자네 말을 들으니 우리 집을 노리는 것이 틀림없구먼."

"그럼 어서 피해야 하지 않겠는가."

엄진식은 아내를 쳐다봤다. 아내는 이가 부딪는 소리까지 내면서 떨고 있었다.

"여보게, 부탁이 있네."

"뭔가?"

"우리 집을 반값에 내놓을 테니 내일 중으로 팔아주게."

"반값으로?"

"응, 그렇게 사려는 사람이 있으면 오늘 밤이라도 계약하겠네."

"반값으로 팔겠다면 어렵지는 않을 것 같으이. 내가 알아봄세."

"부탁하네. 서둘러주게."

"잘 알았으니 이삿짐이나 챙겨두게."

친구는 그런 당부까지 하며 급히 나갔다. 그는 동네에서 엄진식과 가장 가깝게 지내는 사이였지만 집안 어른들의 반대로 입교를 꺼리는 친구였다.

이튿날 집 계약은 쉽게 이루어졌다. 일부는 계약금으로 지금 받고 나머지는 나중에 받기로 약조했다. 엄진식 부부는 중요한 물건과 옷가지 들을 챙겨서 짐을 꾸려놓고 날이 어둡기를 기다렸다. 그런데 그들은 막상 갈 곳이 없었다. 엊그제 이른 아침, 고모인 박 상궁이 계집아이 두 명을 데려와서 각자의 집으로 보내달라고 부탁했다. 그리고 그녀 자신은 전 상궁과 함께 너분배 집에서 당분간 지내겠다고 말했다. 그 집은 박 상궁의 심부름으로 두어 번 가본 적이 있어 엄진식도 알고 있었다.

날이 어두워지자 엄진식은 아내와 두 남매를 이끌고 동네를 빠져나갔다. 배다리를 건너 칠패 어물전 앞을 지나 약고개를 넘었다. 너분배는 굴레방다리 북쪽 언덕에 있는 마을이었다. 그곳에는 박종원 회장을 비롯하여 천주교인들이 많이 살았다. 그믐께라 칠흑처럼 캄캄한 고샅길을 더듬듯 올라가서 전 상궁이 있다는 집 앞에 이르러 사립문을 흔들었다. 문짝에 매달린 요령 소리를 듣고 안방 지게문이 열리면서 조금 겁먹은 주인 여자의 목소리가 들렸다.

"누구요?"

"복숭아골 엄 서방입니다."

"기다리시오."

곧이어 짚신 끄는 소리가 마당을 건너오더니 사립문을 열어주었다. 그녀를 뒤따라 마당으로 뛰어나온 박 상궁이 보퉁이들을 지고 이고 들어서는 조카의 가족을 보면서 사뭇 놀라는 얼굴로 물었다.

"어떻게 된 일이냐?"

"안으로 들어가서 말씀드리겠습니다."

그때 어둠 속에서 사내 두 명이 뛰어나와 방 안으로 들어가는 그들을 담 너머로 까치발을 하고 바라봤다. 처음부터 엄진식을 미행해 온 포졸들이었다. 손 포교는 살리뭇골에서 도망친 박 상궁을 체포할 방법을 궁리하다가 그녀의 조카 엄진식을 뒤쫓기로 했던 것이다. 부하들을 시켜서 엄진식을 겁먹게 하면 필경 그가 자기 고모의 은신처를 찾아가리라고 예측했는데, 그 계획이 적중했다.

이튿날 정오쯤, 앵자산에 데려갔던 황 포교와 다섯 명의 부하들을 거느리고 너분배로 간 손 포교가 그 집을 덮쳤다. 안방에서는 한 동네의 여자 교우 서너 명도 놀러 와서 지난날 대궐 생활을 회고하는 전 상궁의 이야기를 듣고 있었다. 별안간 마루로 뛰어오르는 발소리와 함께 방문이 벌컥 열리자 모두들 소스라치게 놀랐다. 방문을 막고 선 손 포교를 보더니, 그들은 한구석으로 와르르 몰리며 서로 끌어안았다. 전 상궁과 박 상궁만 그 자리에 앉아서 침입자와 눈싸움하듯 쏘아봤다.

"포도청에서 나왔소."

박 상궁이 크게 한숨을 내쉬고 천천히 자리에서 일어났다.

"잘 왔소."

박 상궁은 평범한 여염집 아낙의 옷차림을 하고 있었으나 몸 전체에서 풍기는 기품이 함부로 대할 수 없는 위엄을 지녔다.

"당신이 과거 대조전에 있었던 박 상궁이오?"

"그렇소."

"사학죄인으로 체포하겠소."

"언젠가 이런 날이 올 것을 각오한 지 이미 오래됐소. 달아날 생각은 없으니 너무 재촉하지는 마시오. 마침 이 집에 잔치를 준비하려고 담근 술이 있으니, 그 술이나 천천히 마시면서 조금만 기다려 주길 바라오."

손 포교는 언뜻 대꾸를 못 했다. 박 상궁이 구석에 몰려 있는 여자들에게 말했다.

"겁낼 것 없소. 이것이 다 천주님의 뜻이니 혼연한 마음으로 맞아야 합니다. 부엌에 나가서 술상을 봐 오시오."

그러나 주인 여자는 일어설 엄두를 못 냈다.

"내가 방금 술대접하겠다고 약속했으니 이들을 그냥 보낼 수는 없는 일이오. 이제 술도 필요 없게 됐는데 집에 두어 무엇 하겠소. 우리가 집 떠날 차비를 하는 동안 그 술을 마시고 있도록 가져다주구려."

주인 여자가 바들바들 떨리는 무릎을 가까스로 일으켜 세우고 나가려 하자 손 포교가 비켜주었다. 마당에서는 포졸들에게 끌려나온 엄진식이 포승줄에 묶이고 있었다.

"여봐라, 그자를 묶지는 말고 감시만 하거라."

손 포교의 명령을 받은 포졸들이 머뭇머뭇하다가 포승줄을 다시 풀기 시작했다.

그 무렵 포도청에서는 닷새 전에 자수한 일곱 신자들을 포도대장 남헌교가 직접 문초하고 있었다. 맨 나중으로 처녀 김누시아 루치아가 남헌교 앞에 무릎을 꿇었다.

"네 나이가 몇이냐?"

"스물두 살입니다."

"네 용모만 보더라도 좋은 집안에 태어났음을 알겠구나. 너도 저 여자처럼 천주교를 믿고 있음이 사실이냐?"

"예, 저는 진정으로 천주님을 믿나이다."

"나라에서 엄금하고 있으니 그 교를 버려라. 그러면 네 목숨은 살려주마."

"그리 못 하나이다."

"형벌을 중히 해도 배교하지 않겠는가?"

"장하(杖下)에 죽어도 우리 공경하는 천주님을 배반하지 않을 것입니다."

"네가 배반하지 못하겠다는 연유를 말해 보거라."

"저희가 믿는 천주님은 세상 만물을 창조하고 다스리는 분이시니, 모든 피조물의 큰 임금이시고 아버지이신 분을 어찌 배반하겠습니까?"

"몇 살 때부터 누구에게 배웠느냐?"

"돌아가신 어머니에게 아홉 살 무렵부터 배워서 아나이다."

"너와 함께 어울렸던 공범자는 몇이나 되는지 낱낱이 밝히거라."

"우리 천주교는 남에게 해를 끼치는 것을 엄금하고 있습니다."

이미 예상했던 답변에 남헌교가 잠시 심문을 멈추었다. 이 처녀의 마음을 어떻게 해야 돌려놓을 수 있을까 궁리하는 눈치 같았다.

"어째서 너는 여태 혼인하지 않았느냐?"

"저는 이제 겨우 스무 살 정도밖에 안 됐습니다."

"시집갈 나이로는 아직도 적다는 뜻인고?"

"처녀의 몸으로 혼인 문제를 대답한다는 것이 온당치 못하니, 여기에 대해서는 더 이상 묻지 말아주십시오."

남헌교가 다시 물었다.

"도대체 영혼이라는 것이 어디에 있느냐?"

"우리 육신에 가득하나이다."

"육신 어디에 들어 있느냐? 머릿속이냐, 아니면 가슴속이냐?"

"영혼은 육신의 눈으로 볼 수 없는 신령한 실체입니다."

"눈으로 볼 수 없는 것을 어떻게 믿느냐? 그런 너는 천주도 보았겠구나."

"원방(遠方)에 있는 시골 백성들이 한 번도 뵙지 않았다고 임금님이 계신 것을 믿을 수 없습니까? 포장 어른은 고조할아버지를 보셨습니까?"

"뭐라?"

"고조할아버지를 직접 뵌 일 없다고 해서 고조할아버지가 안 계신다고 말씀하실 수는 없겠지요."

"이런 고얀……. 남의 조상까지 들먹이느냐!"

"포장 어른이 너무 눈에 보이는 것만 가지고 말씀하시니 여쭤본 것입니다."

순간 남헌교의 얼굴이 궁색해졌다.

"한마디만 더 묻겠다. 너도 죽는 것이 무섭지 않느냐?"

"솔직히 무섭습니다. 그러나 살길이 천주님을 배반하는 길뿐이라 하시니, 저는 무서워도 죽겠나이다."

남헌교가 한숨을 토하는 목소리로 개탄했다.

"참으로 무서운 족속이로고……."

이제 결안(決案)을 해서 형조로 넘겨야 할 단계이기 때문에 남헌교는 곤장을 이십 대씩 치라고 형리들에게 명령했다. 형리들은 예순일곱 살인 허계임을 매질하기가 무엇한지 이매임부터 형틀에 잡아맸다.

"듣거라. 너희는 닷새 동안 옥에 들어가서 괴로움을 충분히 맛봤지 않은가. 이제라도 생각을 바로 돌리도록 해라."

그 말을 받아 이영희가 대답했다.

"포장님 앞에서 저희가 어찌 오늘은 이렇게 말하고 내일은 저렇게 말하겠습니까? 배주하려 했으면 처음부터 자기 발로 찾아와서 자헌하지도 않았습니다. 저희의 결심은 변함이 없으니 나라 법대로 죽이시면 죽을 따름이지요."

"에잇, 악착스러운 것들 같으니. 여봐라, 여자들이라고 사정 두지 말고 매우 쳐라!"

드디어 곤장이 이매임의 엉덩이 위로 떨어졌다. 형리 한 명은 길게 목청을 뽑으며 숫자를 세고, 두 명은 양쪽에 서서 떡 치듯 번갈아 내려쳤다. 곤장이 떨어질 때마다 비명 소리 대신 '예수 마리아'를 부르는 소리가 점점 크게 들렸다. 다른 여자들도 이매임이 매 맞는 광경을 차마 볼 수 없어 눈을 감은 채 합장한 자세로 '예수 마리아'를 따라 부르니, 때 아닌 합창 소리가 형문 장소에 가득 넘쳤다.

여자들이 제대로 걷지 못하고 어기적거리면서 다시 감옥으로 끌려가는 모습을 보다가 남헌교는 자기 방으로 돌아왔다. 그가 몹시 씁쓸한 기분으로 앉아 있을 때 밖에서 들어오던 손 포교는 주춤하며 그의 눈치를 봤다.

"무슨 일인가?"

"너분배에서 사교도 열한 명을 잡아 왔습니다."

"또 열한 명이나?"

"그중에는 전직 상궁도 두 명 끼여 있습니다."

"전직 상궁이라고?"

"예."

"어느 궁에 있던 궁녀들인가?"

"한 명은 퇴궐하기 전에 창녕위궁에 있었고, 한 명은 의빈궁에 있었다고 합니다."

손 포교는 일부러 박 상궁이 대조전에 오래 있었다는 말을 뺐다. 그렇잖아도 대왕대비 순원왕후의 노여움을 사지 않을까 전전긍긍하는 포도대장에게 불안감만 보태줄 뿐이리라.

"그 여자들의 위치로 보아, 숨어 있는 서양인들과 내통이 있을 것이 분명하여 체포했습니다. 반드시 소관의 손으로 그 서양인들을 잡아 올리겠습니다. 만약 이 일에서 우포도청 놈들에게 선수를 빼앗기게 되면 포장님이나 저희의 망신은 돌이킬 수 없을 테니 말입니다."

"그야 그렇지. 그놈들을 우포도청에 넘겨줄 수야 있나."

"이리저리 돌아다니면서 알아보니, 서양인들이 조선에 잠복해 있다는 것은 널리 알려진 사실이었습니다."

"이왕 착수한 일이니 조정에까지 알려지기 전에 빨리 해결하게."

"주야로 최선을 다하고 있습니다."

"자네는 다른 사건들에 개의치 말고 이 일에만 전념하게."

"알았습니다."

좌포도대장 남헌교는 손 포교의 손바닥에서 놀고 있는 꼴이었다. 그날 밤 이조판서 조인영을 찾아간 손 포교는 소상하게 보고했다. 박 상궁이 십여 년 동안 대조전에 있으면서 남달리 대왕대비의 총애를 받은 여자라는 이야기를 듣고 조인영은 승전보를 받은 것만큼이나 기뻐했다.

"하하하……, 이로써 섭정도 더 이상 빠져나갈 구멍이 없게 됐구먼. 일전에 잡힌 배가라는 궁녀를 비롯하여 사교에 빠진 궁녀들이 전부 대조전에 있었던 그 계집에게 배웠다니, 입이 열 개라 한들 대왕대비가 무슨 말로 얼버무릴 수 있겠는가."

그러나 손 포교는 서양인 신부들에 대해 아직도 알지 못하고 있었다.

"이제 무르익을 대로 익어서 꼭지가 저절로 떨어질 때가 됐네. 정말 자네의 수고가 많았어."

조인영은 문갑을 열고 은자가 묵직하게 든 돈주머니를 꺼내어 손 포교 앞으로 밀어놓았다.

"큰돈은 아니나 가용에 보태 쓰게."

"아닙니다."

"사양 말게나. 자네 출세는 내가 책임진다고 했으니, 두 다리를 뻗고 느긋한 마음으로 잠자리에 들어도 괜찮아."

제집으로 돌아가는 손 포교의 발걸음은 가볍지가 않았다. 수많은 천주교인들을 희생시키는 대가로 자기 개인의 영달을 꾀한다는 양심의 가책이 들어 그의 마음은 무겁기만 했다. 오늘 체포한 두 궁녀의 의연하고 당당한 태도에서 손 포교는 새삼스레 천주교라는 종교에 어떤 두려움 같은 것을 느끼지 않을 수 없었다.

'무엇이 저들을 죽음조차 기쁨으로 맞게 하는 것일까?'

손 포교는 자꾸 생각할수록 불가사의하게 여겨졌다.

'저들의 주장대로 그것이 진교眞敎라고 할지라도 사람이 종교를 믿는 목적은 궁극적으로 행복하게 살자는 것일진대, 천당? 그런 허무맹랑한 소리가 어디 있담. 어쨌건 한결같이 심성은 착한 사람들이야. 세상에 전부 그런 사람들만 산다면 나 같은 포교들은 존재할 필요가 없겠구먼.'

손 포교는 다시 머릿속이 복잡해졌다. 그가 지금 잘하는 짓인지 잘못하는 짓인지 스스로 판단을 내릴 수가 없었다.

(4권에 계속)